Los senderos del edén

Otros libros del autor en Duomo ediciones:

La simetría de los deseos
Los destinos invisibles
Los amores solitarios
Tres pisos

ESHKOL NEVO

Los senderos del edén

Traducción del hebreo: Eulàlia Sariola

Duomo ediciones
Barcelona, 2024

Título original: *Guéber nijnás bapardés*

[loːrən]
Casa de Traductores Looren

Primera edición: mayo de 2024

Duomo ediciones es un sello de Antonio Vallardi Editore S.u.r.l.
Pl. Urquinaona 11, 3.º 1.ª izq. 08010 Barcelona (España)
www.duomoediciones.com

Gruppo Editoriale Mauri Spagnol S.p.A.
www.maurispagnol.it

ISBN: 978-84-19521-95-8
Código IBIC: FA
DL: B 2605-2024

Composición:
David Pablo

Impresión:
Grafica Veneta S.p.A. di Trebaseleghe (PD)

Impreso en Italia

El Camino de la Muerte

Dice mi abogado que, aun cuando decides mentir en un juicio, conviene tener clara la verdad. Y que es mucho mejor que escribas los acontecimientos justo como pasaron. Pues ahí van.

Hasta la fecha, no había tenido la oportunidad de ver en el periódico la foto de un conocido que hubiera muerto. Sé que en este país es casi imposible evitarlo. Tarde o temprano, con todas las guerras y operaciones-que-son-casi-guerras, ocurre que abres el periódico y te encuentras en la primera página la foto de un antiguo compañero de clase o del ejército.

O no. Quien sabe cómo, has conseguido llegar a la mitad de la vida sin pasar por esa experiencia. Quizás eso explica que el escalofrío fuera tan fuerte. Solemos decir «escalofrío» porque no encontramos la palabra exacta, pero realmente me entró frío en la espina dorsal. Hasta el coxis. Me quedé helado ante aquella pequeña foto, que no estaba en la primera página, sino en una de las últimas, frente a las necrológicas. No tuve necesidad de mirarla dos veces. Era él. Habíamos pasado juntos solo unas horas en La Paz, pero su cara se me quedó grabada. La nariz cincelada, los ojos, que aun en el blanco y negro del periódico se adivinaban claros, la barba como de monje...

El pie de foto hablaba de Ronen Amirov, un turista israelí de veintiocho años que había perdido la vida en un accidente en el Camino de la Muerte, en Bolivia, durante su luna de miel. La bicicleta que montaba, decía el periódico, se salió de la carretera y resbaló hacia el abismo. Su mujer, Mor Amirov, que estaba con él en el momento del accidente, gritó pidiendo ayuda, pero cuando llegó el equipo de rescate solo pudo confirmar su muerte. El cuerpo va de camino a Israel. El funeral tendrá lugar en los próximos días.

No tenía ningún motivo para llorar. En aquella época tenía pesadumbres mucho más personales que la muerte de aquel muchacho al que apenas conocía. Y, además, me cuesta llorar. Lloré cuando nació Liori, o, mejor dicho, cuando me la pusieron en brazos por primera vez. Lloré la primera noche sin Liori, en el nuevo apartamento, después de que me pidiera por teléfono que la visitara en sueños. Eso es todo.

Quien sabe, quizás cada sueño contiene todas aquellas cosas que hasta entonces han permanecido ocultas. Como la declaración anual de la renta.

De todos modos, después de unos días cargado de dudas que ya sabía cómo terminarían, fui a la *shivá,* los actos de la semana de duelo. Solo cuando logré salir del embotellamiento de Tel Aviv para enfilar la autopista caí en cuán emocionado estaba de volver a ver a Mor de La Paz.

Una mierda de palabra, «emocionado». En cada taller que imparto no hay alumno que al final no diga que ha sido emocionante. Y, de tanto repetirlo, deja de ser emocionante. Quizás me sentía... alterado. Esa es la palabra que buscaba. Cuanto más cerca de mi destino, más alterado. Sentía el vientre tenso, como si estuviera contrayendo los músculos. Los pensamientos volaban por la ventanilla. La música de la radio me entraba por un oído y me salía por el otro. Cada vez acudían a mi mente más y más escenas de la inesperada visita nocturna de Mor a mi habitación, después de tantas semanas.

Se plantó frente a mí en plena calle. Me preguntó en un inglés con acento israelí si sabía cómo llegar a la heladería de Juan. Por un instante, dudé si seguirle el juego y responderle en inglés, pero al parecer algo en su tono me excitó desde el primer momento, así que contesté en hebreo que me dirigía allí y que podían venir conmigo.

Se le iluminaron los ojos, me tocó el brazo, lo rozó con dos dedos y sentí una descarga eléctrica, y dijo:

¿Israelí? ¡Vaya por dónde! Nunca lo hubiera dicho con esa altura.

Sí, dije, lo sé. Me lo dicen mucho. Y ni siquiera tengo... la edad adecuada. O sea, este viaje debería haberlo hecho después del servicio militar.

¿Por qué? ¿Qué edad tienes?

Treinta y nueve, confesé.

No los aparentas, replicó. No en plan seductor. Sino como un hecho.

Su compañero, que hasta entonces había guardado silencio, alargó la mano para estrechar la mía.

Ronen, se presentó, con una formalidad sorprendente para unos mochileros.

Omrí, dije alargando a mi vez la mano. Encantado de conocerte.

Yo soy Mor, ¡hola!, dijo ella, dejando caer el brazo a lo largo del cuerpo.

Estamos aquí de luna de miel, añadió Ronen, ciñéndola con un brazo.

No solo la rodeó con un brazo, sino que estrechó sus rizos contra él, como diciendo: es mía.

Felicidades, dije, sonriendo mientras intentaba repartir mi mirada entre los dos sin detenerme más en uno que en otro, como si estuviésemos en terapia de pareja.

¿Y tú?, se interesó Mor cuando empezamos a caminar. ¿Qué haces aquí si tu edad no es la adecuada?

Viajo porque me acabo de divorciar.

¿De veras? Me miró de reojo. ¡Qué original!

Ronen no dijo nada. Llevaba una barba puntiaguda, bien cortada, que se acariciaba insatisfecho. Debía de pensar que estábamos infringiendo la regla no escrita de que no se habla mientras se camina.

Más tarde, en la heladería, él pidió un solo sabor: vainilla. En cambio, ella quiso probar varios antes de escoger el de caramelo. A continuación, yo también pedí y pagué. Hablaba en español. Hacía una semana que lo estudiaba y disfrutaba de las palabras rodando por la boca.

¡Qué bien hablas!

Mor se giró hacia mí con la cucharilla llena de helado en la mano.

No tiene ningún mérito, voy a clases, respondí.

Estupendo, insistió, sonriéndome.

No había nada seductor en su sonrisa. Era la típica sonrisa de una estudiante de escuela religiosa. Recatada. Apocada. Solo había que observarla. Los enormes pendientes. La exagerada alegría de vivir. Los rizos recogidos bajo el pañuelo. La sudadera y el pantalón bombacho. Una vez impartí un taller en una escuela religiosa de Carmiel y las chicas tenían un aspecto parecido. No obstante, había algo en las miradas que me lanzaba en cuanto Ronen se despistaba. Algo audaz al límite de la desesperación, pero no cruzó ese límite. Algo ávido. Esa es la palabra que buscaba. Su mirada era ávida. ¿Ávida de qué, exactamente? Todavía no lo sabía.

Nos sentamos a comernos el helado. ¿Cuánto tiempo lleva lamer un helado? ¿Cinco minutos? ¿Diez? Incluso cuando comía el helado lo hacía con toda la dignidad de la hija de un rey. Daba lametones delicados, cautos, equilibrados en los lados del cucurucho, con la punta de la lengua.

Tuvimos una conversación banal, de mochileros. O sea, ella y yo charlamos mientras Ronen miraba concentrado su cucurucho, como calculando el algoritmo al que se derretía.

Hemos partido de Bolivia, dijo Mor, y justo ahora estamos dudando por dónde continuar.

Mucha gente me ha aconsejado Perú, opiné yo.

Y ella dijo que sí. Pero con una voz dubitativa, como si no estuviera segura de que los consejos ajenos valieran para ellos.

¿De cuánto tiempo disponéis?

De una luna y media.

Qué envidia.

¿Por qué? ¿De cuánto dispones tú?

De un par de semanas máximo, respondí. Más no puedo. Por mi hija. Aun así, la nostalgia me mata. También están los acuerdos sobre las visitas. Y el trabajo. En resumen, dos semanas ya son un problema.

Vaya, dijo ella mientras me lanzaba otra de sus miradas ávidas; posó la cabeza sobre la clavícula de Ronen, un gesto que parecía haber repetido miles de veces.

Él aún seguía mirando fijamente el helado, que se derretía. Guardaba silencio.

Luego me acompañaron a mi albergue. Iban al Mercado de las Brujas y les quedaba de camino. Nos detuvimos en la acera, frente al portal abierto del albergue.

Es bonito, dijo Mor, y se puso de puntillas para ver por encima de mí, como atisbando más allá de las murallas de una ciudad prohibida. También yo eché un vistazo, en mi caso a la franja de piel que quedó al descubierto cuando la sudadera se le subió al alargar el cuerpo para mirar bien.

El patio delantero es bonito y las habitaciones tienen lo necesario, observé.

Bueno, entonces... seguro que nos volveremos a ver por la ciudad, intervino Ronen, que, por primera vez, se dirigía a mí.

Y yo le respondí que sí y eso fue todo. No hubo abrazos ni besos en las mejillas. Tampoco una mirada persistente ni rizos que se girasen un instante mientras se alejaban. Nada dejó entrever lo que sucedería más tarde.

En el cruce de Kabri, giré a la derecha. Un cartel anunciaba que el lugar donde vivía Mor distaba quince kilómetros. Pensé que nunca nadie ponía un letrero de cartón con una flecha que dijera A LA *SHIVÁ*. Solo A LA BODA.

Disminuí la velocidad. Iba por la autopista a setenta por hora, como tratando de posponer el final. O haciendo tiempo para seguir recordando.

Pasada la medianoche se oyeron unos golpes en la puerta de mi habitación del albergue. Acababa de terminar una videoconferencia con Liori, que me contaba que el día anterior se había vuelto a quedar sola en el recreo y luego me preguntó si durante el viaje estaba haciendo cosas peligrosas. La tranquilicé, no, no haría nada peligroso, y le propuse hacer *beatbox* por teléfono, al tiempo que, como siempre, me llevaba el puño hueco a la boca para soplar. Ella, como de costumbre, se me unió tamborileando en el cuerpo y empezamos a improvisar un ritmo con su nombre: Lior, Lior, eres como una flor, ya llegará el calor, regresaré pronto, amor, pero antes de que consiguiéramos coger el ritmo Orna intervino en la sesión para decir que llegaban tarde al colegio y que la niña todavía se tenía que peinar, así que pegamos los labios a la pantalla y sonó un beso. Eso fue todo. Me tendí en la cama, agotado por el esfuerzo de parecer feliz, y pensé: «¿Qué esperabas, imbécil, que a los treinta y nueve años podrías hacer un viaje libre de preocupaciones como el de después del ejército?». Cogí *Levantad, carpinteros, la viga del tejado*, el libro de Salinger que insistí en conservar cuando nos repartimos las cosas, y seguí leyendo donde me había quedado la noche anterior.

Me gusta el ritmo de las frases de Salinger. Al principio, los golpes en la puerta se acoplaron a la cadencia de la historia. Pero, al cabo de unos instantes de silencio, se reanudaron, esta vez con más fuerza. Sincopados. Abrí y ella estaba en el umbral. La chica de la heladería. Con mallas y una camisa de cuadros que se adhería al cuerpo de un modo nada recatado.

¿Puedo pasar?, preguntó, y pasó ante mí sin esperar respuesta.

Me llegó olor a pelo recién lavado. Perfume de mujer. Le pregunté si quería tomar algo, pero al momento me excusé, porque en realidad no tenía nada en la habitación.

Es la costumbre, siempre ofrezco de beber a los huéspedes, comenté, y luego me acordé. Dame un segundo, hay agua mineral.

Qué bien, dijo.

Le pasé la botella. Bebió un trago infinito, como si fuera una cerveza y quisiera recobrar el ánimo; luego se sentó en una esquina de la cama.

¿Puedo preguntarte algo?, dijo.

Respondí que sí, claro, y yo también me senté en la cama, aunque no cerca de ella. Algo me transmitía que no sería lo adecuado. Me apoyé en la pared y alargué las piernas hacia delante, pero no mucho. Evité que mis pies tocaran sus rodillas.

Ella se colocó el pelo detrás de las orejas, mostrando los pendientes, y solo entonces volvió la cabeza hacia mí y me soltó:

¿Lo sabías de antemano?

Me pareció comprender a qué se refería. Sin embargo, para ganar tiempo, me hice el inocente:

¿El qué?

Que no funcionaríais tú... y tu mujer. O sea, antes de que os casarais, o, digamos, durante el primer año, ¿hubo alguna señal de...?

Mira..., dije lentamente.

Y me detuve. No tenía ni idea de qué decir. Entonces, ella se puso en pie y comenzó a caminar por la habitación. El cuarto era pequeño, así que no podía moverse mucho. Y entre la maleta abierta, el escritorio, la papelera, la pared, dos pares de zapatos, unos llenos de barro seco...

Se revolvía en medio de todos esos objetos con las mejillas arreboladas y los pendientes saltando. Hipnotizaba, era como contemplar un espectáculo de danza. La danza de la turbación. Se recogía el pelo y luego se lo soltaba, cogía un bolígrafo de la mesa y presionaba el botón, giraba sobre sus talones casi tropezando con la maleta, pero no, la esquivaba en el último instante y se estiraba la camisa hacia abajo, para luego tamborilear en las mallas con ritmo, como si fuera un metrónomo. Entre una cosa y otra, decía, en parte a mí, en parte a ella misma:

Lo siento mucho, no debería haber venido. Cómo he podido irrumpir en tu casa en mitad de la noche, si casi no me conoces. Déjalo, olvídalo, ahora mismo me voy. Puf, vaya torpeza...

No te vayas, le pedí.

Dejó de caminar. A continuación, tomó asiento. Apretó las manos una contra otra. No me miraba. Tenía unos dedos bonitos, con las uñas violetas, a juego con la camisa.

Me has hecho una gran pregunta, observé. Curvó los labios en una sonrisa sin alegría y fijó los ojos en sus Converse All Star. No he querido hablar a la ligera, por eso no he respondido rápido.

Ajá. Creí que te había asustado.

Es todo muy reciente. Aún no tengo perspectiva.

¿Cuándo os separasteis, si puedo preguntar?

Hace tres meses.

Es reciente, sí, dijo, y bebió otro sorbo de agua; un pequeño sorbo.

Cogí la botella e hice lo propio.

Creo que... Bueno, no, ¿sabes qué?, no, no lo sabía de antemano, dije. Mor asintió despacio y me pareció ver en su gesto un atisbo de desilusión. Sin embargo, eso no significa que no captara señales *a posteriori*.

¿Como qué?

Se volvió hacia mí con todo el cuerpo.

Por... ejemplo..., respondí despacio para poder pensar. Quizás sea porque estoy de viaje ahora, pero recuerdo algo que pasó en el viaje que hicimos después del ejército.

¿Adónde fuisteis?

Dudábamos entre Australia y Oriente Medio y, finalmente, por razones económicas, escogimos Oriente Medio. Pues una mañana me desperté tarde en el albergue de Dharamsala y ella no estaba en la cama. Me acerqué al restaurante y me la encontré allí sentada sola con cara de entierro. Antes de que pudiera pedirme un café, ella disparó que tendríamos que haber ido a Australia. ¿Qué descubrí poco después? Que había desayunado con un Cocodrilo Dundee que le había contado historias de los desiertos australianos y la habían entusiasmado. Pero, cariño mío, tienes ante ti el Himalaya y a tus pies el valle más hermoso del mundo, le dije.

Es magnífico ese lugar. He visto fotografías.

¡Claro que sí! ¿Para qué pensar ya en Australia? Pero ella insistió en que tendríamos que haber escogido Australia, Omrí.

¿Y esa fue la señal?

En aquel momento no pensé que fuera una señal. Pero, si lo pienso de nuevo, nunca estaba satisfecha. Ni de su trabajo, no importa cuál, ni de la casa donde vivíamos, cualquiera que fuese. Ni de la maestra de la guardería de Liori. Ni de la maestra de primaria. Siempre le parecía que lo mejor estaba en otro lugar. Teníamos una especie de broma permanente: que yo era la única cosa que no cambiaba.

Y eso fue lo que sucedió al final.

No exactamente.

Llegados a ese punto de la conversación, recuerdo que Mor ya estaba tumbada en la cama de matrimonio. El modo en que se había echado en la cama acentuaba sus hermosas curvas, aunque ella no parecía consciente de ello. No lo había hecho aposta.

¿Qué significa eso?, preguntó mientras se colocaba la palma de la mano bajo el mentón para sostenerlo, y clavó sus ojos en mí, como si cada palabra significara mucho para ella.

La pareja es... como una jungla, expliqué. Las marañas y las necesidades se entrelazan y es difícil distinguir entre causa y efecto. Lo más fácil es echar la culpa al otro. Pero es falso. Tengo... Tenía mi parte de responsabilidad y no era baladí. Es preciso aprender a vivir con una mujer descontenta la mayor parte del tiempo. Yo, en cambio, me alejé de ella como si fuese contagiosa. Había también otros conflictos que no se podían saber de antemano. Nuestra hija... digamos que es... muy sensible. Un noventa y nueve por ciento en la escala de la sensibilidad. Y cada uno de nosotros ha evolucionado en otra dirección. Además, no sé, ¿y si estar juntos durante quince años sin despellejarnos vivos fuese más un logro que un fracaso? Discúlpame, creo que tú buscas respuestas, pero yo aún no las tengo.

Ha estado muy bien, me has ayudado, me respondió, mirándome directamente a los ojos.

¿De veras?

Extendí un poco las piernas y mis calcetines de lana rozaron sus estrechas caderas.

De veras, sí.

Guardamos silencio unos instantes. Cada uno con la mirada fija en un punto distinto de la pared. Pensé cuán extraño y hermoso era que, sin apenas conocernos, nuestra conversación tuviese tanto ritmo. Incluso pausas. Había llegado en el momento oportuno.

Y también pensé que había encontrado muchas personas desde la separación –alumnos, compañeros, colegas, el psicólogo, al que había ido dos veces– y con nadie había experimentado esa sensación tan rara, la de que en ese instante solo existíamos en el mundo la persona que tenía ante mí y yo. Y pensé que Mor tenía unas mejillas orondas y que yo era el único hombre que consideraba sexis las mejillas orondas.

No sé qué más decirte, proseguí después de cuatro tempos de silencio. La verdad es que no me apetece hablar con nadie de mi separación. No de ese modo.

Mor, de nuevo, dirigió los ojos hacia mí. Su mirada era cálida, pero no legible. No se me acercó ni un milímetro y siguió rascando las mallas con las uñas, más como un tic que a causa de un verdadero prurito. Y, aunque estaba echada de través en mi cama, no se había quitado los zapatos. Sus pies calzados sobresalían unos veinte centímetros del colchón, apenas lo rozaban.

Si se los quitaba, eso sí sería una señal. Pero no estaba seguro de querer que se descalzara. Igual que los soldados que tienen el síndrome del miembro fantasma, ese dolor que sienten justo donde les amputaron una extremidad, yo, desde la separación de Orna, padezco de monogamia fantasma; sabía que tenía que celebrar mi nueva libertad, pero no lo hacía. Después de quince años con la misma mujer, no conseguía imaginarme a mí mismo intimando con otra. De ahí que me sintiera algo tenso. No estaba convencido de que fuera capaz de funcionar.

Finalmente –no creo que por entonces la visita hubiese durado más de una hora–, Mor se levantó de la cama y dijo:

Tengo que regresar, Ronen podría despertarse.

Un momento, me levanté yo también, ¿no vas a decirme el porqué de todas estas... preguntas?

No puedo, respondió.

No es justo.

Fruncí los labios como un niño mimado y ella dijo que lo sentía y sonrió, pero su tono era serio.

Sería como engañarlo.

Está bien. Junté las palmas de las manos y me incliné como en un saludo japonés. Entonces, me place estar a tu servicio. Cuando su mano estaba ya sobre la manilla de la puerta, a pesar de todo, me atreví a seguir hablando. ¿Puedo añadir algo?

Sí, dijo ella.

Estoy dando palos de ciego, puedes pensar que es una tontería, pero un viaje es... una situación extrema. De algunas personas saca lo mejor y de otras...

Lo sé, respondió ella.

Y se le humedecieron los ojos. De golpe. Los ojos suelen humedecerse lentamente, pero a ella le sucedió de repente. Se volvió hacia la puerta para disimularlo y entonces se dio la vuelta, caminó dos pasos rápidos hacia mí, se puso de puntillas y me besó.

No la vi enseguida en la *shivá.*

La casa estaba repleta de personas que se habían acercado para dar el pésame. Se congregaban en dos grupos: uno en el salón, con seis o siete cabezas canosas reunidas en torno a una mujer erguida que probablemente era la madre de Ronen, y otro junto al comedor, con cuatro o cinco muchachos y una chica, sin rizos, que se apoyaba en uno de los chavales y parecía a punto de echarse a llorar.

Entre el salón y el comedor me encontré un piano de cola con la tapa levantada, como si alguien estuviese a punto de sentarse a tocar o hubiera terminado de hacerlo hacía poco; junto a él, había una chimenea, cuyo fuego chisporroteaba. El espacio entero estaba inundado del sonido que se oye en las casas solo durante la *shivá.* Eran voces tristes, vacilantes; de vez en cuando sobresalía alguna, como un músico en un solo.

Mientras pensaba que estaría muy bien distribuir cartulinas como las de las bodas, indicando la mesa en la que se sientan tus conocidos, o, si no te conoce nadie, la mesa de los que no se conocen entre sí, Ronen Amirov compareció ante mí.

Es decir, se me acercó un muchacho que se parecía tanto a Ronen en la altura, la espalda algo curvada y la barbilla de monje que, por espacio de dos compases, mi corazón dejó de latir.

Luego me tendió la mano y se presentó:

Soy Gal, el hermano de Ronen. Nos parecemos una barbaridad, lo sé. La gente siempre lo dice... decía.

Te acompaño en el sentimiento.

Aún no lo hemos asimilado, estamos en *shock.* ¿Dónde... conociste a mi hermano?

En Bolivia. Allí los conocí a él y a Mor.

¿En La Paz?

La verdad es que sí.

Vaya, dijo. Y me di cuenta de que, de súbito, el tono de su voz bajó media octava. Gracias por haber venido.

Asentí.

Él abrió la boca para hablar, pero cambió de parecer y me indicó con la cabeza, como si fuera algo indecente, que Mor estaba allí, y señaló un cuarto apartado.

Era el estudio estrecho y largo de una persona mayor. Un escritorio. Una gran lámpara. Estanterías repletas de libros. También el espacio entre los libros y el estante superior estaba atestado de volúmenes. Junto a la librería había varias sillas negras, de plástico, y, bajo la ventana, en el otro extremo de la habitación, en una silla de oficina, estaba sentada Mor. Al estilo oriental. Con los pies cubiertos por gruesos calcetines de lana. Más esférica que como la recordaba. Más hermosa que como la recordaba. Con unos tejanos oscuros y una camiseta clara estampada con una imagen de Frida Kahlo.

Llevaba los rizos recogidos con un práctico pasador. En las orejas no llevaba pendientes, pero del cuello, sobre la carne color miel, le colgaba una cadenita de oro.

No tenía dónde sentarme, así que me quedé de pie. Ella estaba ocupada hablando con una de las amigas y no se dio cuenta en absoluto de mi llegada.

Decía:

En la cinta transportadora de las maletas. Con mi mochila.

Y la amiga declaró:

Oh, debe de haber sido horrible.

Y Mor añadió:

Toda la ropa está allí, y los libros; aún no he podido deshacer nada. No me veo capaz.

Y la amiga respondió:

Cada cosa a su debido tiempo.

Y se callaron unos instantes, cayeron en el silencio que sigue a una frase hecha. Entonces, Mor levantó los ojos hacia mí. Interrogantes.

Me acerqué, me incliné y la abracé. Suave, sin estrecharla contra mí.

Soy Omrí, le dije a continuación. De La Paz.

Lo sé, murmuró.

Y eso fue todo. No me dirigió más la palabra. Ni me miró. Cuando quedó libre una silla en un rincón del cuarto, me senté. Intenté capturar su mirada, pero fue imposible. La requerían en otro lugar. Intenté escuchar lo que les contaba a las amigas, pero hablaba muy bajo y con lo poco que pescaba al vuelo no conseguía formar ninguna frase. Me di cuenta de que, cuando una amiga intentaba sonsacarle algo, lo único que conseguía era que hablara de sí misma. Pero siempre en voz baja para que yo no alcanzara a oír nada. Entonces, cogí uno de los álbumes de fotos que había por allí y fingí hojearlo mientras alzaba los ojos para empaparme más de ella. Me percaté de que la pequeña cicatriz que tenía entre las cejas se había acentuado, cosa que de golpe le añadía años. Aunque precisamente esto la volvía más atractiva para mí. Las líneas de la cara se le habían suavizado. La expresión, endulzado. En lugar de la jovencita ingenua, demasiado optimista, de La Paz, tenía ante mí a una mujer. Una mujer afligida, sin duda. Hasta la Frida Kahlo de su camiseta estaba triste. Sin embargo, no era una mujer apagada: su expresión denotaba un dolor profundo, pero su cuerpo expresaba cierta agitación. Una inquietud. Cada pocos segundos, cambiaba la posición oriental de yoga por la de cruzar las piernas una sobre otra, para volver otra vez a la colocación inicial y luego, de nuevo, a cruzarlas. Y, según hablaban sus amigas, se cogía la cadenita de oro del cuello y se la llevaba a la boca o se rascaba la pierna, los tejanos. El mismo tic que recordaba de mi habitación del albergue.

Poco a poco, el pequeño cuarto en el que nos encontrábamos se fue vaciando, solo quedamos Mor, una amiga suya y yo. Ella no mostraba señal alguna de interesarse por mí. Todo lo contrario. Charlaba con la mujer en susurros, con la clara intención de excluirme de la conversación.

Me sentí muy idiota: había viajado hasta Galilea para darle el pésame a alguien que ni siquiera se dignaba mirarme. Me dije que un álbum más y me largaba.

En el último un-álbum-más-y-me-largo había una serie de fotografías de su boda, cada una con parientes distintos, aunque todos parecían ser de Ronen. Allí no había nadie con rizos. «Está guapa con vestido», pensé. Le resalta las caderas. En realidad, se le nota en la postura que no está acostumbrada a llevarlos. Al menos no uno así. Ronen está a su lado, radiante. Por lo visto, el hombre rígido, severo, que conocí en La Paz poseía una sonrisa generosa que le alargaba los ojos, le afinaba la nariz y le convertía en un hombre agradable. Tenía una de esas sonrisas que hacen que te guste la persona. Que te entristezca que muera.

A continuación, había una foto de ellos dos sentados, uno junto al otro, con la mirada fija en algo que ocurría en el escenario. Quizás era el momento de las bendiciones, y, aunque no se tocaban, sus rostros estaban resplandecientes por la luz próxima. Una foto más desde otro ángulo...

Basta.

Me levanté para irme.

Ella no pareció darse cuenta de que me disponía a partir, pero cuando llegué a la entrada de la casa noté que alguien me rozaba la espalda. Un toque ligerísimo.

Me di la vuelta.

Gracias por venir, dijo, alargando la mano.

Me la estrechó un buen rato, más de lo habitual. Lo suficiente para dejarme una nota en la palma.

Asentí y cerré el puño en torno al papel.

Solo me atreví a leerlo en el coche.

Ve hasta el final de la calle, gira a la izquierda en la plaza y sigue recto hasta que llegues al monumento. Espérame en el aparcamiento. Me llevará un rato, pero encontraré una excusa para ir.

En primer lugar, telefoneé a Orna. Le pedí que fuera a recoger a Liori, que estaba en una actividad extraescolar. Ella dijo:

Es tan propio de ti pelearte conmigo por la custodia, luego marcharte a Bolivia por dos semanas y finalmente pasar de todo cuando te toca ir a buscarla...

Le respondí que no exagerase, que era la primera vez que ocurría. Sabía cuánto me importaba Liori. Ella replicó que no podía avisarla en el último instante, que la niña no reacciona bien a estos cambios por sorpresa. Que está pasando un periodo delicado. Le expliqué que no tenía elección, que estaba en Galilea y no llegaría a tiempo. Me preguntó qué hacía tan al norte. Le conté una mentira.

Desde que nos separamos no paras, me respondió.

Objeté que siempre había sido así. Y que no me quedaba otra si quería comer.

Bien, concluyó. De acuerdo, yo la recogeré, aunque no me toque.

Hija de puta, mascullé lejos del móvil, y, tras acercarme de nuevo, dije:

Gracias, Orna.

Después salí del coche. Me acerqué al monumento y leí los nombres de los caídos de derecha a izquierda y de izquierda a derecha. Reflexioné sobre el hecho de que desde la separación Liori no hacía más que preguntar por la muerte. ¿Cuándo te vas a morir, papá? ¿Cuándo se morirá mamá? ¿Adónde vamos cuando morimos? ¿Se puede regresar del más allá? ¿Estás seguro de que es imposible?

Miré el reloj y decidí que, si Mor no llegaba en cinco minutos, me largaba. Aún estaría a tiempo de abrazar a mi niña.

Pero al cabo de diez minutos todavía estaba allí, esperando.

Finalmente, Mor llegó, montada en bicicleta. La vi aparecer en la curva y mi corazón se estremeció.

Quizás porque, en general, la gente que va en bicicleta parece feliz. Llena de energía. Pero en su modo de montar había algo de pena, de dolor.

Quizás porque la calle estaba totalmente vacía y era ancha. Lo que la hacía parecer una amazona solitaria, muy solitaria. O una niña que huye de unos chicos que la persiguen.

Pedaleaba con toda su fuerza. El viento y la velocidad le alborotaban los rizos. Ella se los colocaba detrás de la oreja y en la siguiente ráfaga se le soltaban de nuevo. Me vino a la mente la imagen de cuando pedaleaba tras su marido en el Camino de la Muerte. La caída. Y se despertó en mí la misma idea: asegurarme de que nadie la lastimara.

Ella se detuvo en el monumento. Pasó una pierna demasiado larga por encima del chasis, apoyó la bicicleta contra el muro de los caídos y se acercó a mí. El pecho le subía y le bajaba a toda prisa, tenía la respiración acelerada. Dudaba de si por la carrera o por mí. La situación era un embrollo, no sabía ni si podía abrazarla. Mierda, es viuda.

Se puso de puntillas y me besó, un beso fugaz en la mejilla, y dijo:

Había olvidado lo alto que eres. Siento haber sido tan desagradable antes. Allí todos me miran con lupa. Me parece que notan algo. No sé, quizás todo esté en mi cabeza. Su madre, en realidad, se porta bien conmigo. En cambio, sus hermanos..., ellos... Es una situación que... Qué bien que hayas venido. Se detuvo y sonrió; era una sonrisa desdichada. No tienes ni idea de lo que hablo, ¿verdad?

Asentí.

Miró a los lados como si temiera que alguien la persiguiese y entonces...

Ven, dijo.

De detrás del monumento salía un sendero escondido que no había visto hasta aquel momento y ella lo enfiló, dando por sentado que la seguiría.

Era mitad de febrero, el 17 de febrero, para ser exactos. Recuerdo muy bien la fecha porque dos días antes había sido el cumpleaños de Liori.

Aún no había estallado la primavera, pero ya no era invierno. Los ciclámenes empezaban a marchitarse entre las rocas mientras brotaban las primeras anémonas. Entre las nubes próximas se colaba el sol, pero en el horizonte los nubarrones eran grávidos, negros. Solo algunos almendros que encontramos en el camino habían florecido, los otros todavía no. El sendero era fangoso por la lluvia del sábado anterior, que había mandado del jardín al salón a los invitados del cumpleaños de Liori. Ese salón había sido antaño mi salón. Liori se había percatado de que me había detenido en el umbral, dudando de si entrar, y, sin mediar palabra, me había cogido de la mano, como un adulto que agarra la mano a un niño antes de cruzar la calle.

Los pasos de Mor eran más pesados de lo que recordaba. En La Paz, a la salida de la heladería, sus rizos y ella iban por la calle casi saltando. Ahora en su caminar había algo tímido.

Fui tras ella en silencio hasta llegar a una enorme roca plana del tamaño, por lo menos, de una cama de matrimonio. La rodeaban y la escondían unos arbustos espinosos. Solo por un lado estaba abierta al paisaje, a unas colinas verdes que se sucedían por el oeste hacia el mar.

Ella se sentó.

En las cavidades de la roca aún había agua. Encontré un espacio seco no lejos de ella, pero tampoco cerca.

Se abrazó las rodillas, volvió la cabeza y me lanzó aquella mirada en dos fases que empezaba siendo directa y terminaba con los ojos en el suelo.

¿Cómo estás?, me preguntó.

¿Cómo estoy yo?

Sí. ¿Cómo estás, Omrí?

«Mucha gente me ha preguntado últimamente cómo estoy –pensé–, pero nadie así. Con tanta curiosidad». Me invitaba a responderle con sinceridad. Es increíble cómo con dos palabras había creado una burbuja a nuestro alrededor.

Me parece que... tú estás pasando por momentos... más dramáticos, dije.

¿Te has besado con alguien más desde que lo hicimos tú y yo en La Paz?

No.

¿Qué eres, mojigato?

Soy selectivo. ¿A qué te dedicas? No sé nada de ti.

Soy científica. Estudio física atómica.

«¡Vaya!», me dije.

Yo soy músico.

Qué casualidad, ¿tú también eres violinista?

¿Por qué? ¿Quién es violinista?

Ronen lo era...

En mi caso toco el tambor y la batería. Oye..., ¿quieres contarme qué ha ocurrido?

Quiero, pero déjame... hacerlo a mi ritmo.

¿Tienes frío?

¿Por qué?

Porque tiemblas. ¿Quieres mi chaqueta?

No serviría de nada. Me pasa desde... el Camino de la Muerte. Siempre tengo frío. No importa las capas que lleve. Es un frío que viene de dentro.

Me quité la chaqueta, la coloqué sobre sus hombros y dije:

Lo siento, no puedo verte así.

Gracias, respondió, y dejó que las mangas colgaran sin meter los brazos en ellas.

Entonces..., ¿consigues vivir de la música?

Así que ¿seguimos hablando de mí?

Asintió. Dos veces. Y la cicatriz en el entrecejo se le hundió aún más.

Tengo un taller que se llama Al Ritmo del Corazón; lo pongo en práctica en las escuelas, proseguí.

¿En qué consiste el taller?

¿De verdad te interesa?

De verdad de la buena, declaró, colocándose la palma de la mano en el mentón para sostenerlo, exactamente como hizo en La Paz.

Les enseño a escuchar a través de la música. Toda esta generación tiene déficit de atención. La mayoría es incapaz de sostener una conversación. De hecho, tiene también un trastorno de comunicación. Por eso tocando juntos la percusión...

No fue un accidente.

¿Qué?

La caída de Ronen... no fue un verdadero accidente.

Metió los brazos en las mangas de mi chaqueta. Primero la izquierda. Después la derecha. Liberó los rizos atrapados en el cuello, cerró la cremallera hasta arriba y luego la abrió de nuevo. Hasta la mitad. Se llevó un dedo a la mejilla como si se enjugara una lágrima. A pesar de que no había ninguna. Bajó el brazo y lo dejó colgando.

Me hubiera gustado acariciarle la mano, pero me contuve.

Solíamos recorrer los *wadis* a menudo, Ronen y yo, dijo.

¿Tú también... eres de esta zona?

Soy de Ma'alot. Venía haciendo autostop para reunirme con él e íbamos a caminar. Cuando murió su padre lo pasó muy mal...

Sí, vi en los álbumes que el padre en un momento determinado dejaba de aparecer.

Un paro cardíaco. Ronen estaba en casa cuando sucedió. Intentó auxiliarlo.

Mierda.

Lo llevaba a caminar para que no se volviera loco. Hasta que me conoció, andaba siempre con la nariz metida en las notas del violín. No sabía de ningún sendero por los alrededores. A veces caminábamos una hora, otras un día entero.

¡Guau!

El juego consistía en caminar hasta que él sonreía. Bastaba una sola sonrisa, una auténtica. No importaba cuánto tiempo llevara.

Ahora la lágrima era auténtica. Resbalaba solitaria por la mejilla. Cuando Liori era pequeña, le enjugaba las lágrimas con la lengua, lo que la hacía reír; dejaba de llorar. Pero desde la separación creo que llora por dentro.

Mor se enjugó la lágrima con un gesto rápido, con el dedo, y se arrebujó en mi chaqueta.

Me pidieron que lo identificara, dijo con voz ahogada. Un policía me llevó al hospital. O al depósito de cadáveres. En La Paz. O en Coroico. No me acuerdo. Todos esos primeros días se me mezclan. El policía me hablaba todo el rato en español y yo iba asintiendo, decía sí, sí con la cabeza. Pero no entendía lo que me decía.

¿No había nadie de la embajada?

Llevaba cerrada desde la Operación Plomo Fundido, de Gaza.

Vaya mierda.

Hay una pareja de israelíes que viven en la ciudad y ayudan a los turistas, pero estaban de vacaciones en Israel.

Entonces, ¿qué pasó después...? Durante los interrogatorios..., con los trámites...

Estuve completamente sola. Me retuvieron cuatro días.

Puse una mano sobre la suya. Un gesto instintivo. Como tocar los bongos. No me detuve a pensar. No movió la mano, ni siquiera reaccionó.

Estuvimos así, sentados, unos minutos, sin hablar. Cada uno con su imagen en la cabeza. Las nubes oscuras que antes solo estaban en el horizonte se iban acercando. El viento ondulaba el agua de las cavidades de la roca. Tenía frío, pero no se me habría ocurrido nunca pedirle que me devolviera la chaqueta.

Pensé en la bicicleta de Mor, que se había quedado sin amarrar junto al monumento; en Ramat Gan la habrían robado al cabo de un minuto.

Pensé en que una vez en bici, cuando llevaba a Liori a la guardería, perdí el equilibrio y nos caímos. Se golpeó la cabeza con la acera. Cuán largos se hicieron los segundos que tardó en llorar.

Pensé en la mirada desgarradora de Liori cuando le expliqué –hablé yo primero con ella para demostrarle a Orna que afrontaba la situación– que papá y mamá no... están de acuerdo y por eso papá se muda a otra casa. Al principio no lo entendía. No comprendía qué pretendíamos decirle. Tenía incluso una sonrisa inesperada, como si le contáramos un chiste.

Pensé en que, en efecto, era inesperado que Mor se escabullera así de la *shivá* del marido. Y que la hubieran relegado a una habitación secundaria. Y que nadie de su familia la acompañara. Ni la madre ni el padre ni la hermana. Mi madre no se hubiese separado de mí si me hubiera ocurrido una tragedia como aquella.

¿Quieres contarme qué pasó?, pregunté.

Ella dudó un momento antes de responder:

Quiero, pero me da miedo.

Esto quedará entre nosotros, le aseguré, y me puse la mano sobre el pecho, como si fuera un juramento.

Esa no es la cuestión.

Entonces, ¿cuál es?

Mientras no se verbaliza algo, es como si no hubiera ocurrido. Entonces, puedes decirte a ti misma que todo es producto de tu imaginación.

Como quieras. Yo de todos modos estoy aquí, a tu disposición.

Eres maravilloso.

Para nada.

¿De veras? Pues cuéntame algo de ti que no sea maravilloso.

¿Ahora?

Sí, eso me ayudará a sincerarme. Porque lo que estoy a punto de contarte no es maravilloso en absoluto.

Dudé. Por un lado, no quería jugarme la mirada con que ella me había mirado hasta ese momento, esa mirada limpia, no contaminada aún por los ajustes de cuentas, los insultos y el conocimiento del lado oscuro del otro. Quizás no sería conveniente decirle que me habían expulsado del conservatorio, por ejemplo...

Por otro lado, tenía claro que, si quería saber exactamente cómo cayó su marido al abismo en el Camino de la Muerte y qué estaba haciendo allí conmigo en vez de estar en la *shivá*, debía darle algo a cambio.

Bien, empecé. Pues cuando... regresé de... Bolivia...

¿Sí?

Orna, mi exmujer, de repente modificó los acuerdos de la mediación y exigió reducir los días que Liori estaría conmigo. Adujo que no podía ofrecer estabilidad a Liori, porque... había abandonado mi trabajo en el conservatorio sin tener otro fijo y después me había ido al extranjero por dos semanas. Dijo que soy inestable, como mi padre. Entonces, la telefoneé para pedirle que habláramos cara a cara. Ella respondió que prefería que estuvieran presentes los abogados y yo repliqué que sería mejor para ella que los abogados no participaran. No en esa reunión. Nos vimos aquella misma tarde en una cafetería del barrio donde vivíamos antes. Le dije que de ningún modo renunciaría a un solo minuto con Liori, que la niña necesitaba a su padre y que si no volvía al acuerdo original sobre el régimen de visitas informaría a la Agencia Tributaria de la doble contabilidad de su oficina. Respondió que no podía creer que hubiese caído tan bajo y yo insistí: si no quería que su nueva vida empezara en la cárcel, haría bien en calcular de nuevo sus movimientos. A continuación, ella dijo:

Omrí, soy yo, ¿qué estás haciendo?

En aquel momento me levanté y me fui de la cafetería. Sin pagar.

Pero ¿por qué dijo todas esas cosas de ti?, preguntó Mor, y sentí cómo su mano se movía ligeramente bajo la mía, incómoda.

Porque... después del divorcio me desmoroné. Y es cierto que mi padre es un cero a la izquierda. Uno de esos hombres capaces de olvidar a un hijo en el coche en verano con las ventanillas cerradas. Y también es cierto que me cuesta comprometerme... Pero ¿Liori? Ella nunca se ha dado cuenta de ello. Con ella soy sólido como una roca.

Te creo.

Solo has oído mi versión. Es fácil que me creas.

No. Es una de las primeras cosas que capté de ti en la heladería, Omrí: eres un padre excelente.

Pero ¿por qué...?

Te pregunté por cuánto tiempo habías venido y me respondiste que unas dos semanas, que más era imposible. Por tu hija. Reconociste que incluso entonces la nostalgia te mataba. Por eso fui a buscarte al albergue. Por lo que dijiste de tu hija.

¿De verdad?

Sabía que no te aprovecharías de la situación.

Vaya.

Pero Omrí..., empezó a decir y se quedó en silencio.

Se rascó los tejanos con la mano libre.

¿Qué?, pregunté.

Mi historia... es mucho peor.

Y, mientras decía estas palabras, respondió al contacto de mi mano por primera vez. Sus delicados dedos se estrecharon en torno a los míos, que son ásperos, como queriendo asegurarse de que no huiría aun después de saber lo que había ocurrido. En uno de los dedos llevaba la alianza.

¿Qué pasó exactamente?, pregunté.

Ella no contestó; respiraba con dificultad. Bajó la cabeza, como un animal que se somete a una bestia más fuerte.

A veces, cuando estoy en silencio con otras personas, oigo una canción. Como la banda sonora de una película. A veces comprendo enseguida a qué responde esa canción. Otras veces tardo más.

> Eres la más hermosa cuando estás borracha,
> no distingues entre el bien y el mal,
> tampoco la belleza...

Empezaron a resonarme esas líneas de una canción de Knesiat Hasejel que tenía medio olvidada.

¿Sabes?, dije, tengo una idea. Es algo que Orna y yo hacíamos en terapia de pareja...

Que por lo visto tuvo mucho éxito, apuntó Mor, alzando la cabeza.

Me eché a reír mientras pensaba que nunca había tenido una pareja con sentido del humor. Hacer reír siempre había sido mi papel.

Cuando a alguno de los dos nos costaba decir algo, la terapeuta nos pedía que lo hiciéramos en tercera persona, expliqué.

¿En tercera persona?

Él, ella, ellos.

¿Como si fuera un cuento?

Asentí.

¿Un cuento del tipo «érase una vez una muchacha con rizos que amaba a un muchacho y se fue con él de viaje de luna de miel con la ilusión de que todo iría bien»?

Eso es.

Bien, dame un momento.

Tómate tu tiempo.

Se desató los cordones de sus All Star rojas. A continuación, se las ató de nuevo, más fuerte. La zapatilla derecha, la zapatilla izquierda. Como si fuese a salir de viaje. Entonces, empezó a hablar.

Vale. Entonces... esa muchacha de rizos... si había algo de lo que estaba segura antes de la luna de miel, era de que conocía a su marido. Después de todo, llevaban juntos desde secundaria y juntos se habían echado terriblemente de menos el uno al otro durante el servicio militar, y juntos habían compartido un apartamento minúsculo en la universidad. Él estudiaba Matemáticas y ella cambió cuatro veces de rama hasta que optó por un máster en Trabajo Social Clínico. Cuando ambos concluyeron sus estudios, supieron que había llegado el momento de hacer el viaje de después del ejército que habían dejado pasar. Solo había un pequeño problema: ella hacía turnos en una línea telefónica de apoyo psicológico urgente y él daba clases particulares de violín. Estaban sin blanca. Y entonces tuve una idea, o sea, la chica de los rizos la tuvo: casarse en casa de la familia de él, en el césped del jardín. Los amigos de él se ocuparían de la música, la comida la prepararíamos nosotros y con el dinero que nos regalaran viajaríamos a Sudamérica. Y así fue. Antes incluso de la puesta en escena dramática de la boda quedaba claro para ambos que sería para toda la vida, y, aunque a veces ella tuviera curiosidad por otros hombres (la chica era indecisa: se podía pasar horas y horas hasta que se decantaba por un sabor de helado), no dio muestras de ello hasta llegar a La Paz. Y allí, si él no hubiera empezado a comportarse de un modo tan extraño, no habría ocurrido nada.

¿Alcanzas a comprender algo de esa tercera persona?

Sí. Es como si le hubiera ocurrido a otra. Va a llover, Omrí. ¿Te devuelvo la chaqueta?

¡Qué dices! Sigue.

El problema... empezó durante el vuelo. Él se quejaba todo el rato. De la comida. Del servicio. De la calidad del sonido de los auriculares para ver una película. En cambio, ella disfrutaba de ese tiempo. Cuando el avión temblaba sobrevolando el océano, él se puso nervioso. Ella, en cambio, se sintió en paz. Al otro lado se sentaba un hombre trajeado que jugaba con algo parecido a un cubo de Rubik mejorado. Le preguntó qué era y entablaron una agradable conversación. Ronen no dijo nada, pero, mientras esperaban junto a la cinta transportadora de equipajes, soltó: «¿Sabes?, no hace falta que te hagas amiga de todo el mundo». Ella no tenía ninguna experiencia en recibir dardos envenenados, así que sencillamente se limitó a no responder. Cuando llegaron al albergue, él tampoco estuvo satisfecho con la habitación e insistió en que se la cambiaran por otra. Por la noche, habló en sueños, decía palabras sueltas que no formaban frases, cosa que no ocurría desde la muerte de su padre.

Pasados unos días estaba claro que algo malo le estaba ocurriendo. No sonreía nunca, ni siquiera a su mujer, y todo el rato estaba ocupado en ahorrar y calcular cuánto dinero habían gastado y cuánto les quedaba. Por las noches hablaba solo y no se dejaba tocar en absoluto. Cada vez que ella lo intentaba, se apartaba nada más rozarlo, como si fuera contagiosa, y la única vez que... se acostaron él estaba en pleno ataque de rabia. Usó el momento como represalia por algo que ella, por lo visto, había hecho. La mujer protestaba, decía que no le gustaba así, y él se quejaba, porque ¿acaso no se puede variar de vez en cuando? Desde aquel momento perdió interés en intimar con ella. Se alejaba, se quedaba en el borde de la cama. En cambio, cuando había personas delante, por ejemplo, en un autobús o en un café, se pegaba a ella. Y la perseguía con una mirada inquisidora incluso cuando iba al servicio.

Suena estresante, dije.

Me miras como si quisieras preguntarme algo, respondió Mor. Venga, pregunta.

Nuestros dedos seguían entrelazados. Las nubes que teníamos encima de nosotros amenazaban con estallar.

Si os iba tan mal, ¿por qué no os montasteis en un avión y regresasteis a casa?, pregunté.

Por qué ellos no se montaron en un avión, querrás decir.

¿Te funciona la tercera persona?

Parece que sí.

Te escucho.

Pues pasada una semana, como su marido seguía ignorándola, le preguntó si quería volver a casa, pero él respondió que no. Y ella le comentó que no parecía que se lo estuviera pasando bien y él la miró, directo a los ojos, y dijo:

Lo siento, no sé qué me pasa, no hago más que pensar en mi padre, me asaltan *flashbacks* de él derrumbándose en el salón y, además, me vienen un montón de recuerdos desagradables que no consigo detener.

Y ella dijo que no pasaba nada, que lo superarían juntos, y le acarició la espalda. Él no retrocedió y ella pensó que era buena señal.

Y la verdad es que luego llegaron unos días dulces, de pequeños gestos cariñosos. «Dame, yo te llevo la mochila», «¿Te traigo un café del restaurante?», «Qué bien te sienta ese pantalón o camiseta», «¿Por qué mirar el paisaje si puedo mirarte a ti?». Pero todo se terminó de golpe cuando ella se entretuvo hablando con un guía en Salar. Solo quería saber por qué la laguna Colorada era roja. Quizás durante la conversación le había rozado un codo, porque ella es así, le gusta el contacto físico, pero de ningún modo eso justifica la escena que Ronen le montó en la habitación. No es capaz de repetir lo que la llamó, es demasiado humillante, pero entre otras cosas le dijo «perra» y «estúpida». Y, en cualquier caso, ese fue su punto de inflexión. En un instante, el esfuerzo continuo por comprenderlo y acoger sus cambios de humor dio paso a una fría ira. Le soltó que jamás le volviera a hablar de ese modo, que la próxima vez cortaría con él, siguieran o no de luna de miel, y que no estaba dispuesta a que la tratara así. Estaba segura de que él empezaría a discutir, pero en lugar de eso cayó de rodillas sobre el mugriento suelo de la habitación, le besó la mano y le suplicó que lo perdonara. Le prometió que no ocurriría nunca más y propuso regresar a La Paz por la mañana, así podría ir a una farmacia y comprar un tranquilizante. No quería que ella lo abandonara, no podría soportar perderla, lo destruiría para siempre.

Entonces..., ¿justo después es cuando os conocí en la heladería de La Paz?

Sí, dos días después.

Qué bien cronometrado.

Dime, Omrí, ¿qué... pensaste de mí en la heladería?

Que no estaba tan contenta como se había propuesto que creyéramos los demás, quería responder. En cambio, repetí su pregunta:

¿Que qué pensé de ti?

Me dirigió la primera sonrisa coqueta, también algo triste. Parecía saber demasiado bien cómo terminaban los coqueteos.

Me gustaste, respondí, sonriendo. Eso es evidente. Pero no llegué a comprender que...

Que llamara a tu puerta en mitad de la noche.

Con mallas y camisa de cuadros rojos. Con el primer botón desabrochado.

Aún te acuerdas.

¿Cómo olvidarlo?

La verdad es que ni yo lo comprendo.

Entonces, ¿qué...?

¿Y si... seguimos con la historia?

Al día siguiente cogieron un autobús para La Paz. Durante el viaje él se durmió sobre su hombro. En cambio, ella no consiguió conciliar el sueño. Tal vez él le había contagiado el virus de la negatividad. ¿Cómo podría sobrevivir otro mes con él en esas condiciones? Podría haber fingido una enfermedad grave; le habría pedido que adelantaran el viaje de vuelta y así habría esperado en casa a que se sintiera fuerte. Pero ¿cómo se le ocurrió siquiera semejante idea, fingir una enfermedad, durante la luna de miel? No debería haber pasado. Igual que tampoco deberían haberse acostado cada dos semanas durante la luna de miel ni él debería haberla llamado «perra» y «estúpida» durante la luna de miel y ella no debería haberse sentido una perra y una estúpida solo por habérselo escuchado decir. ¿Y si él ya no la encontraba atractiva? ¿Y si habían gastado todo el amor antes de casarse y ahora solo eran un pueblo turístico fuera de temporada? La cabeza de él le pesaba sobre el hombro. Ella la apartaba, pero con cada sacudida del autobús volvía a caerle a plomo sobre el hueso.

Sobre todo, sentía la necesidad de estar sola. Unas horas consigo misma. Para ordenar las ideas. El día que se encontraron con el divorciado alto, por la mañana ella le había preguntado: «¿Te parece bien si me tomo la mañana para pasear sola por la ciudad?». Lo había hecho con la máxima amabilidad, pero él había respondido que lo sentía, pero que no. Y había añadido: «Creo que las pastillas me están ayudando; sin embargo, aún no estoy preparado para quedarme solo con mis pensamientos, menos aún en este cuarto deprimente». Ella habría querido recordarle que les habían ofrecido un bonito albergue en la ciudad y él lo había desestimado por el precio, por eso habían acabado alojados en un cuarto deprimente, pero en cambio había dicho: «De acuerdo, pues vamos a tomar un helado; dicen que hay una heladería con sabores especiales no muy lejos del albergue El Lobo». Y de camino se encontraron con el divorciado alto, que de hecho fue la primera persona aparte de Ronen con quien habló en hebreo desde el inicio del viaje. Al principio a ella le pareció un vikingo por su altura y por el pelo largo recogido en un moño, así que se dirigió a él en inglés, pero el hombre respondió en hebreo. Algo en la naturalidad y la sencilla calidez que emanaba de él puso de relieve las complicadas y dificultosas relaciones con su marido, que, sentado con ellos, guardó un estruendoso silencio durante toda la conversación. Después acompañaron al vikingo israelí, que tenía un hermoso nombre, Omrí, a su albergue, que era precisamente el albergue que les habían recomendado y en el que ella había querido hospedarse, y, más allá de su hombro, vio que en el patio interior había una fuente. De todas las cosas del mundo, fue esa fuente lo que hizo que le hirviera la sangre y de inmediato se dio cuenta de que desde el inicio del viaje estaba sufriendo el yugo de un dictador. Ciertamente, el dictador era infeliz, pero la dominaba gracias a esa infelicidad y se permitía comentarios, segundos después de alejarse de Omrí, del tipo «Es patético que necesites llamar la atención de cualquier hombre que se nos acerca». Ella no respondió a esa canallada y por la noche se metió en la cama con él con el pantalón del chándal, como si nada, y se dejó abrazar mientras esperaba a que los tranquilizantes le hicieran efecto. Cuando se adormeció, le tiró suavemente de la barba para comprobar que no se despertaba, se puso las mallas y los pendientes y salió. Primero no sabía adónde iba, de veras no lo sabía, solo aspiraba a llenarse los pulmones con ese aire de libertad. Pero entonces las piernas la condujeron al albergue de Omrí. Y aún no tenía ni idea de que la visita a su habitación terminaría como terminó.

El hecho de que Mor me besara en el albergue no fue menos sorprendente que el mismo beso. Se abandonó al máximo. Por consiguiente, yo también me abandoné del todo. Tenía la boca abierta y cálida. Muy cálida. Jadeaba. Yo mismo me oía jadear. Desde que me operaron el tabique nasal en el ejército, una intervención que no salió bien, respiro casi siempre por la boca. Y, como la boca la tenía ocupada, me quedaba sin aire. Sin embargo, no me importó en absoluto jadear junto a ella. Quizás porque ella temblaba. Era un temblor suave que me llegaba a través de su lengua, que se retorcía alrededor de la mía. Fue un beso de esos en que las manos por sí solas comienzan a recorrer el cuerpo del otro. Pero justo cuando lo hice, cuando empezaba a acariciarle las caderas por debajo de la blusa, ella se apartó de mí. Con un movimiento brusco. Me alejó de ella con la mano y me echó una última mirada difícil de descifrar. Luego me acarició la mejilla con la misma mano con la que me había apartado, se despidió, dijo «Buenas noches», y se fue.

¿Has engañado a Orna alguna vez?, me preguntó Mor mientras me estrechaba la mano y me devolvía de golpe a Galilea, al ahora.

No.

¿Habrías querido hacerlo?

Alguna vez. Con la psicóloga que cuidaba de Liori. Tenía algo tan... entrañable que me encontré fantaseando con ella entre cita y cita. No respondí eso, sino:

Hacia el final, sí. Por despecho. Pero algo... me detuvo. No sé. Quizás no sea de ese tipo.

Ella tampoco es así. La de los rizos.

¿Así cómo?

Hasta ese día, mientras estuvo con Ronen, no había tocado a ningún otro hombre.

Vaya.

Pero pasó lo que pasó y, al salir del albergue del vikingo y caminar por las calles vacías, no se sentía culpable. Para su sorpresa.

Todo lo contrario, un simple beso había resuelto sin esfuerzo el gran embrollo que la atormentaba. Cuando se metió en la cama con su marido, pensó que podría volver a amarlo, porque había recobrado la libertad. Por la mañana, abrió todas las persianas para que entrara el sol y le dijo que se levantara, que se iban de excursión. Él respondió que cómo, que qué, que cuándo y ella que ahora, cariño. «¿Te acuerdas de los paseos que dábamos después de que tu padre...? ¿Te acuerdas de que caminábamos y caminábamos hasta que sonreías? ¿Y de lo bien que te iba? Pues eso es lo que necesitas ahora: salir, estar al aire libre». Él empezó a decir que sí, pero que... y ella lo interrumpió esgrimiendo el arma decisiva: «Además, es mucho más barato el senderismo, Ronencito. ¡Cada día que caminamos ahorramos cincuenta dólares!».

La excursión a El Diablo empieza en la cima de los Andes y prosigue descendiendo durante dos o tres días, según el ritmo de la marcha, hasta llegar a Coroico, una pequeña ciudad al borde de la jungla. Gran parte del sendero no estaba marcado, así que siguieron el camino indicado en el cuaderno de viaje de un alemán, un tal Dieter Lemke, que ella había sacado de una web para viajeros. Decía así: «En el punto en que os deje el camión, caminad quinientos metros hasta un bidón; de allí sale el sendero. Si tenéis suerte –y la tuvieron–, podréis ver alpacas a vuestra izquierda. Después de las alpacas, subid por el margen derecho hasta llegar a una cabaña abandonada». No hicieron más que caminar, caminar, caminar.

El primer día, Ronen andaba detrás de ella, en silencio. No habló hasta la mañana del segundo día, cuando, al terminar de montar la tienda, dijo que qué buena idea salir de excursión, y ella respondió: «No sabes cuánto me alegro de que digas eso, Ronencito». Él señaló que no se habían cruzado con nadie desde que salieron y ella le preguntó si le parecía extraño. Él confesó: «Me hace bien».

A medida que avanzaban por el sendero, el paisaje cambiaba. La nieve se derretía en pequeñas cascadas, que trataban de pasar sin mojarse, y en riachuelos vertiginosos, que cruzaban a través de puentes colgantes. Cada vez que había que saltar porque faltaba un travesaño, cada vez que había que brincar de piedra en piedra, él le ofrecía la mano. Ella siempre se la cogía. Ambos sabían que así sus manos revivían y reafirmaban el momento en que había florecido su amor, en el mirador de Har Jalutz, poco después de que ella le mostrase el punto exacto desde el que se puede ver tanto el mar Mediterráneo como el de Galilea. Hacía un par de semanas que salían, pero ninguno de los dos se había atrevido a pasar de las palabras al contacto físico. Ella había empezado a sospechar que a él no le gustaban las chicas. Luego ella había tropezado mientras saltaba de roca en roca. Un pequeño resbalón. Él le había tendido la mano y ella se la había cogido y no se la había soltado ni al llegar a terreno firme. Y así habían andado todo el camino de vuelta a casa de él, casi una hora, y allí, detrás de la puerta de su habitación, de la que colgaba una diana con dardos, se habían besado y él la había desnudado, deteniéndose a cada momento para verificar con la mirada si podía continuar. Entonces le había visto la gran mancha de nacimiento con forma de África a la derecha del ombligo, que ella creía feísima y de la que se avergonzaba hasta el punto de evitar ducharse en la piscina, y había caído de rodillas y la había besado hasta la saciedad, murmurando: «Qué hermosa es, qué hermosa eres».

El segundo día de la excursión empezó a llover. Un diluvio. Según el relato de Dieter, estaban a punto de llegar a un pueblecito, así que corrieron hacia él con las mochilas balanceándose para llegar a tiempo de encontrar refugio antes de que oscureciera. Llamaron a la puerta de la primera cabaña con la que tropezaron. El hombre que les abrió no tenía dientes y hablaba en una lengua antigua, con muchas consonantes. No era español. Mediante gestos, trataron de explicarle que sus ropas estaban mojadas y él asintió y les indicó que le siguieran. Ronen le cuchicheó en hebreo que le parecía peligroso y ella dijo en voz alta que no, que tenía una mirada bondadosa. El hombre los condujo hasta una pequeña construcción en el centro del pueblecito, hizo tintinear un manojo de llaves enorme, como de vigilante, y abrió la puerta de la escuela, cuya aula tenía bancos, sillas y una pizarra. Fuera seguía diluviando, pero ellos estaban bien resguardados en el arca de Noé. Desplegaron los sacos encima de la tarima de la maestra. Y durmieron tan bien que no se dieron cuenta por la mañana de que los niños entraban y se amontonaban a su alrededor. Solo se despertaron cuando la profesora los sacudió por los hombros, y en la expresión estupefacta de su cara debía de haber algo cómico, porque los siete niños y la mujer rompieron a reír, una risa tan espontánea que se les pegó también a ellos. O sea, ella se carcajeó mientras Ronen sonreía bajo la barba. Luego repartieron los caramelos que tenían en la mochila –el cuaderno de viaje aconsejaba expresamente comprar caramelos para los niños; Dieter era así de minucioso–, doblaron los sacos y dejaron la escuela para seguir caminando por la naturaleza, que resplandecía de gotas de lluvia y rayos de sol, mientras cantaban a dúo *Los niños son alegría,* ella de solista y él de violinista. Él emitía sonidos agudos con la boca al tiempo que movía la mano como si sostuviera el arco. Una vez que terminaron, él dijo: «Cuando regresemos a Israel, podría volver a dar conciertos». A lo que ella respondió que sería magnífico y pensó: «Por fin mi Ronen, que sembró amor sobre las heridas de mi infancia, que gracias a él supe lo que significa sentirse en casa, ha vuelto».

Pero en cuanto terminaron la excursión y regresaron a La Paz Ronen volvía a estar tenso como un alambre. Ella soñaba con unos días de descanso con duchas calientes y siestas en la hamaca, pero él se quejaba de que La Paz era fea, de que todos esos ciegos y tullidos de las calles lo acongojaban, de que la gente siempre intentaba venderle algo y del cuarto del albergue. «¿Quién alquila una habitación sin ventana? ¿Y el acuario vacío del vestíbulo qué significa? ¿Dónde está el agua? ¿Y los peces?». Le daba miedo que los pensamientos negativos lo asaltaran de nuevo.

Había otra excursión que Dieter Lemke, el mismo Dieter Lemke, recomendaba: una ruta en bicicleta por el Camino de la Muerte, es decir, por el que antaño era el Camino de la Muerte, pero que, en la actualidad, después de tantos desastres ocurridos en él, está cerrado a los vehículos, salvo a las bicicletas. Dieter escribió en su cuaderno que el paisaje era asombroso.

Ella habría querido decirle que prefería descansar un poco; sin embargo, también temía que volvieran la oscuridad y el comportamiento extraño y no quería estropear la intimidad que había comenzado a tejerse de nuevo entre ambos. Por eso no le quedó otra opción: al día siguiente lo acompañaría al Camino de la Muerte.

Cuánto hablo... Mor se llevó un dedo a los labios, como queriendo imponerse silencio a sí misma, y, a continuación, me echó esa mirada que hasta ahora no he llegado a describir del todo bien. La cuestión es que es una mirada pudorosa que nace de otra descarada, de otra que no es, ni de lejos, pudorosa; los ojos se le detienen en la abertura de mi camisa y me desnuda con ellos...

Muy bien, dije. Continúa.

En general, prefiero escuchar, afirmó sin apartar la mirada del primer botón desabrochado.

Lo recuerdo, me lo contaste en La Paz.

Es curioso que... Se detuvo un instante. A los ocho años tuve un pólipo en las cuerdas vocales. Me operaron y me prohibieron hablar durante un mes. Un mes entero solo escuchando.

Un curso de preparación para el teléfono de la esperanza.

Exacto.

Ahora continúa. Te escucho.

Tengo un nudo en la garganta, Omrí. Si sigo hablando, me echaré a llorar.

¿Y eso es malo?

Si empiezo a llorar, no puedo parar. Y no me hace bien. Debo ser fuerte.

¿Por qué?, me pregunté. Y respondí:

¿Tú no...? O sea, no tengo ningún problema en quedarme aquí hasta mañana, pero ¿tú no tienes que... volver en algún momento a la *shivá*?

Sí, dijo y suspiró, aunque fue más como un gemido de dolor, y levantó de nuevo la cabeza hacia mí. Pero es que necesito sacar fuera toda esta historia.

Bien.

En resumen, continuó hablando y tomó aire, mucho aire, cuando ella despertó, cuando quiso salir a desayunar, descubrió que la puerta estaba cerrada con llave desde fuera y que su marido se había llevado la llave de reserva, entonces... Bueno, un momento, Omrí, antes de seguir tengo que contarte algo sobre ella. Tenía cuatro hermanas, todas, excepto ella, buenas niñas, y el padre, que temía que fuera una mala influencia, la castigaba a todas horas. Si regresaba tarde a casa por la noche. O si le hablaba de mala manera, sin respeto... Uno de los castigos favoritos era encerrarla con llave en su cuarto hasta la mañana siguiente; no la dejaba salir ni para ir al baño. Así que, cuando ella descubrió que su marido la había encerrado en la habitación del albergue, todas esas noches de humillación en las que se había visto obligada a hacer pipí desde la ventana al patio del edificio contiguo hicieron que se le subiera la sangre a la cabeza e intentó derribar la puerta a empujones y patadas, sin ningún resultado, salvo un dolor terrible en el hombro, por lo que, al llegar el marido en bicicleta, la encontró hecha polvo. Si le hubiera mentido diciendo que se le había olvidado dejar la llave de reserva, quizás ella se hubiera calmado. Pero puntualizó, sin asomo de disculpa, que se la había llevado porque no quería que mientras él iba a alquilar las bicicletas ella se fuera a desayunar y coqueteara con cualquiera. Ella le preguntó: «¿Te has designado mi carcelero?». Y él respondió que no le había dejado otra opción.

Ahora, mientras lo cuenta, le parece evidente que estaba fuera de sí y piensa que debía haber actuado en consecuencia, o sea, que debía haberse protegido a sí misma y tal vez involucrar a alguien de fuera. Tal vez debería haberlo metido en un avión y haberlo mandado a Israel, a un hospital. Fue un error seguir discutiendo con él, pero, en ese momento, estaba tan sumergida en su crisis que no conseguía mantener la distancia. Y además quería pagarle con la misma moneda, golpearlo, darle un bofetón verbal que le devolviera a su Ronen. Así que le habló de su encuentro nocturno con el vikingo divorciado de La Paz. Le dijo: «Me fui cuando te dormiste». Le contó lo del beso. También otras cosas que no sucedieron. Entonces, ella, que nunca había matado una mosca, que no sabía que tenía aquello dentro, al darse cuenta de que el bofetón verbal no servía para nada, que no lo sacudía en absoluto, empezó a pegarle puñetazos en el pecho. «¡Eso es lo que ocurre cuando me encierras! Puñetazos. ¡Todo es tu culpa! ¡Me has obligado a hacerlo!».

No me mires de ese modo, Omrí.

Mor separó bruscamente sus dedos de los míos.

¿Cómo te miro?

Como si hubiera cometido un terrible error al contarle lo nuestro.

Unos buitres empezaron a dar vueltas sobre nuestras cabezas. O sobre una carroña invisible. Mor los miró, yo la miraba a ella. Me di cuenta por primera vez que tenía hilos plateados entrelazados en sus rizos. No se correspondían a su edad. Se giró hacia mí y me preguntó:

¿No pasa en las películas que, cuando una mujer pega puñetazos a un hombre en el pecho, él siempre la abraza fuerte hasta que ella se calma?

Sí.

Pues en la vida real eso no ocurre.

¿Qué ocurre en la vida real?

Ronen la apartó con una sonrisa amarga y dijo que lo sabía y ella dudó y él soltó: «Mi madre siempre pensó que eras una gata callejera dispuesta a seguir a cualquiera que le ofreciera un tazón de leche». Ella exclamó: «Podría responderte, pero no quiero rebajarme a ese nivel», y él se sentó en la cama y puso las manos bajo los muslos, antes de que fuera demasiado tarde para dominarlas. Y furioso, no implorante, afirmó: «¿Es que no ves que no puedo vivir sin ti?». Entonces ella se sentó junto a él y respondió: «No vivirás sin mí. Lo siento, Ronencito, siento mucho haberme ido con él». Él, con una sonrisa más amarga que la hiel, dirigió la mirada a las bicicletas que había traído y que estaban en medio de la habitación y dijo que le habían costado un ojo de la cara y ella pensó que por qué le importaba solo eso en un momento así y le propuso salir con ellas, y el hombre, sin quejarse más, dijo que de acuerdo. Pero con una condición. Ella repuso que lo escuchaba. Entonces, él afirmó: «Tu teléfono me lo quedo yo. Para que no te mandes mensajes a mis espaldas con ese tal Omrí». Y ella respondió: «No tengo ni su número». Él apretó los labios y concluyó: «Es mi condición». Y ella, deseosa de hacer las paces, sacó el teléfono del bolsillo y se lo alargó con un «Toma».

Desde el momento en que enfilaron el Camino de la Muerte, él volvió a encerrarse en sí mismo, casi no le dirigía la palabra y guardaba la distancia mientras pedaleaban; siempre iba unos metros por delante. Ella esperaba que se le pasara el desaire, pensaba que el hecho de querer salir de excursión era una buena señal y evitaba comentar que la carretera era muy estrecha en un tramo, aterradora, porque no había quitamiedos. Se esforzaba en mirar solo hacia delante y a la izquierda para no ver el profundo abismo de la derecha y no cruzaba ni una mirada con los ciclistas que pasaban frente a ellos. De ese modo, ella misma se rendía a la dictadura, aunque por otro lado era prisionera de la esperanza de poder salvar su matrimonio. No podía imaginar que él, en su interior, estaba madurando otra decisión. Se había transformado en un perfecto desconocido. Cuando pasaron ante las pequeñas cruces plantadas en la tierra en recuerdo de las personas muertas en esa carretera, cada una de las cuales le congelaron la sangre y la impulsaron a ralentizar la marcha, él no abrió la boca. Estaba tan cerrado ante ella como la cremallera de su saco de dormir.

Por la noche, en la tienda, a veces se le agarrotaban las piernas por el esfuerzo y el frío. Él pedaleaba rápido y durante las contadas pausas no le dirigía la palabra y miraba a todos lados excepto a ella. Al cabo de uno o dos minutos decía que en marcha, que ya tenía suficiente, y al momento se montaba en la bicicleta y ella tenía que esforzarse en seguir su ritmo para que la niebla no se lo tragara, pues casi siempre había niebla. No quería pedirle que redujese el ritmo para no despertarle los demonios y también porque esperaba que con esa carrera furiosa, sudorosa, toda la ira le saldría por los poros. Tal vez así podría perdonarle la tontería que había cometido y las tonterías que se había inventado que había cometido. Sí, en ese momento aún creía en la posibilidad de que las aguas volvieran a su cauce. Se recordaba a sí misma aquello que el vikingo le había dicho en la habitación, que un viaje es una situación extrema, que de algunas personas saca lo mejor y de otras... ¿Recuerdas que me lo dijiste?

Claro.

De pronto recordó las únicas vacaciones de los últimos años, en Ajziv, al acabar la licenciatura, y de cómo desde el primer momento Ronen se había quejado del precio exagerado del alojamiento, que era modesto, y de que tenía demasiado calor y después demasiado frío y de que había mucho polvo. En la cena con los compañeros, ella había charlado con la gente; él, en cambio, había sacado un libro sobre los últimos años de Hitler en el búnker y se había puesto a leerlo, sin pasar ni una sola página, hasta que en algún momento se había girado hacia ella y le había dicho: «Me voy, ya tengo suficiente; tú puedes quedarte a hablar con quien te dé la gana». Y de camino a la cabaña había caminado medio metro por delante de ella y cuando ella le había preguntado por qué corría tanto él no había respondido. Al llegar, había pegado un puntapié a la puerta en lugar de abrirla, se había echado sobre el colchón, agotado, a pesar de no haber dado un palo al agua en todo el día, le había dado la espalda y se había dormido al instante. Había hablado en sueños con frases entrecortadas, como cuando la *shivá* por su padre...

Suena horrible...

No todas las parejas son aptas para viajar, se decía ella, no todas las parejas son aptas para viajar. Solo tenemos que sobrevivir en el Camino de la Muerte y luego regresar a casa y nunca más viajar juntos.

¿Sabes que me quedé preocupado por ti cuando te fuiste de mi casa a medianoche?

¿En serio?

Al levantarme por la mañana, os busqué por todos los albergues de La Paz. Tenía un presentimiento..., un mal presentimiento.

Qué majo eres.

El tono en que lo dijo me fastidió. Pero ¿qué majo ni majo? ¿Soy acaso un niño pequeño? No le conté que al final les seguí los pasos. Preferí animarla a seguir hablando con un leve movimiento de cabeza.

Ella continuó, metida por entero en la rememoración de los hechos:

Por las noches, se despertaba en la tienda de campaña cuando la traspasaba el dolor producido por un agudo calambre, pero no gritaba para no despertar al marido. No salía ni para hacer pis aunque se muriera de ganas por miedo a que él se despertase en aquel momento y sospechara que iba de nuevo a encontrarse con otro. Ahora se da cuenta de que en aquel momento todo estaba ya corrompido y sin esperanza y ni siquiera disfrutaba del paisaje. Allí estaban los picos nevados de los Andes, el serpenteante hilo plateado del río Yungas, que emergía de vez en cuando de la niebla, los matorrales silvestres, las nubes bajas, las cascadas, que caían directamente en la carretera... Nada de aquello dejó huella en ella. Se parecía a cuando ves una hermosa pintura en un museo y no despierta nada en ti. Sin embargo, por el amor que todavía sentía por él, o por el sentimiento de culpa, que decía «Qué me pasó» o «Cómo pude besar a otro durante mi luna de miel», que la hacía sentir de veras como una mentirosa, como decía él, o una chica fácil, como decía siempre su padre, cada mañana salía del saco de dormir, cada mañana lo colocaba todo en la mochila, cada mañana se montaba en la bici y pedaleaba dos o tres metros detrás de él durante todo el día. Y a veces, cuando debían reducir la velocidad a causa de un deslizamiento de piedras que bloqueaba el camino, ella trataba de atraparlo lanzándole anzuelos: «Eso parece Sha'ar HaGai, ¿no crees?», «¿Has visto antes el monumento conmemorativo de piedras con los nombres en hebreo? Creo que leí algo sobre ese accidente en la web de *El excursionista.* Ocho muchachos. Un *jeep*».

También lo intentaba con canciones. Tarareaba. Quizás él se le uniera con su falso violín. O quizás empezara a tararear con ella. Cantaba: «Y pasaba un minuto, otro minuto, otro minuto, hasta que José oía el golpe, quien cada 9 de noviembre, sin bendición, sin nombre ni alusión, el ángel blanco en sueños, la rosa sin podar, hijos pequeños, hijos mayores, todos somos hijos de la vida...».

Finalmente, ella se dio por vencida. ¿Cuánto puedes hablar y cantar sin obtener respuesta? ¿Y sin sentirte estúpida? Su padre siempre la castigaba con el silencio. A veces duraba un día. Otras, si era la represalia por haber encontrado tabaco en su bolso, dos días. Una vez, al enterarse de su romance con el profesor de teatro, el silencio duró un mes entero. Cuando ella se dirigía a él, este, sencillamente, la ignoraba. No respondía. Si quería pedirle algo durante la cena, por ejemplo, la pimienta, usaba a su hermana Elisheva como intermediaria. No hay nada más humillante, ¿verdad?

Verdad.

Gracias por responder.

De nada.

Respóndeme siempre, Omrí. ¿Me lo prometes?

Te lo prometo.

Me gustó que dijera «siempre», porque significa que tenemos futuro. De pronto tuve un *flashforward.* Nos vi a nosotros juntos dentro de unos meses, éramos una pareja relajada en el Barby Club de Tel Aviv durante un concierto de Knesiat Hasejel. El ritmo del bajo hacía que temblara el suelo bajo nuestros pies.

El último tramo del Camino de la Muerte, prosiguió relatando Mor, transcurrió en un silencio total, abrumador. El canto de los pájaros, por ejemplo, puede ser el sonido más maravilloso, pero también el más deprimente si lo subraya el silencio. Aún recuerda el ruido de la bicicleta de él, que chirriaba un poco, y la estridencia de su propio freno en las bajadas y el crujido del polvo aplastándose bajo sus ruedas y el zumbido de los mosquitos en el oído.

Comenzaron con las bicicletas en las montañas cerca de La Paz a una altura de cinco mil metros y fueron descendiendo un kilómetro tras otro hasta la jungla. Tenían mil picaduras de insectos. El clima cambió de golpe, de frío y seco a tropical y húmedo. Empezó a llover como ahora, eran pequeñas gotas de niebla con las que puedes seguir montando en bicicleta pero que humedecen. Hay que comprender que, en el Camino de la Muerte, no hay nada que atemorice más a los ciclistas que los bordes angostos y mojados, que se deshacen y desaparecen bajo las ruedas.

Pedaleaban velozmente entre la niebla. Según las indicaciones de Dieter, el refugio más cercano se encontraba a unos ocho kilómetros de distancia y esperaban llegar antes de que cayera la noche y el viaje se volviera más peligroso si cabe. Iban por el centro del camino de tierra. Él unos cinco o seis metros por delante. Entonces, giró ligeramente hacia la derecha. Ella gritó: «¡No, ten cuidado, Ronencito, no te pegues tanto al borde!». Él no respondió. Y, en lugar de apartarse del margen, se arrimó más. Ella chilló que si estaba loco y le preguntó que qué hacía. O eso cree. Todo ocurrió tan deprisa que no está segura de las palabras exactas, que se esfumaron en la niebla...

«¡Sí, estoy loco!», grito él, pedaleando más rápido aún. «Basta, Ronencito», dijo ella, y también aumentó un poco más el ritmo hasta casi pegarse a él. Oía su respiración acelerada y veía brillar el sudor en sus sienes. La lluvia arreciaba, les azotaba las caras y humedecía las palabras que salían de la boca de ella: «Ronen, cariño, por favor, no vayas por el borde...».

«A ti no te importa nada...».

«Pero ¿qué dices? Yo te amo...».

«Tú no...».

«Yo sí. Basta, Ronen, querido, por favor. Es peligroso, Dieter escribió muy claro que antes de las curvas hay que arrimarse a la montaña...».

«¿Y qué...?».

«¡Vas a resbalar!».

«¡Pues resbalaré!».

«Te lo suplico, apártate del borde».

Había empezado un descenso rápido antes de la curva. La pendiente era casi de noventa grados. Estrujé el freno para aminorar la marcha, pero Ronen siguió volando hacia delante. Giré el manillar a la izquierda para pegarme a las rocas y Ronen se quedó en medio del camino. Quería gritar, pero no me salía la voz. En los últimos instantes, me quedé paralizada, ¿comprendes? No hice nada. Me detuve y vi cómo sucedía. Como cuando vemos una película. Él siguió zumbando derecho y rápido, como si la curva y la niebla no existieran, y, al llegar a la curva, giró bruscamente el manillar a la derecha, adrede, y dirigió la... Dirigió la bicicleta hacia el abismo.

Después, cuando surgieron las sospechas y los interrogantes, estuve pensando en la descripción de Mor y las dudas me asaltaron. Si había tanta niebla, si Ronen se había abalanzado al abismo mientras Mor frenaba, ¿cómo es que ella había podido ver tan claro lo que había sucedido? ¿Por qué Ronen había girado hacia la derecha? Si había una curva solo debía seguir recto. ¿Y cómo diablos, con el debido respeto al ejercicio de terapia de pareja robado, había conseguido Mor contarme tal cosa en tercera persona, como si fuese un cuento, y terminar hablando en primera persona, pero solo al final?

Apoyó su cabeza sobre mí. Primero sus rizos me rozaron el hombro, después la mejilla. Me sorprendió tanto como me había sorprendido el beso en La Paz. Tienes que sentirte muy cerca de alguien para permitirte apoyar en él la cabeza, para confesar que la vida te sobrepasa y que ya no te quedan fuerzas para afrontarla.

Estuvimos largo rato en silencio.

Me llegaba su perfume. En La Paz casi no me dio tiempo a percibirlo. Solo recuerdo lo agradable que era. Ahora tenía tiempo para distinguirlo bien: un leve aroma a limón en el pelo, un fuerte olor a galletas de mantequilla recién horneadas en el cuello y unas notas que no tenía en La Paz; quizás notas de miedo.

La llovizna casi había cesado y solo unas pocas gotas, de esas que caen retrasadas de las hojas, nos llegaban traídas por el viento.

Debería haberme conmovido hasta lo más profundo del alma su historia. O haber tenido profundas sospechas por los detalles poco convincentes. No es que no me sorprendiera o no sospechara, pero en esos momentos en mí germinaba otro sentimiento mucho más potente.

Un sol tímido asomaba entre las nubes, ya muy cerca del mar, casi besándolo, pero aún no.

Siempre me estoy reconcomiendo, Omrí, dijo ella en primera persona, con voz quebrada.

Su cabeza aún estaba en mi hombro. El muslo lo tenía junto al mío.

Pero ¿qué habrías...?, comencé a decir.

¿Sabes?, me interrumpió, cuando Ronen estaba en el ejército, salía de permiso el sábado e iba a buscarle a la parada del autobús. Un instante antes de abrazarnos, se quitaba las gafas de sol que llevaba colgadas en la camisa para que no nos molestara durante el *sumud,* así lo llamábamos, *sumud,* como los palestinos le dicen al enraizamiento a la tierra. Es el momento en que la pequeña angustia del abandono que se esconde en cada añoranza se calma en las dos personas. Si lo hubiera estrechado así, con fuerza, los primeros días de la luna de miel, si hubiera forzado un *sumud,* se habría tranquilizado. Y quizás si no hubiera hablado con el guía en Salar, si no hubiéramos viajado a Bolivia, si no hubiera ido contigo en mitad de la noche, si no hubiera accedido a ir de excursión al Camino de la Muerte...

No es posible saberlo, Mor. Estás usando el condicional...

Tenía mi camino trazado en la vida, Omrí. Sabía adónde me dirigía. Sabía que no estaba sola. Ahora estoy perdida. No tengo ni idea de qué hacer.

¿No te parece que esa es la idea de la *shivá,* posponer todas las preguntas para más tarde?, dije después de ponerle el brazo alrededor de su hombro con cautela.

Ella se arrimó a mí, en señal de que el abrazo le era grato.

Aún no estaba seguro de si lo que estaba ocurriendo era apropiado. Y pensé que por qué había sido tan idiota de mencionar la *shivá.* Se acordaría de ella, le entraría la desazón, regresaría a casa y no la vería más.

Nuestros cuerpos, en cambio, se entrelazaron sin esfuerzo ni vacilación.

Los buitres volaron a otra parte.

Volvió a resonar en mi cabeza la canción de Knesiat Hasejel. Intenté silenciarla, pero eso es tan imposible como detener un enamoramiento. «Estás más perdida cuando sabes lo que deseas. También a mí me pasa», dice la letra.

No tengo ganas de volver a la *shivá*, confesó después de un largo silencio.

¿Por qué?

A su familia... no le conté la verdad, sino que había sido un accidente, que circulaba cerca del borde y resbaló. Ahora creo que todos sospechan y...

Pero ¿por qué...?

Están constantemente comprobando si estoy lo bastante triste. Si me comporto como se espera de una viuda. Pero se me terminaron las lágrimas durante el vuelo, o eso creo. Me embarqué hecha trizas después de cuatro días sin pegar ojo y ni siquiera ahora consigo dormir bien. Bebí coñac en un vaso de plástico y lloré. En algún momento fue un llanto exagerado y alguien llamó a una azafata.

¡Vaya!

Vino y me preguntó qué me pasaba, si necesitaba algo, y me propuso que frenara con el alcohol. Entonces le conté lo ocurrido. Se quedó boquiabierta, se sentó en el asiento vacío junto al mío, me cogió de la mano y me pidió que le hablara de Ronen. Le hablé de él. De los mensajitos que me dejaba en el frigorífico. De cómo una vez que estuve enferma me tocó una pieza de Brahms. Fue un concierto privado para un público formado por una sola mujer que aplaudió con los pies al finalizar cada parte porque le costaba mover el resto del cuerpo. Le conté cómo en la boda, cuando vio que yo estaba apartada y que mi familia ni siquiera se acercaba, vino, me rodeó con sus brazos y me dijo:

«No estás sola, Mor». Hablaba y lloraba, lloraba y hablaba. Al final la azafata rompió a llorar, me trasladó a primera clase y me trajo otro coñac.

Qué amable.

¿Sabes lo que me dijeron sus hermanos? De regreso del aeropuerto, Saul me soltó: «Dime, cuñada, ¿estás borracha?».

¿Por qué no les contaste la verdad?

No se hubieran creído la mezquindad, la prepotencia, la locura, Ronen no era así. Esas dos semanas se comportó como un pésimo actor, uno de teatro de barrio, que en cada réplica te recuerda que está interpretando. Si les hubiera dicho que se había lanzado a propósito por el precipicio, no me habrían creído en absoluto. Habrían imaginado algo mucho peor.

Quise preguntar qué significaba ese «mucho peor», pero no me dio tiempo.

Tú me crees, ¿verdad?

Levantó la cabeza de mi hombro y clavó en mí una mirada que me recordó a una huérfana que está frente a una pareja de padres adoptantes que todavía no se han decidido a qué niño escoger.

Sí, respondí.

Intenté que sonara sin sombra de duda.

Tú solo has escuchado mi versión, es fácil para ti creerme, dijo sonriendo.

Le devolví la sonrisa.

Alargó una mano hacia mi mejilla y empezó a acariciármela. Yo estiré la mía y entre los dedos atrapé un rizo suyo, que era más suave de lo que imaginaba. Lo enrollé y lo desenrollé, lentamente...

Entonces, me incliné hacia ella, no de manera voluntaria: una cuerda invisible me atraía. Con fuerza.

Fue un beso más tierno que en La Paz. Y más lento. Con las manos acaricié su nuca y ella con las suyas acarició la mía, y después mis brazos, después el pecho, y poco a poco se fueron metiendo bajo la camisa.

Al principio todo fue muy delicado. Casi melancólico. Sentía su cautela. Aún dudaba si allí, en la roca, estaba bien seguir. O si de veras quería que pasara. Yo tampoco estaba totalmente seguro de querer. O poder. Conque respondí con delicadeza a su cautela. Pero poco a poco, con cada una de sus placenteras caricias, mi cuerpo se iba despertando de su largo letargo invernal y, cuando puso una pierna encima de mí y se sentó a horcajadas, se inflamó por completo. Las voces en mi cabeza, que me repetían «¿Qué haces, loco? Ella es viuda, su marido se ha suicidado en la luna de miel, estáis al descubierto y alguien puede veros», se silenciaron de golpe.

Orna y yo casi no hacíamos el amor los últimos años. Y cuando sucedía cada vez me iba prohibiendo más cosas. Ahí no le gustaba. Eso le dolía. Tal cosa no le apetecía. Así no. No, en el vientre. No, con el dedo. Nada de lengua. El sexo con ella era un campo de minas. Todo lo que importaba era no dar un paso en falso.

Con Mor, en la piedra plana, en el instante que ambos pulsamos el botón de la entrega, fue como un dueto de cuerpos donde todo encajaba y fluía con una naturalidad sorprendente entre un hombre y una mujer que apenas se conocían. Fue un dúo donde todo era bienvenido, donde se percibía la necesidad recíproca de ese contacto. Una necesidad casi desesperada, pero que no los volvía egoístas, sino todo lo contrario, generosos. El ritmo era impredecible. Alterno. Podía enrollar un rizo suyo alrededor de un dedo mío y entretenerme unos segundos, para luego, en un movimiento rápido, coger un puñado de rizos y hacer lo mismo. También podíamos reírnos porque el saliente de una roca se había incrustado en el lugar equivocado. O porque el trasero se había hundido en un charco. En aquel lugar podía explorar con alegría nuevos continentes y escuchar «Es una marca de nacimiento con forma de África». Y sentir eso que se siente al presionar los labios contra el pezón. Sus dedos parecían delicados, pero rascaban fuerte, muy fuerte, hasta hacer sangrar...

Pero de repente, en medio del ojo del huracán, nos detenemos un momento y miramos alrededor, con pánico; nos preguntamos qué diablos estamos haciendo. Ella debería estar en la *shivá*. Alguien podría querer saber adónde ha ido. Venir aquí a buscarla. Quizás, para más seguridad, deberíamos...

Y entonces nos abrazamos de nuevo. Vientre desnudo contra vientre desnudo. Cuello contra cuello. Mejilla contra mejilla. Valorándonos el uno al otro durante un largo momento. Antes de devorarnos a besos y mordiscos. Y de quitarnos los últimos jirones de tela que aún nos separaban.

Ella está tan húmeda que cuando entro no hay penetración, sino fusión.

Y a partir de cierto momento no hay más palabras, sino sílabas.

Sin embargo, recuerdo que ella dijo alguna palabra justo antes del clímax...

No te asustes.

¿Qué? ¿De qué?

Cuando llego al orgasmo parece... que... me ahogo.

Aun habiéndome avisado, cuando pasó, cuando llegó, los jadeos no sonaban nada bien; puso los ojos en blanco y después, durante unos segundos, pareció una sirena de alarma. Luego dejó de respirar, no entraba ni salía aire. Estaba aterrorizado. «Ya está, la he perdido –pensaba mientras veía una imagen tras otra–. ¿Cómo voy a vestirla y arrastrar el cuerpo hasta la casa de Ronen? ¿Quién diablos lleva un cadáver a una *shivá*? ¿Cómo reaccionarán los asistentes? ¿Y qué le digo a la Policía cuando me pregunte de qué ha muerto? ¿De un orgasmo?».

Pero luego abrió los ojos lentamente...

Y dijo:

Hola.

Y después:

Gracias.

¿Estás viva?, pregunté.

Sí, respondió, gracias.

¿Gracias por qué?, protesté. Desnúdate.

Lo siento. Suspiró y extendió los brazos hacia los lados, como Jesús en la cruz. No puedo tener contacto con un hombre.

¿Qué dices?

Lo que oyes.

¿Eres religiosa?

Algo así, contestó ella.

Y de pronto me pareció terriblemente triste.

¿Va todo bien?, comprobé de nuevo.

Ya sabes, mi marido está muerto.

Disculpa, no tenía intención de...

Está bien, lo... necesitaba, respondió.

A tu servicio, declaré.

Y besé su hombro de marfil.

¿Y tú? ¿No quieres llegar hasta el final hoy? Aunque hace algo de frío. Y tengo que regresar enseguida a la *shivá.*

Caminamos de vuelta hasta el monumento. El sendero, que a la ida ya estaba un tanto fangoso, ahora era un barrizal. De pronto, Mor miró a ambos lados, como si temiese que alguien nos siguiera. No comprendía por qué ahora se le despertaban las sospechas, pero no quise decir nada. Notaba los arañazos que me había hecho en la espalda y un pensamiento cruzó por mi mente: era bueno tener una prueba de que eso había sucedido. Porque... ¿cuáles eran las posibilidades de que pasara? Entonces, sentí cómo su mano buscaba a tientas la mía, abrí los dedos para cogérsela y seguimos andando. Cerca. Mano con mano. Pensé que nuestro ritmo estaba perfectamente sincronizado. Que caminábamos bien juntos.

¿Sabes?, empecé a decir, os seguí en el Camino de la Muerte.

¿Qué?

Quería alcanzaros.

Pero... ¿cómo?

Cuando te fuiste de mi habitación por la noche, me quedé tan... Temí que te ocurriera algo. Y la verdad es que también... quería verte otra vez. Di vueltas por toda la ciudad. Fui de albergue en albergue. No sabes cuántos albergues hay en esa ciudad. Me llevó una barbaridad encontrar el vuestro. La recepcionista me comentó que habíais salido de excursión, habíais regresado y después habíais partido otra vez ese mismo día por la mañana. Y se quejó del quilombo que quedó después de vuestra partida.

¿Quilombo?

Desbarajuste. Me contó que había oído gritos en vuestra habitación, pero que ella no se inmiscuye en la vida de los huéspedes. Y después, cuando entró para limpiar, todo estaba revuelto, el espejo del baño estaba en el suelo. En mil pedazos. Dijo que solo los israelíes se comportan así.

Qué vergüenza.

Me excusé en nombre del pueblo del monte Sion y le pregunté dónde creía que se habían dirigido. Respondió que, a juzgar por las bicicletas, al camino de Los Yungas. Le comenté que no había oído hablar de él y agregó que los gringos lo llaman el «Camino de la Muerte». Entonces, me preocupé muchísimo. Salí volando hacia el centro de la ciudad, alquilé una bici de montaña y me puse en camino.

Un momento, me detuvo bruscamente, ¿hasta dónde llegaste?

Había una barrera policial que bloqueaba el camino, le mentí. Después de la gran cascada. No permitían pasar en bicicleta. Así que tuve que dar media vuelta y regresar a La Paz. Eso es todo. Dos días más tarde tomé un vuelo para Israel.

Vaya, respondió.

Y exhaló un largo suspiro. Guardó silencio, lo que significaba que estaba digiriendo la nueva información.

Finalmente, dijo en un tono distinto:

La intención es lo que cuenta.

Al llegar al coche se quitó mi chaqueta y me la devolvió.

Gracias.

Ha sido un placer, ha respondido.

Me has sacado de un buen embrollo, agregó mientras me miraba con sencilla calidez, sin intentar seducir o impresionar.

Me satisface ser tu *desembrollador* habitual.

Sí, ¿eh?, comentó en un tono amargo que nunca antes le había oído.

¿Quieres que vuelva a visitarte a la *shivá*? El jueves tengo un taller en el norte.

Prefiero que no, dijo, levantaría sospechas.

De acuerdo. Entonces..., ¿qué? ¿Nos hablamos después de la *shivá*?

Sí.

¿A qué número te llamo?

Todavía no tengo... Mi teléfono cayó... con Ronen.

Vaya. ¿Pues cómo...?

Te buscaré.

Bien. ¿Puedo abrazarte?

Aquí no.

Entonces, imagina que te estoy abrazando.

Muy bien, dijo mientras sonreía débilmente. Imagínalo tú también.

Luego montó en la bicicleta. Yo esperé. Encendí el motor, pero aún no me moví. Esperé para ver si giraba la cabeza hacia atrás.

Quería vivir una vez más esa mirada cálida. No se volvió. Y aun cuando desapareció tras la curva, no arranqué. No sé por qué. Tal vez fue un presentimiento. O quizás fue solo porque sí.

Pasados dos o tres minutos, su bicicleta apareció de nuevo, volvía pedaleando hacia mí a buena velocidad a pesar de que era subida. Cuando llegó al coche, echó la bicicleta a la acera y se montó en el asiento del acompañante.

Arranca, me ordenó.

Jadeaba; tenía la cara enrojecida.

¿Qué ha ocurrido?

No estoy dispuesta a volver allí.

¿Qué? ¿Por qué? ¿Qué ha pasado?

¿Quieres arrancar?

Me puse en marcha. Seguí sus instrucciones. Un giro tras otro y nos alejamos de la población.

La miré de reojo. Le había cambiado la cara. La tenía tensa. Dura. Se mordía los labios. Incluso sus suaves y rechonchas mejillas se habían hundido. Los huesos le sobresalían con una fea angulosidad que antes no tenía.

¿Adónde vamos?, le pregunté cuando finalmente llegamos a la carretera principal.

Si lo supiera, te lo diría, respondió en un tono desagradable, rudo.

Me detuve a un lado del camino. Puse una mano en su rodilla. Para tranquilizarla.

Me la apartó bruscamente y soltó:

Así no me dejas pensar.

Devolví la mano al volante. «¿Por qué me habla de ese modo? Todavía estoy a tiempo de ver a Liori si me voy ahora mismo», me dije.

Vale, Mor había tomado una decisión en silencio, sigue recto y en el cruce gira a la izquierda. Al cabo de dos o tres minutos verás a la derecha un camino de tierra.

Solo ahora, cuando reflexiono sobre ello, me doy cuenta de cuántas señales de alarma debían haber saltado a lo largo del camino. Aunque ese es precisamente el problema de esa clase de señales, que las ves *a posteriori*.

Por ejemplo, la forma en que su amiga de la infancia, a la que durante el viaje describió como «mi salvadora en el instituto», «la única de la clase que comprendía mi sentido del humor» y «la chica que escuchaba a los Radiohead», nos recibió.

Cuando llegamos a la casa de adobe de la amiga, ya había oscurecido. El lugar también estaba a oscuras, salvo por unas velas encendidas en las ventanas. Más tarde descubrí que la casa no tenía electricidad ni línea telefónica ni wifi. Por motivos ideológicos. Llamamos a la puerta de madera. Nos abrió una mujer más o menos de la edad de Mor, estupefacta. Como si Mor hubiese regresado del mundo de los muertos. Fue hacia ella, feliz. Pero la otra muchacha no parecía nada feliz. Se abrazaron en el umbral, si bien era evidente que la otra no quería alargar el abrazo.

Ay, ¡Ofelia!, exclamó Mor, ciñéndola todavía por la cintura. ¿Cómo está mi señora después de tantos días?

Un hombre afable con pantalones bombachos blancos apareció desde la cocina con una niñita en brazos.

Amor mío, ¿por qué no los invitas a entrar? Justo ahora íbamos a sentarnos a cenar.

¿No deberías estar en la *shivá*? Yo... Te acompaño en el sentimiento. Tenía intención de ir mañana, dijo Ofelia, retrocediendo un paso.

Necesitaba una bocanada de aire, respondió Mor, y entró en la casa. ¿Recuerdas a la familia de Ronen, lo pesada que es? Él es Omrí, me presentó. Estuvo con nosotros en Bolivia. Ella es Guili, mi mejor amiga desde que fuimos... Ofelia y Hamlet en una obra del teatro comunitario para jóvenes. Él es su marido. ¿Me recuerdas tu nombre?

Osher, respondió el hombre, y con el brazo indicó una mesita baja rodeada de cojines.

Cenamos. Cosas sanas de todo tipo. Ensalada de hojas verdes. Humus con garbanzos enteros. Remolacha. Galletas crujientes. La comida que a Orna le encantaba y que yo detestaba.

Mor no hacía más que elogiar los platos y hacer preguntas curiosas. Después, escuchaba con profunda atención. Con entera dedicación.

Osher respondía con entusiasmo. Ellos mismos construyeron la casa. El parto fue natural. Llevaban una vida no consumista. Las multinacionales eran unas saqueadoras.

Mor asentía con empatía y después nos contó la llamada telefónica de un hombre en apuros cuando trabajaba en el teléfono de la esperanza. Al hombre lo habían despedido de una fábrica de frutas en Galilea y le daba vergüenza decírselo a su mujer. Cada mañana salía para ir al trabajo, con mochila y todo, pero se escondía en el bosque de Birya hasta la noche.

La miraba mientras hablaba. Sabía contar historias. Las pausas. El movimiento de las manos. Pero había algo de melancolía en todo lo que decía. Pensé que qué pretendía yo, que su marido había muerto ante sus ojos hacía pocos días. Y también pensé que el balanceo de sus rizos era muy hermoso. Y que se llevaría muy bien con Liori. Que Liori estaría encantada con ella. Pero ¿cómo me las arreglaría yo con mi hija?

Apenas hablé durante la cena.

Guili tampoco abrió la boca y escrutaba a Mor con una mirada que no pude descifrar, no sabía si estaba llena de odio o de amor.

Obtuve la respuesta aquella noche, más tarde.

Osher colocó colchones y ropa de cama en el salón. Mor se durmió en un instante. Nunca había visto su rostro relajado. Siempre tenía una expresión atenta. Seductora. Reflexiva. Concentrada en un objetivo concreto. Me la podía imaginar perfectamente actuando en el teatro comunitario juvenil.

Pero ahora dormía. Tenía un rizo rebelde en la mejilla. Lo devolví a su lugar detrás de la oreja. «Eres la más hermosa cuando estás borracha, no distingues entre el bien y el mal», volvía a sonar en mi cabeza. Eran los versos de Knesiat Hasejel. Me arrimé a ella. Siempre se dice: «He sentido el calor de su cuerpo». Pero la verdad es que yo sentí frialdad. Y recordé que antes, en la roca, había dicho que el frío le venía del interior. Y pensé: «Su marido ha muerto. ¿Qué hace aquí conmigo en lugar de estar en la *shivá*? Pero ¿quién dice que debemos estar en casa? También se puede pasear en la *shivá*. Y viajar en la *shivá*». Enlacé mis brazos con los suyos y la estreché contra mí. Ni así conseguía despertarla, así que cogí el teléfono e hice lo que siempre hago para tranquilizarme: leer mensajes antiguos que Liori me manda desde el teléfono de Orna. Muchos emoticones de corazones. Pocas palabras.

Entonces, oí la voz de Guili.

Al principio solo capté el tono. Había algo en él que hizo que me arrimara a la pared y pegara la oreja.

Al parecer, el adobe no es un buen aislante.

¿No te parece extraño?, decía Guili. Sí, es esa que te conté... Es propio de ella aparecer aquí con un hombre mientras... Sí, es su estilo... Una gata callejera... Primero el profesor de teatro..., entonces yo... Después, vio a Ronen tocando el violín sobre el césped en el festival de Acre... Era su marido, el que falleció en Bolivia... Y, desde ese momento, no... Se ha comportado como si yo fuese transparente... y ahora de repente soy su mejor amiga... Te digo que hay algo que... ¿No te parece extraño que su marido esté muerto y ella no?... No me digas que su encanto también te ha... No te sientas halagado... Podría ser... Entonces, ¿qué? Esto no es normal... Y además viene con un hombre. ¿Qué hacemos?... ¿Compasión? ¿Compasión por qué?... No se hable más, mañana por la mañana se irá de aquí.

Es habitual que no recuerde los sueños. Seguro que el sueño que tuve en la casa de adobe tenía más partes. De lo que me acuerdo es que Liori se perdía en un bosque parecido al de las afueras del *moshav* en el que crecí. Me gritaba: «¡Papá, papá!». Yo estaba montado en un monociclo, como si lo hubiera hecho durante años, y trataba de identificar de dónde venía el dichoso sonido, dónde estaba la niña. La niebla que se había depositado en el bosque era densa. Mientras tanto, en lontananza, mi madre, o sea, la voz de mi madre, advertía en italiano «*Si raccoglie ciò che si semina*», es decir, «Se recoge lo que se siembra». Estaba preocupado por Liori en el sueño. Mucho. En algún momento la voz de mi madre se desvaneció y la niebla me envolvió. Me humedecía. Me acariciaba con ternura. Era difícil no abandonarme a sus caricias. A las de Mor. La mujer me despertó con caricias reales; movía la mano bajo mi camisa, por la espalda, me acariciaba con una infinita dulzura, como si supiera que allí estaban almacenados los malos recuerdos y quisiera curarlos, y solo después de unos largos minutos, pacientes, me desabrochó la camisa. Lentamente. Entonces, me dio la vuelta y quedé tendido bocarriba. Me besó el pecho. Y luego debajo. Y más abajo aún.

Orna lo hacía solo en cumpleaños y aniversarios de boda. Y solo si se lo pedía. Y unos segundos antes de terminar tenía que acordarme de moverle la cabeza.

Intenté moverle la cabeza a Mor.

Estoy a punto, murmuré tras levantar un poco la manta.

Ella no movió la cabeza.

Así, a los treinta y nueve años, en un lugar perdido que ni salía en Google Maps, mientras los primeros rayos de sol penetraban a través de las persianas, conocí el placer extremo. El que linda con el dolor.

Al abrir los ojos, dije:

Gracias. Levanté la manta y le pregunté: ¿Y tú? ¿Quieres que...?

Ella se deslizó hacia arriba hasta que asomaron sus rizos y se acostó a mi lado.

Aquí no.

Después de un breve silencio, volvió la cabeza hacia mí y me miró a los ojos.

Inta Omri, dijo.

Y con un dedo me acarició las comisuras de los labios, la sonrisa, y me preguntó:

¿Por qué eres tan bueno conmigo?

Respondí la verdad:

Porque me gustas de verdad, Mor.

Y ella exhaló un suspiro que también era de pena y descansó la cabeza en mi pecho. Respiramos unos minutos al unísono, sin hablar, y yo me sentí tan agradecido y apaciguado que le conté lo que había escuchado al otro lado de la pared. Para mí era una anécdota graciosa.

Ella, en cambio, no la encontró graciosa. Se levantó del colchón con un gesto brusco y decretó:

Nos vamos.

Pero...

Podría llamar a los hermanos de Ronen.

¿Puedes explicarme por qué eres tan...?

Las preguntas para después, Omrí.

Mi coche no arrancaba. Empecé a explicarle a Mor que desde el divorcio no había tenido tiempo de ir al mecánico para que lo revisara...

Pero en mitad de la explicación salió del coche y abrió el capó.

Se inclinó.

Luego me indicó que probara de nuevo.

Volvió a su asiento, se abrochó el cinturón y me dijo que arrancara.

Mi madre era secretaria en un taller, dijo, adelantándose a la pregunta que no llegué a formular.

Ahora cuéntame lo que está ocurriendo, le exigí cuando enfilamos la carretera.

Se encendió una luz en el salpicadero. Se acababa la gasolina.

Primero un café, requirió.

¿Un café?

No he podido ni lavarme los dientes después de... después de ti, dijo mientras me lanzaba una mirada cómplice. Además, tengo que pensar adónde vamos.

Recordé cuando Orna me dijo, en un tono inocente que me hizo enloquecer, «¿Qué esperabas que ocurriera, Omrí?», y yo, después de romper su portátil como respuesta, fui a casa de mi madre. Llegué en mitad de la noche y ella no me hizo ninguna pregunta. Me abrió el sofá plegable y puso las sábanas.

Así que pregunté a Mor:

¿Qué hay de tu familia? ¿Son de esta zona?

Sí, respondió con voz amarga, pero no puedo contar con ellos...

¿Puedo preguntar por qué...?

En pocas palabras, prácticamente me han excluido.

¿Por qué?

Es una larga historia, respondió, y guardó silencio por un momento. ¿Sabías que el empleado que destapa la corrupción de una empresa es el que termina siendo despedido?

Sí.

Pues es algo por el estilo.

Eso quiere decir que...

Déjalo, no tengo energía para hablarlo ahora.

Giré el torso hacia ella. Se había acercado el puño a la boca y se mordía un dedo. De repente, la imaginé de niña. Pensé en la fotografía. Una niñita con el pelo rizado. Con la mirada desafiante. Con un chupachups en la mano.

Si alguna vez te sientes con ánimos para hablar de ello, dije, cuenta conmigo.

Gracias, respondió, y me echó esa mirada púdica y descarada.

Entonces, ¿qué te parece venir conmigo, a mi casa?, propuse sin pensar.

No estoy segura de que sea una buena idea. ¿No está allí tu hija?

Viene solo los fines de semana. Ahora está con su madre.

Bien.

Lo que pasa, le advertí, es que recojo y limpio antes de que venga para que lo encuentre todo confortable, pero en este momento... hay... un gran quilombo. Aún no me ha dado tiempo a montar los muebles de IKEA. Bueno, más bien no me ha apetecido. Y en la pila se amontonan los platos sucios... Ya sabes cómo es un hombre que vive solo. Pero si eso no te molesta...

De veras que no, afirmó, pero el tono denotaba cierta vacilación.

Cuando nos detuvimos en la estación de servicio, dijo:

Será mejor que me quede en el coche.

En vez de por qué, le pregunté cuánto azúcar quería. Ya con el café listo, mientras daba el dinero a la cajera, me di cuenta de que había dejado las llaves puestas.

Eché una ojeada al coche y la cacé alargando una pierna, y luego la otra, para pasar al asiento del conductor.

Cogí el café del mostrador y salí corriendo.

Me salpiqué de café la camisa mientras corría. Y maldije. Maldije a la vez que corría. Llegué a tiempo de abrir la puerta y saltar dentro antes de que arrancara.

¿Qué haces?, pregunté con mi tono más comedido posible.

Y pensé para mis adentros: «Gata callejera».

Guardó un largo silencio con los ojos fijos en sus All Star.

Aún sostenía en la mano el café. Me lo quedé. A propósito.

Reprimí el fuerte impulso de atizarle un bofetón. Y luego de decirle que se bajara del coche.

Al final alzó hacia mí una mirada indefensa y se disculpó:

Perdona, Omrí. Lo siento. Me he equivocado.

Me quedé estupefacto.

En todos los años con Orna, ni una sola vez me había pedido perdón. «No soy buena en eso», me anunció una vez cuando empezamos a salir. Y desde entonces, en nuestra relación, todo el tema de las disculpas fue responsabilidad exclusivamente mía. Pues ahora resultaba que lo contrario también era posible.

Asentí. Intenté que el gesto fuese lo más firme posible y no mostrar que la disculpa había hecho que mi ira se replegara.

Me has ayudado muchísimo, prosiguió Mor, pero creo que es mejor que de aquí en adelante siga yo sola.

¿En serio?

Dejé el café en el posavasos y crucé los brazos sobre el pecho.

No sabes el lío en el que te estás metiendo, Omrí.

A lo mejor quiero meterme en ese lío hasta el cuello.

¿Para qué querrías...?

He perdido el ritmo desde que me divorcié, Mor. De día soy un autómata. De noche me voy a ver el fútbol al chiringuito con los trabajadores rumanos. Soy incapaz de quedarme en casa. El sonido de la televisión en el salón sin mi mujer ni mi hija... retumba.

Lo entiendo.

La verdad es que no. No entiendes que llamen de la escuela de tu hija para decirte que está llorando desde por la mañana y que preguntes a la secretaria por qué y ella se calle y entonces tengas claro qué está pasando. No tienes ni idea, Mor, de lo que es que tu hija te pregunte dos veces al día: «¿Estás seguro de que te morirás antes que yo, papá?». Cada vez que lo repite sabes que durante toda su vida temerá que la abandonen. Y tampoco nunca te has levantado, has ido al cuarto de tu hija para despertarla con besos y cosquillas en la espalda y has caído en la cuenta tarde de que no está en casa, porque debido al convenio ese día no le toca contigo.

Suena muy...

Y no tienes ganas de nada. En el conservatorio me suspendieron temporalmente porque me volví loco con un alumno que respondió al teléfono en pleno ensayo y le arrojé la baqueta de la batería. No tengo el más mínimo interés en los talleres que inventé yo mismo. Me obligo a ir a los talleres y al estudio de grabación porque tengo que pagar el alquiler. Las únicas dos veces que he deseado algo, Mor, que he sentido que me palpitaba el corazón, fue cuando viniste a mi habitación en Bolivia y cuando te vi pedalear hacia mí.

Entiendo.

Entonces, no me vengas con que quieres continuar sola. No hagas más bromas de este tipo. No vienen al caso.

De acuerdo.

Guardamos silencio unos momentos. Ella seguía con los ojos fijos en las Converse. Cogí el café del soporte, tomé un sorbo y me quemé. Murmuré:

Me cago en tu puta madre.

Y me di cuenta de que Mor no estaba segura de si lo decía por el café o por ella. Habría querido decirle que por los dos. Cuando un coche aparcó a nuestra derecha, con una pareja delante y dos niños y un perro detrás, dije:

Bueno, vámonos. Primero llenaremos el depósito de gasolina. Iremos a mi casa. Y por el camino me cuentas en qué lío me estoy metiendo. Creo que tengo derecho a saberlo, ¿no?

Ni siquiera ahora estoy seguro de que toda la escena en la estación de servicio no fuese sino un montaje diseñado para hacerme creer que yo tenía el control de la situación, que yo era el que decidía. Al fin y al cabo, había tenido tiempo suficiente para cambiarse de asiento y largarse mientras yo esperaba el café. O quizás intentó de veras, por última vez, que no me precipitara con ella al abismo.

Suelo conducir por la autopista a ciento treinta kilómetros por hora. Después del divorcio, algunas noches me metía en el coche, enfilaba la autopista y llegaba a los ciento cincuenta. Y que intentaran detenerme.

La niebla era espesa como en los sueños y me obligaba a ir a ochenta como máximo. De pronto recordé que una vez, de vuelta de unas vacaciones familiares en el norte, Liori nos preguntó qué era la niebla. Conducía Orna para que yo descansara y en la radio se oía una canción de los Pixies. Puse una mano en el muslo de Liori, como para decirle que yo también me acordaba de nuestras mañanas de los sábados en el apartamento de la calle Tchernichovsky, y con la otra hice lo que hacen los padres del siglo XXI cuando no saben qué responder y no quieren quedar mal: lo busqué en Google. Después de leer en traducción simultánea para niños el vocablo «niebla» en la Wikipedia, ella se mordió los labios, como hace siempre que reflexiona, y preguntó: «Así que ¿la niebla es una nube caída?».

Unos minutos después de que enfilásemos la autopista 6, Mor empezó a hablar. En primera persona. Pensé para mis adentros: «Eso quiere decir que he pasado el examen».

No he vuelto a la *shivá* porque sus hermanos estaban fuera de la casa. Con los brazos cruzados sobre el pecho, así, como dos mafiosos. Me estaban esperando.

¿Por qué...?

Ayer, justo antes de la *shivá*, me enseñaron unos correos que Ronen les había mandado desde Bolivia.

¿Les envió *emails*?

Al principio, yo tampoco lo entendía. ¿Cuándo lo había hecho? Me dijeron que tomara asiento en tono de mando, amenazador. Los abrieron en el ordenador y se colocaron de pie uno a mi derecha y otro a mi izquierda, como si fueran carceleros, mientras leía. Trataban de asegurarse de que no me escapara antes de haber visto lo que había allí escrito.

Qué tensión.

Era como ver porno.

¿Porno?

Porno del alma. Toda su intimidad estaba al descubierto en esos correos. Toda la paranoia.

¿De qué tenía miedo?

De nada racional. ¿Los tranquilizantes que me había pedido que le comprara? Pensaba que había cogido otras píldoras en su lugar y que lo estaba drogando con ellas. A cada hombre con el que había intercambiado alguna palabra en el viaje, incluido tú, lo consideraba un cómplice potencial de un complot sofisticado para robarle algo.

Era un psicópata.

¿Y sabes lo más extraño? Cuando durante el viaje me encerró en la habitación, imponiéndome un toque de queda, no pude compadecerlo. Me rebelo frente a las prohibiciones y las humillaciones. Pero a medida que continuaba leyendo me di cuenta de que él sabía que le estaba ocurriendo algo malo, que estaba arruinando la luna de miel con la mujer que amaba. El problema es que no podía frenarlo ni pedir ayuda.

Vaya.

Entonces, me eché a llorar. Después de todo, desde que había llegado había estado bastante desconectada, flotando por encima y por debajo de las cosas. Cuando pierdes a alguien, se abre en tu interior un abismo que te da pánico mirar. Y justo allí, frente al ordenador, mientras sus dos hermanos descargaban en mí su... hostilidad, me dije: «Ya está, no hay nada que hacer, ya no tengo a Ronen. No habrá más notas pegadas en el tarro del café, cada mañana una distinta, pero todas encabezadas por un "Me encanta". Eran del tipo "Me encanta que te bebas el café de un trago como si fuese zumo", "Me encanta que salgas de casa y vuelvas al cabo de un minuto para coger algo que habías olvidado", "Me encanta que cambies continuamente de emisora en la radio porque en otra quizás encuentres la canción que esperas"». ¿Está bien que hable de él, Omrí?

«Lo extraño es que no hayas hablado de él hasta ahora», pensé. Pero dije:

Claro.

Gracias, respondió Mor.

Y... es natural que llorases con sus correos, añadí.

Me dejaron llorar medio minuto, uno como mucho. Entonces, uno de ellos golpeó la mesa con el puño y quisieron saber qué tenía que decir sobre lo que había escrito Ronen. Sobre sus acusaciones. Los miré a los ojos y les dije que nada era cierto. No lo había drogado. No lo encerré en la habitación del albergue. Él me había encerrado a mí. Y no lo engañé durante el viaje.

«¿Y qué pasa con el beso que me diste en La Paz?», quise decir, pero no iba a culpabilizarla yo también, así que solo le pregunté si finalmente la habían dejado en paz.

Aparentemente, sí, respondió Mor, pero empezaron a presionar a las autoridades bolivianas para que autorizasen a un perito elegido por ellos para que examinara de nuevo los resultados de la autopsia.

¿Cómo lo sabes?

Oye, ¿qué CD es este? ¿Por qué hay una foto tuya en la cubierta?

Es de los Camouflage. El grupo en el que tocaba. Pero...

Oh, ¿tienes una banda?

Tenía.

Ponlo. Necesito calmarme un poco.

Empezó a sonar la primera pieza en el coche y ella se reclinó hacia atrás en el asiento y cerró los ojos.

Entraron los tambores y pensé: «Cómo se nota que lo grabamos antes de la separación. Ahora estoy demasiado agotado para tocar así».

Eché una ojeada a Mor. Tenía los labios ligeramente fruncidos mientras escuchaba. Como si quisiera absorber los sonidos, saborearlos.

Orna nunca se había entregado de ese modo a la música. Ni una sola vez había dejado lo que estuviera haciendo para escuchar un nuevo tema mío. Se ponía a leer una revista. O a cocinar quinoa. Revisaba los mensajes en el móvil.

En un momento dado, cuando la pieza se volvió más estridente, Mor comenzó a tocar teclas imaginarias en su rodilla. Y seguía el ritmo exacto con los dedos. Exacto.

Cuando terminó el fragmento, abrió los ojos y dijo:

Guau, Omrí, ¿esa percusión es tuya? Qué maravilla. Entonces, me echó una mirada fresca. Tienes talento, ¿eh?

Ahora que estoy escribiendo no entiendo por qué no le seguí preguntando más sobre la autopsia. ¿Por qué le angustiaba tanto que los hermanos de Ronen quisieran una segunda opinión, si en el resultado quedaría patente que Ronen se había suicidado?

¿Y cómo es que dejé pasar que, pese a que los hermanos de Ronen sospechaban que ella lo había engañado en la luna de miel, eligiera escaparse precisamente conmigo? ¿Es que no tenía a nadie más a quien recurrir? ¿Qué pasaba con todas las amigas que la rodeaban en la *shivá*? ¿Y con su familia? ¿Qué corrupciones había destapado en la familia para merecer que la dieran de lado?

Puede ser que no preguntemos cuando nos da miedo conocer las respuestas. O puede que la razón sea más sencilla: no soy un inquisidor y no tengo instinto de inquisidor. Tan solo soy un hombre que fue tras una mujer que pulsó los resortes apropiados. Así es, cuando a una persona le tocan la fibra sensible puede volverse loco, caer al abismo, convertirse en cómplice de un crimen.

Escuchamos varias piezas más del CD. De vez en cuando, Mor decía «Qué bueno» o «Guau». La mayor parte de las expresiones de admiración venían después de un solo del percusionista.

Cuando terminó la última canción, abrió los ojos y habló:

Explícame una sola cosa.

Pensé que me quería preguntar por qué las piezas eran tan largas.

¿Por qué tu mujer se divorció de ti?

Sonreía. Yo me reí.

En serio, se volvió hacia mí, eres inteligente, guapo, bueno en el sexo. ¿Qué problema tuvo?

Dejé una mano en el volante, alargué la otra y le acaricié la mejilla. El tráfico en la carretera de la costa avanzaba despacio. La niebla era tan densa que apenas veía el coche de delante. Solo la franja amarilla de advertencia parpadeaba de vez en cuando a la derecha.

Dime, ¿cómo te hiciste percusionista?, preguntó ella.

Desde pequeño esparcía sartenes y ollas por el suelo de la cocina y tamborileaba sobre ellas con cucharas, le conté.

Me lo puedo imaginar, dijo. O sea, puedo imaginarte perfectamente de niño.

Yo también a ti, afirmé.

Y de nuevo ante mis ojos apareció la misma imagen. Rizos. Mirada desafiante. Chupachups.

Después de que mi padre desapareciera, proseguí, mi madre me compró una batería, la puso en mi habitación y dijo: «Si quieres tocar, que sea como Dios manda».

¿Qué quiere decir que tu padre desapareció?, preguntó Mor.

Y yo pensé que con Orna me había llevado tres meses sentirme cómodo del todo como para contarle lo de mi padre. En cambio, con ella...

Desapareció. Se desvaneció. Hizo un corta y pega de nuestra vida a otra. Dejó un par de botas de piel que a veces yo olía para... estar seguro de que había existido.

¿Y eso es todo?

Casi. También dejó deudas. Los acreedores llamaban a nuestra puerta y decían que eran amigos de papá, pero nuestra madre nos había dicho que no les abriéramos.

Vaya, ahora lo entiendo.

¿Qué entiendes?

Muchas cosas, dijo ella. Muchas cosas.

Y en lugar de entrar en detalles empezó a acariciarme la nuca. Justo mi punto débil. Como si alguien le hubiera revelado cuál era.

Dejamos que sonara de nuevo el CD desde el principio. Ahora que Mor me había dicho que tenía talento, me sentía con bastante talento. Por primera vez desde la ruptura había vuelto a sentir el deseo de retomar la banda. O de crear otra nueva. Y no solo quería tocar piezas de otros. ¿Por qué no? ¿Quién me detendría? Tenía talento. Era bueno en el sexo.

Volví a llevar la mano a su mejilla y ella inclinó la cabeza y la apoyó en mi palma.

Ojalá pudiésemos viajar para siempre, dijo en alusión a la canción de Sivan Shavit.

Luego sobrevoló el freno de mano, me mordisqueó el cuello y me preguntó como una niña de excursión con un grupo de exploradores cuándo llegaríamos.

El navegador indica quince minutos, la informé.

Me imaginé que nada más entrar en casa la empotraría contra la pared, la sujetaría con una mano, con la otra le bajaría los pantalones de un tirón y luego, con delicadeza, le lamería la entrepierna.

Lo que no me imaginaba es que al cabo de un cuarto de hora la esposarían. A ella y a mí.

La noche que encontré los correos de Orna y del tipo que se la follaba cogí el ordenador, lo levanté en el aire y lo estampé en el suelo. Delante de sus ojos. Ella gritó:

¿Te has vuelto loco? ¡Voy a llamar a la Policía!

Pero le juré que, si avisaba a la Policía, yo me pondría en contacto con la mujer del tipo ese. Así que no tenía experiencia previa en interactuar con las fuerzas de seguridad.

La Policía estaba esperando debajo de mi apartamento en turismos normales. Cuando nos acercamos a la entrada, nos rodearon. No tenía sentido intentar huir. Esposaron a Mor y, para mi sorpresa, a mí también.

Mor alcanzó a lanzarme una última mirada de conejo deslumbrado, atrapado.

Después, nos metieron en coches separados.

Se dio una situación ridícula: al parecer, les enseñan que al detenido se le debe doblar la cabeza a la fuerza para meterlo en el vehículo, así lo someten antes de la batalla. Pero con mi estatura no les funcionó ni al tercer intento, así que tuvieron que pedirme educadamente que subiera al coche. Durante el trayecto, pregunté:

¿Por qué motivo me detienen?

Y el policía que estaba a mi lado me puso una mano en el hombro con fuerza y me dijo en tono casi amigable:

Cierra el pico.

Me pregunto ahora si la mirada de conejo atrapado era también falsa. ¿Era una actuación propia de una graduada del teatro comunitario? ¿Era parte de un plan sofisticado que tenía el fin de conducirnos directamente a los brazos de la Policía, justo debajo de mi casa, para que pensaran que ella y yo éramos cómplices de algo?

No estoy seguro. Aun después de saber lo que sé, prefiero pensar que éramos dos personas que se encontraron en una situación que les venía grande, más que en una pareja a lo Bonnie y Clyde.

El oficial de inteligencia me preguntó si tenía enemigos en la cárcel. Murmuré que no, qué diablos.

La asistente social me dijo una y otra vez que fuera fuerte. Pero no especificó cómo.

Después me pusieron bajo arresto y durante veinticuatro horas ningún agente me dirigió la palabra. Tamborileé en las paredes con las manos para no enloquecer.

Me llevaron para hacerme pruebas. Me fotografiaron desde todos los ángulos. Me tomaron muestras de sangre y orina. Y me llevaron de regreso a la celda. Dos veces metieron a otras personas en la celda y las sacaron al cabo de un tiempo. Tres veces sirvieron comida. Incomestible. Una, con postre: pudin de vainilla.

La celda no era como las que vemos en las series de televisión. Era mucho más deprimente. Un ventanuco enrejado por el que entraba una luz turbia. Una litera. Un colchón del grosor de una alfombrilla de yoga. Un váter con la taza rota. Una ducha que era un agujero en la pared. Un hedor perpetuo a colilla. Un tintineo de llaves todo el tiempo. Unas puertas metálicas que se abrían y cerraban siempre con portazos, con un ritmo que parecía regular y que enloquecía.

Me confiscaron el móvil y no podía leer los mensajes antiguos de Liori para calmarme. En cambio, traté de contar las ovejas de su pijama. Me la imaginaba con el pijama puesto y contaba las ovejas. Y recordé cómo los sábados por la mañana se metía en nuestra cama y, aunque su cuerpecito se colocaba entre Orna y yo, sentíamos que nos unía. De pronto, me asaltó una extraña añoranza por Orna, no la Orna de ahora, la Orna de antes, la que era feliz conmigo. Y también eché de menos no tener necesidad de ir a ninguna parte, porque mi mundo estaba conmigo, en la cama.

El cuarto de interrogatorios tampoco era como los que se ven en televisión. No había bombillas desnudas ni una mesa de formica. Solo ficheros. Miles de ficheros.

El inspector me dio una botella pequeña de agua con gas y un vaso de plástico. ¿Por qué agua con gas? ¿Me confundió con mi padre? Y mientras daba un trago me dio las noticias. Primero las malas. Luego las peores.

La Policía de Bolivia había permitido al perito de la familia revisar las fotografías del cuerpo y los resultados de la autopsia. Al parecer, el examen de los bolivianos no era concluyente. Un cuerpo tan mutilado requería un examen de expertos. De todos modos, al volver a examinar el cuerpo, el perito encontró claros signos de forcejeo y dosis inusuales de fármacos que planteaban la posibilidad de que la muerte de Ronen Amirov no fuera causada por un accidente, como había declarado la viuda durante el interrogatorio en Bolivia. En los correos que mandó a la familia, el difunto hablaba de una relación ocurrida durante la luna de miel entre su mujer y un israelí de nombre Omrí. Expresaba sus temores de que su esposa y el susodicho Omrí planearan un accidente para matarlo y cobrar el dinero del seguro de vida que había contratado antes del viaje.

Tenemos fotografías en que aparece en situación de intimidad con Mor Amirov durante la *shivá*, me dijo el inspector. Además, se fueron juntos a su apartamento, siempre durante la *shivá*. Y lo más importante: los dos últimos días hemos estado interrogando a Mor. Ella niega que fuera un asesinato premeditado, pero está dispuesta a admitir que hubo un forcejeo entre ella y su marido en el Camino de la Muerte, forcejeo del que usted fue testigo. Una lucha en la que él terminó despeñándose. Si consideramos la fecha de su vuelta a Israel, es absolutamente posible. Y debo añadir que el hecho de que Mor Amirov y usted tuvieran relaciones sexuales mientras ella debía llorar la muerte de su marido plantea la sospecha razonable de que así celebraron el éxito de su plan.

Guardé silencio. Como se suele decir, me quedé mudo de asombro. Pero no era exactamente estupor lo que experimentaba. Era más bien una sensación de vacío. El vacío que se queda en un estadio de fútbol cuando el partido ha terminado y todos los espectadores se han ido a casa, dejando solo cáscaras de pipas.

¿Qué tiene que decir a todo esto?, exigió saber el inspector.

Me parece que necesito un abogado.

De todas las cosas del mundo, lo primero que pensé en cuanto el inspector abandonó la estancia fue cómo le explicaría a Liori que no podría venir conmigo el fin de semana.

Tiene una expresión muy suya cuando está a punto de llorar. Una mueca previa al llanto. Una arruga desgarradora que empieza en los labios, le tira de la nariz y le entorna los ojos.

Si llegara a saber que su padre está detenido, si alguna de sus compañeras de clase oyera algo en las noticias... De todos modos, desde la separación...

Por eso mi primera llamada no fue a un abogado, sino a Orna. Mientras esperaba, apareció en la pantalla del teléfono una foto de nosotros tres –que todavía no había cambiado– en una excursión en bicicleta al Agamon Hula. Se nos ve una familia normal. Sonriente. Feliz.

Orna respondió después de demasiados tonos.

Le dije:

Estoy en apuros.

Le dije:

Me acusan de ser cómplice de un asesinato.

Le dije:

En Bolivia.

Le dije:

Está claro que soy inocente. Seguro que al final saldré de esta, pero de momento tengo dos peticiones que hacerte. Ella se mantuvo en silencio. ¿Estás ahí?, pregunté.

Sí, respondió Orna. Estoy conmocionada.

La verdad es que yo también, reconocí.

¿Qué quieres?

Su voz lo expresaba todo: impaciencia y decepción y una sincera preocupación y también un matiz de «Qué suerte que ya no esté con este fracasado».

Inventa una historia para Liori. Dile que estoy enfermo. No le digas que estoy detenido. Vamos a dejarla aparte de toda esta mierda en la medida de lo posible.

De acuerdo, respondió Orna.

Y llama a tu abogado. Pregúntale si puede recomendarte algún penalista.

Liori fue la verdadera razón por la que no continué siguiendo a Mor y a su marido en el Camino de la Muerte.

Al cabo de un día, los alcancé. Había alquilado la mejor bicicleta de montaña de La Paz y pedaleé como un loco. No estoy en plena forma desde la ruptura y por eso después de unas horas me dolían todos los músculos. Pero no me detuve a descansar ni un instante. Mi motivación se sustentaba en las escenas que me pasaban por la cabeza. El extraño silencio de Ronen cuando nos dirigíamos a la heladería. La mirada de Mor cuando me acompañaron al albergue, una mirada que, *a posteriori*, me parece de angustia. Los gritos que había oído la recepcionista y que provenían de su habitación. Algo no iba bien entre esos dos y aceleré el ritmo del pedaleo. De lo contrario, ¿por qué había venido ella a mi habitación en plena noche?

Cuando los vi, estaban una curva más abajo.

Él pedaleaba unos metros por delante de ella.

No tenía previsto qué haría cuando los alcanzara. Y, con algo de retraso, se me ocurrió que no era precisamente una buena idea unirse a una pareja en su luna de miel al día siguiente de haber besado a la chica. A saber si se lo había contado al marido.

Por lo tanto, me limité a seguirlos para cerciorarme de que Mor estuviese bien. Solo dejé un poco de distancia en medio para no exponerme pero poder defenderla si necesitaba protección.

Cuando oscureció y se detuvieron a montar la tienda, yo hice lo propio. Me di la vuelta, volví unas decenas de metros atrás y planté allí las estacas.

Recuerdo que, por la noche, soñé con Sha'ar HaGai. Estaba en el asiento trasero de un coche que alguien, quizás mi padre, conducía demasiado rápido por la bajada de Jerusalén a Tel Aviv. Entonces, le pedía que aminorara en las curvas para que no nos cayésemos al abismo.

Me levanté antes del amanecer para que no se me adelantaran y esperé a que se despertaran. A pesar del sueño, seguí pedaleando. Y guardando la distancia.

En el Camino de la Muerte hay cruces en las orillas, recordatorios de las personas que han encontrado allí la muerte en el transcurso de los años. Cada vez que pasaba frente a una de ellas, me decía para mis adentros que estaba como un cencerro. No tenía ninguna lógica lo que estaba haciendo. Y por otra parte pensé: «Hace quince años que te casaste con una mujer racional y te comportas de modo racional. Quizás ha llegado el momento de actuar de un modo ilógico por una vez».

El tercer día, la visibilidad era malísima a causa de la niebla. Intenté acercarme a ellos un poco más, pedalear algo más rápido, pero el camino estaba lleno de baches y en una de las curvas perdí el equilibrio, resbalé con la bicicleta y me caí. Salí volando, literalmente, del sillín.

Me agarré a una de las cruces en memoria de los caídos y me levanté. No puedo decir que estuviera a punto de precipitarme por el abismo ni que mis piernas flotaran entre el cielo y la tierra, pero algo en esa caída cerca del borde provocó que mi corazón latiera con fuerza mucho después de que recogiera la bicicleta y la pusiera en pie. Tal vez fuera la cruz a la que me agarré o el nombre que había grabado en ella. Estaba furioso conmigo mismo: «¿Qué estás haciendo, idiota? Tienes una hija y le prometiste que no harías cosas peligrosas. ¿Quién te importa más, tu hija o una muchacha a la que has besado una sola vez?».

Me monté en la bicicleta, di media vuelta y emprendí el retorno. No fue por la barrera policial, como le dije a Mor. Simplemente quería vivir.

Avanzaba a tientas. A duras penas veía nada a causa de la niebla. A duras penas vi al muchacho que descendía en dirección contraria.

Frenamos los dos a la vez en el último instante y quedamos manillar contra manillar.

Él me insultó en italiano, «*stronzo*». Mi familia materna es toda italiana, así que le respondí con un «*vafanculo*». Se echó a reír. Y así, en vez de matarnos el uno al otro, Paolo y yo entablamos conversación.

Le dije que con tanta niebla era un suicidio seguir bajando.

Él observó que no le convenía nada morirse, porque iban a publicarle muy pronto su primer libro.

Yo añadí que debía seguir vivo porque tenía una hija de siete años que corría hacia mí cada tarde a la salida de la actividad extraescolar.

Regresamos juntos a La Paz. Despacio. Por la noche, dormimos en el camino, en su tienda. Le hablé de Mor, de su visita inesperada a mi habitación, del beso final y de que, de algún modo, aunque apenas nos conocíamos, me preocupaba por ella.

Paolo me escuchó y me dijo:

Yo cogería a su marido, lo echaría al abismo y me acostaría con ella. Pero no me hagas caso, soy italiano, de sangre caliente. Oye, no es una mala historia. ¿Te importaría si algún día escribo sobre ella?

Entonces, ¿tiene una coartada?, dijo mi abogado, alisándose la corbata.

Teóricamente, sí, respondí. Si conseguimos rastrear a ese Paolo.

¿Sabe su apellido?

No.

El abogado frunció los labios en una mueca de desaprobación. Como si me despreciara. Como si el hecho de no saber su apellido probase de forma concluyente que soy un desastre. Hubiese querido pegarle un puñetazo al hijo de puta. Me ponía furioso. Pero no podía. Necesitaba su ayuda. Así que mi puño cerrado se transformó en una mano abierta y estas palabras:

Sí que me contó cosas diversas sobre él.

Muy bien, dijo el abogado. Intentaremos trabajar con esos datos. Pero, antes que nada, hay una carta para usted.

¿Una carta?

Me la ha mandado el abogado de su compañera. No sé cómo logró convencerle para entregarle esta carta. Se arriesga a perder su licencia por una cosa así. Dígame, ¿qué aspecto tiene esa Moria, que se camela a todos los hombres?

Mor.

En su carnet de identidad pone Moria. ¿Sabía que procede de una familia religiosa?

Mencionó algo al respecto. Pero creo que no tiene relación con ellos.

Obviamente ella no tiene relación con su familia.

¿Qué quiere decir? ¿Por qué es obvio?

Por lo que sé, a los diecisiete años denunció a su padre a la Policía porque las golpeaba a ella y a sus hermanas; les daba palizas de muerte. A menudo. Pero toda la familia, las hermanas, la madre, tomó partido por el padre. Lo negaron. Declararon que se lo había inventado todo.

No puede ser, dije.

Y lo comprendí. A eso se refería cuando habló de un empleado que destapa la corrupción de la empresa.

Así que es una devorahombres, ¿eh?, insistió el abogado.

Diría que no, respondí, mosqueado de que hablara así de ella.

Y pensé: «Pero tiene una mirada que primero te engancha y te asalta el deseo de empotrarla contra una pared y después, cuando baja la cabeza, cuando se vuelve recatada, te entran ganas de protegerla eternamente de cualquiera que quiera empotrarla contra una pared».

Hola, mi roca:

Te escribo porque no me queda más remedio que correr este riesgo. Te escribo porque mi vida se ha derrumbado y estoy enterrada bajo los escombros y la única brecha por donde puede entrar la esperanza eres tú.

¿Sabes? Había planeado fundar una asociación después de la luna de miel. Quería llamarla Historias de Viajes. Mi idea era que los voluntarios salieran de excursión, cada uno con una persona en crisis, y se dedicaran a escuchar. Como el teléfono de la esperanza, pero en movimiento.

Ahora parece que la única excursión que podré hacer en los próximos años será entre los muros de la cárcel Neve Tirtza.

Mi abogado me ha explicado que la pena por homicidio, aunque sea en legítima defensa, puede llegar a los veinte años.

Dice que tengo demasiadas cosas en mi contra.

Mis antecedentes penales no me ayudan: el profesor de teatro me dejó con un mensaje y yo compré una botella de gasolina y le prendí fuego a su Ford Fiesta. No estoy orgullosa de ello, pero tampoco arrepentida.

Si a eso añadimos el seguro de vida, fragmentos de mi ADN bajo las uñas de Ronen y los correos que mandó a su familia, no pinta nada bien. La única cosa que puede ayudarme en el juicio, dice el abogado, es un testigo que refute inequívocamente las acusaciones en mi contra.

Lo más probable es que pienses que soy una hija de puta manipuladora. Lo más probable es que estés rememorando lo que sucedió desde que llegaste a la *shivá* y pienses que te tendí una trampa, que todo estaba preparado de antemano y lo llevé a cabo para involucrarte.

Si eso es lo que estás pensando, lo entiendo perfectamente. Tienes muchos motivos para creerlo así. Pero quiero contarte una historia distinta. Aunque la posibilidad de que estés dispuesto a escucharla sea mínima. Aunque sea inexistente. Quiero contártela porque es la verdad pura y dura.

Me he enamorado perdidamente de ti, Omrí. No estaba previsto que ocurriera. No es algo que una novia planee en su luna de miel, pero así ha ocurrido. Y es más fuerte que yo. Ha sido más fuerte que yo desde el momento en que me senté en tu cama, en el albergue. Es como si un hilo invisible me atrajera hacia ti y no pudiera hacer nada para oponerme.

Por eso me escapé de la *shivá* para verme contigo (estoy loca).

Por eso hice el amor contigo en la roca (loca por completo, pero valió la pena).

Por eso di media vuelta con la bicicleta y no regresé a la *shivá* (aún no estaba preparada para separarme de ti).

Por eso quise dejarte en la estación de servicio y seguir sola (sabía que te complicarías la vida por mi culpa).

Por eso estuve de acuerdo en refugiarme en tu casa (me olía que la Policía estaría allí, pero quería sentirte una vez más).

Y, en realidad, por eso también..., en lo más profundo de mí, esperaba que vinieses a la *shivá*, ¿sabes?, que de algún modo te habrías enterado de lo de Ronen. Aunque también me daba miedo que vinieras. De todos modos, me parecía imposible. Cuando entraste en el estudio con el cuerpo ligeramente inclinado para que la cabeza no diera en la jamba de la puerta, quise correr a tu encuentro y abrazarte, pero no podía, era la viuda. Noté tu desilusión por mi poco interés. No creas que no vi cómo te manoseabas la camisa y cómo estrujabas los cordones de los zapatos, pese a que ya estaban abrochados. Te desatabas la cola de caballo y volvías a recogerte el pelo y escondías la cabeza en el álbum de la boda de Ronen y mía como si realmente te fascinara. Era encantador (no digo maravilloso para no sentir dentro de mi cabeza que me riñes, pero ¡era maravilloso!). No hay nada que hacer, la timidez les sienta bien a los hombres altos. Además, con timidez y todo no te rendiste, insististe, continuaste sentado, firme, con esos hombros anchos, cosa que reavivó en mí el sentimiento que tuve en tu habitación de La Paz. En otra vida tú y yo habríamos podido...

Entonces empecé, mientras hablaba con las colegas del teléfono de la esperanza que fingían ser amigas mías, a preparar nuestra cita en la roca plana. Omrí, había otra razón por la que tenía prisa en irme de La Paz, aparte de la esperanza de que beneficiaría a Ronen.

Quería escaparme de ti.

Una ligera debilidad, como los primeros síntomas de la gripe, me ataca cuando me enamoro. ¿A ti te ocurre lo mismo o todo lo contrario? ¿Cuando te enamoras, te vuelves más agudo?

Sabía que, si me quedaba en la ciudad, me escabulliría cada noche a tu albergue.

Me dije: «En el fondo, ¿qué hay entre él y yo? Dos conversaciones y un beso. Nada que pueda desestabilizarme. Nada que no pueda dejar atrás». Aunque no conseguía dejar atrás el contacto de tus manos cálidas bajo la camisa cuando nos besamos y no conseguía dejar atrás el placer de ponerme de puntillas para darte un beso y no conseguía dejar atrás el sentido de pertenencia entre tus brazos y no conseguía dejar atrás cómo me sentía mientras hablábamos. No era una tonta ni una estúpida, sino inteligente, divertida, especial. ¿Lo comprendes? No te me pude sacar de la cabeza, seguí soñando contigo (sí, ya entonces), incluso lo hice la noche en que Ronen y yo dormimos en la escuela mientras fuera diluviaba.

Era como si me hubiera escindido en dos yos: una parte de mí hacía todo lo que te conté en tercera persona encima de la roca; cantaba, intentaba seducirlo y bailar... Hacía todo lo posible por mantener la paz en la familia y salvar el matrimonio. Y la segunda (la indigna, de la que no te hablé) ya había empezado a vaciar su corazón para hacer hueco a un nuevo amor.

Y cuanto más se callaba Ronen, cuanto más me humillaba y más distancia ponía entre nosotros, más pensaba en ti. Imaginarnos juntos era el modo de no dejar que me despreciara. De no sentirme miserable.

No creí que mis fantasías se fueran a hacer realidad tan pronto. Bueno, no. Incluso cuando Ronen me arrojó contra el espejo después de que la emprendiera a puñetazos contra su pecho (no te lo he contado todo, Omrí, porque es vergonzoso que una niña maltratada se convierta después en una mujer maltratada), o cuando la mañana de la caída volvió la hoja de la navaja hacia mí mientras decía que no sabía qué haría si lo dejaba, creí que no iría a más. Creía que conocía los límites de Ronen y los límites más allá de esos límites. Vamos, que leer a las personas era mi superpoder.

Solo cuando empezó a pedalear a propósito hacia el borde del Camino de la Muerte entre la niebla y a chillar que sí, que estaba loco, caí en que también había dos Ronen: el de casa, cuyas acciones podía predecir, y el Ronen de viaje, una persona distinta por completo.

Mientras pedaleaba, grité «Te amo, Ronencito, no te dejaré jamás, ten cuidado, deja de pedalear así, por favor, deja de pedalear así», pero él no se volvió hacia mí, no respondió. Pedaleó más rápido y no se alejó del borde, todo lo contrario, giró más a la derecha, se arrimó a él, a la franja donde ya se desmoronaba, y las ruedas de su bicicleta empezaron a lanzar barro en todas direcciones.

Me acerqué a él con un suave movimiento del manillar. Sabía qué hacer. Agarrarlo por la capucha y arrastrarlo hasta el centro del camino, derribarlo, pegarle un puñetazo para que perdiera el sentido y luego atarlo a un árbol con el candado de la bicicleta y pedir ayuda a la Policía, que viniera una ambulancia, que alguien le impidiera hacerse daño hasta que fuera hospitalizado.

Pero, al parecer, el Ronen de viaje tenía otra idea, porque, en cuanto me acerqué, me agarró por una manga y tiró hacia él.

Tal vez quería arrastrarme con él al abismo, tal vez solo asustarme, ¿cómo podía saberlo? Todo sucedió en una décima de segundo.

Lo aparté bruscamente. Con una mano sostuve el manillar y con la otra me desasí del agarre. Metí la mano debajo de la suya, la levanté con fuerza y libré mi manga de su estrujón, lo que le hizo perder el equilibrio un instante...

Pero lo más probable es que no se hubiera caído si la segunda Mor, la indigna y criminal, no hubiese añadido un empujón decisivo, premeditado, en el pecho con la mano libre.

Después de la caída, reinó un silencio absoluto. Recuerdo que desmonté para mirar hacia abajo, pero me mareé y retrocedí un paso. Recuerdo que mi bicicleta se cayó porque no la había apoyado en ningún lugar. Recuerdo que fui hasta el final de la curva para comprobar si había algún testigo del suceso, pero había solo una bandada de pájaros. Se alejaron volando. Me senté en la tierra mojada. Busqué mi teléfono en el bolsillo para pedir ayuda y recordé que, joder, lo tenía él. En la mochila que cayó con él por el precipicio.

Seguía lloviendo y la tierra húmeda debajo de mí se transformó en un barrizal en el que empecé a hundirme.

Y no me importaba nada.

Sabía que tenía que activarme. Levantarme y hacer algo, lo que fuera. Pero durante un largo rato no logré hacer nada, solo sumirme en el barro.

Tenía la mente en blanco. O al menos no era capaz de distinguir cada pensamiento.

Solo me quedó el sentimiento profundo, abismal, de estar sola en el mundo. Como si toda la humanidad se hubiera extinguido y yo fuese la única superviviente. O, mejor dicho, como si de ahora en adelante tuviese que andar sola por el mundo, como Caín, con una marca en la frente, indigna de vivir entre los hombres. Creo que nunca me había sentido tan sola como en esos momentos, después de la caída de Ronen.

Por otro lado, el hecho de que no hubiera nadie más que yo me permitió elegir más tarde la versión que quería contar de lo sucedido.

¿Comprendes ahora por qué me angustié tanto cuando sus hermanos me amenazaron con reabrir la investigación, usando los correos como pretexto? ¿Y por qué no quería involucrarte?

Ojalá la historia de esta luna de miel tratase sobre un marido trastornado y una esposa que hizo todo lo posible para acogerlo y auxiliarlo. Así intenté contártelo a ti (y a mí misma) en la roca de detrás del monumento a los caídos.

Pero no es la verdad. La vida en pareja es una jungla, como dijiste. La verdad es que su herida abrió mi herida, que abrió su herida ancestral, que, a su vez, abrió mi herida ancestral. Hasta que hice lo que hice.

Deposito en tus manos mi oscuro secreto (¿tienes uno tú también?). No soy idiota. Sé que podrías usar esta carta en el juicio para incriminarme. Rezo para que no lo hagas. Y para que estés de acuerdo en hacer algo distinto. Puede que no quieras escuchar ni una palabra mía después de leer lo que acabo de escribir. Sin embargo, si existe una mínima posibilidad de que no sea así, sigue leyendo. Mi abogado dice que no importa lo que sucedió de verdad, sino qué parte conseguirá contar la historia más convincente ante el tribunal. He aquí la historia que se me ha ocurrido.

Nos seguiste en el Camino de la Muerte porque estabas preocupado por el extraño comportamiento de Ronen en la heladería. Y por lo que te había contado la señora del albergue. Nos alcanzaste justo en el momento en que Ronen perdió la cabeza. Viste cómo peleamos. Fuiste testigo de que quiso empujarme al abismo y yo me defendí. Con las uñas. Viste de cerca que tuve que soltar su brazo para no caerme. Por consiguiente, fue él quien se precipitó al abismo. Por supuesto, yo contaré la misma versión. Mi abogado dice que, si coincidimos en los pequeños detalles, hay muchas posibilidades de convencer al juez de que se trata de un caso de defensa propia. Tú ya conoces los pequeños detalles por la historia que te conté en tercera persona en la roca plana.

¿Qué me dices?

Entiendo que es una petición importante. Y que si accedes correrás un gran riesgo. Pero también yo corro un riesgo insensato haciéndote llegar esta carta. Y lo hago con la esperanza de que te sientas como yo, de que sientas que el amor no es algo que se pueda programar. A veces florece en circunstancias que parecen imposibles. Y si negamos lo que puede haber entre nosotros, Omrí, estaríamos huyendo del destino.

Inta Omri, en tu coche, creo que poco después de que me hablaras de tu padre, tuve una visión: salíamos los dos a pasear al anochecer (¿hay en Ramat Gan algún parque donde se pueda oír el canto de los pájaros?) y tus pasos, grandes y lentos, se acoplaban con los míos, cortos y rápidos, mientras te contaba que hoy en la asociación había salido a caminar por Nahal Yavnal con una joven viuda. De repente, al hablarme de su marido muerto, yo sentía el dolor de Ronen, y tú me ponías una mano en el hombro y no te asustabas por que estuviera hablando de él. Después, me contabas que habías recibido una llamada telefónica de Carlos Santana: su batería estaba enfermo y te pedía que le sustituyeras en el concierto del parque Yarkon. Y tu nuevo taller de equipos de empresas de alta tecnología tenía tanto éxito que temías que nos volviésemos ricos.

Te imagino diciendo esas palabras. Y sonrío. Me imagino que somos felices juntos.

Tuya,

Mor

Bien, ¿qué ha escrito?, me preguntó mi abogado tamborileando sobre la mesa a un compás de tres por cuatro.

Guardé silencio unos instantes.

Estaba desconcertado por el riesgo que había corrido Mor. Había confiado su destino en mis manos de tal modo que me obligaba a confiar mi destino en las suyas. La estrategia era obvia. Sin embargo, también eficaz.

Noté dentro de mí una ola de asombro y compasión, un deseo de salvarla inundó mi pecho y se difundió por todo el cuerpo, hasta los lóbulos de las orejas.

Esperé a que la ola pasara.

Entonces, conté al abogado la proposición de Mor. Muy por encima.

Él se tragó las duras palabras que estaba a punto de decir sobre ella –podía verlas descender por su garganta– y dijo:

No pensará tomar seriamente en consideración tal cosa, ¿verdad?

Guardé silencio.

¿Se está riendo de mí?, preguntó incrédulo.

Guardé silencio.

Ahora, escúcheme con atención. ¿Oye lo que le digo? Como su abogado, debo advertirle que desde el instante en que usted admita que estuvo allí con ellos podría acaecer cualquier cosa.

Asentí.

Será acusado de perjurio en el mejor de los casos y de cómplice de asesinato en el peor. Y tenga en cuenta que esta chica... no es Teresa de Calcuta, se volverá en su contra y le acusará de haber empujado a su marido al abismo.

Asentí.

Está bien. El abogado suspiró y alzó las cejas con desesperación. Decida lo que decida, es importante que encontremos a ese tal Paolo.

Resulta que hay varios escritores italianos que responden al nombre de Paolo. Paolo Giordano. Paolo Pagani. Incluso Paolo di

Paolo. Pero del Paolo que necesitábamos no había aparecido ningún libro, aunque estaba a punto de publicar el primero.

¿Sabe algo más de él?

Que creció junto al lago de Como. Estudió escritura en Turín. En alguna escuela. Tuvo una novia. Ella lo dejó porque describió a su madre de un modo poco halagador en una historia. Y fue lo bastante estúpido para dejársela leer. Ah, también hubo una gran tragedia en su familia. Lo acabo de recordar. En el transcurso de la noche, en algún momento me comentó que todos los israelíes que encontró en Sudamérica estaban de viaje porque acababan de terminar el servicio militar. No parecía en absoluto que esa fuera su razón y además había mencionado que... tenía una hija, creo. Le dije que yo viajaba porque me había divorciado hacía poco. Se quedó en silencio en señal de aprobación y luego soltó que el divorcio es una mierda, pero que es mejor que ser deshonesto. Le respondí que no sabía qué era lo mejor, yo aún lo estaba asimilando. Temía haber marcado a mi hija de por vida. «¿Marcar a tu hija de por vida?», dijo burlonamente, dando a entender que su machete era mayor. Se quedó un rato en silencio. Después me contó que, a los siete años, su madre descubrió que su padre tenía una segunda familia. En Capri. Otra mujer, otros hijos. Viajaba a Capri a menudo por negocios. Nadie sospechaba. El bandido había conseguido mantener una vida paralela durante una década. Y si no se hubiera inventado el teléfono inteligente, seguramente le habría seguido funcionando. Cuando la madre de Paolo encontró los mensajes que le había mandado la otra mujer, habló con sus hermanos de Sicilia y una noche fueron, cogieron al padre, lo arrastraron hasta un bosque y lo partieron por la mitad con una motosierra. Una mitad la arrojaron al lago de Como y la otra, cabeza incluida, la metieron en una caja y se la enviaron por FedEx a su segunda familia en Capri.

Seguro que su libro trata sobre eso, supuso el abogado. Una vez participé en un taller de escritura y el profesor nos dijo que, en su primer libro, los escritores cuentan la historia más intensa ocurrida en su familia. Por lo tanto, la prueba de fuego del escritor es su segunda novela.

Genial. Pero... ¿cómo nos ayudará todo esto?

¿Me dijo que la familia de su madre es italiana? ¿Y ella habla italiano? Así pues, que mañana su madre telefonee a todos los editores del país hasta que averigüe cuál de ellos va a publicar próximamente un libro en el que cortan en dos a un hombre con una motosierra. O al revés.

¿Al revés?

Una mujer a la que cortan por la mitad. El profesor del taller nos dijo que si temíamos que las personas reales en las que habíamos basado la historia se lo tomaran a mal, o, peor aún, que nos pusieran una querella, era preferible introducir cambios.

El silencio de mi madre cuando le expresé mi demanda fue elocuente. Sabía exactamente lo que quería decirme. ¿Cómo un muchacho tan inteligente se había metido en semejante lío de forma tan estúpida? ¿O es que había heredado de ella la propensión a escoger parejas problemáticas? Y, por supuesto, no podía faltar el clásico de siempre en italiano, que se remontaba al tiempo en que llamaban a la puerta los acreedores de mi padre: «*Si raccoglie ciò che si semina*».

Pero no dijo nada de eso.

Al contrario, apuntó cada detalle que yo le dictaba en su eterno cuaderno rojo y encontró a Paolo Accordi en menos de cuarenta y ocho horas.

Lo pilló en la cama. Con un ataque de ansiedad previo a la publicación de su primer libro. Pero se acordaba de mí y accedió a mandar un fax a mi abogado con un testimonio detallado, firmado por un notario, según el cual el día en que Ronen Amirov murió en el Camino de la Muerte yo me encontraba con él. Por tanto, no podía estar involucrado en la caída.

Bien. El abogado tamborileó sobre la mesa a un compás de siete por ocho. Tenemos una coartada muy sólida. De ahora en adelante, depende de su buen juicio. Si es usted capaz de ejercer ese buen juicio cuando se trata de esa chica. De todos modos, mi posición queda clara, ¿cierto?

Asentí.

No me diga que lo está usted tomando en consideración.

No asentí.

De acuerdo, suspiró profundamente, frustrado, aun cuando decidiera cometer un gran disparate, por no decir un disparate colosal, y mentir ante el juez por ella, conviene que tengamos clara la verdad. Tome. Sacó de su cartera una libreta con espiral y un bolígrafo Pilot negro. Escriba todo cuanto sucedió. Exactamente como pasó. Por orden.

Así que escribí toda la noche sin parar. Y por la mañana lo leí desde el principio. A veces me parecía que el hombre descrito en la libreta era un crédulo acabado. Otras, que después de años de letargo se había despertado a la vida y no estaba dispuesto, con razón, a renunciar a ella.

En ocasiones estaba seguro de que Mor había seguido de veras su corazón. En otras, la veía como la *femme fatale* de La Paz. Ella lo había escenificado todo, o casi todo, con premeditación.

Pero no tuvo en cuenta una cosa, solo una.

El mundo se divide en dos grupos de personas: quienes tienen hijos y quienes no.

Y solo una persona que no tiene hijos puede pedir a una que los tiene que se arriesgue de ese modo por ella.

«Liori –me dije cuando el abogado entró en la celda para saber qué había decidido– es ahora mi historia de viaje. No desertaré como hizo mi padre. Intentaré estar presente en la vida de mi hija. Y amarla hasta que llegue a buen puerto. Me aseguraré de que la gente no se aproveche de su sensibilidad. Y nunca jamás le daré un motivo para que se avergüence de mí».

Aceptaron mi coartada. Me dejaron en libertad. Rompí en mil pedacitos la carta de Mor. A pesar de que ella había querido arrastrarme consigo al abismo, no busqué venganza. No soy así. En mi testimonio ante el tribunal traté de describirla del modo más positivo posible, de minimizar la importancia de nuestra relación y su influencia en los acontecimientos de Bolivia. No estoy seguro de que fuese de gran ayuda. Los correos de Ronen, que presentaron en su totalidad ante el tribunal, presagiaban de modo escalofriante lo que ocurriría en el Camino de la Muerte. Los testigos que lo conocían, que habían tocado con él o habían estudiado con él, afirmaron que Ronen era incapaz de matar una mosca, mucho menos a Mor, de la que estaba enamorado. Los resultados de la autopsia no permitieron determinar cuál de los dos intentó protegerse en los momentos decisivos, al borde del abismo. Además, la defensa no alcanzó a explicar de modo convincente el vídeo de la cámara de seguridad de la farmacia, que mostraba a Mor comprando un tranquilizante mucho más fuerte que el que Ronen le había encargado, según escribió en un *email*. Y el fallo en los frenos de la bicicleta de Ronen podía ser obra de alguien que había pasado todas sus vacaciones en un taller.

Mor fue declarada culpable de homicidio. Y condenada a diez años de prisión.

Con gran esfuerzo y una estrecha colaboración que me recordó la sincronía que habíamos tenido antes, Orna y yo conseguimos ocultar todo este asunto a Liori. O por lo menos, a mí me pareció que lo habíamos conseguido. Una noche, antes de dormirse, Liori me confesó que no se quería morir. Le respondí que me alegraba saberlo. Entonces me explicó, muy seria, que había visitado el mundo de los muertos y que no tenía nada de divertido.

¿Puedo preguntarte cómo llegaste allí?, le pedí con cautela.

A lo que ella respondió enseguida:

¡Por el camino de la muerte!

Y declaró como si se tratase de cultura general:

Entras en un túnel y cuando sales ya estás allí.

¿Allí?

En su mundo, papá. El de los muertos.

Algunas semanas después de la condena, los medios publicaron diversos artículos sobre la Luna de la Muerte. Y cuando buscaba en Google de vez en cuando (¿de vez en cuando? ¿A quién quiero engañar? Tres veces al día, como las plegarias) el nombre de Mor, aparecían todos esos artículos en la pantalla y más abajo uno de varios años antes sobre un nuevo teléfono de la esperanza para jóvenes. Habían grabado a Mor mientras explicaba: «Mientras conversamos, trato de llegar al momento en que mi soledad se encuentra con la suya. Tengo que conectarme con la niña solitaria que era para poder ayudarlos». También decía: «Los que crecieron en una familia feliz no comprenden cómo de desgraciada puede llegar a ser una familia».

Debajo de ese artículo había uno sobre *Hamlet*, en una web de noticias locales de Ma'alot-Tarshiha. En realidad, era una reseña de la obra representada por una compañía de teatro para jóvenes. No aparecía el nombre del crítico, que opinaba que, con todo el respeto, porque trataba de ser original, el personaje de Hamlet no podía interpretarlo una niña con el pelo rizado. Sacaba las cosas de contexto. Si Shakespeare supiera de aquella guasa (así mismo lo decía), se revolvería en su tumba. Bajo el texto había una foto borrosa en la que se podía ver a Mor blandiendo algo que parecía una espada.

Llegó un momento en que dejé de buscarla en Google. Intenté olvidarla.

Salía con mujeres, incluso me fui a la cama con alguna. Pero siempre me miraba desde fuera mientras lo hacía. Y siempre me vestía rápidamente después. Eso me bastaba para comprender cuán extraña era la burbuja que Mor había logrado crear a nuestro alrededor cuando estábamos juntos. En los primeros instantes de la mañana, antes de estar del todo despierto, y en los últimos de la noche, antes de que me venciera el sueño, aparecía en mi mente con el uniforme de la cárcel, enrollándose un rizo en el dedo meñique y preguntándome curiosa qué tal estaba.

Pensé para mí que Mor no tenía por qué ser una cosa o la otra forzosamente: o una *femme fatale* o una pobre miserable. O me había usado o le gustaba de verdad. Esos seres completamente buenos o malos solo aparecen en las películas de Hollywood. Las personas reales son ambas cosas. Entonces, es posible que se enamorase de mí en La Paz y también que intentara utilizarme para no ir a la cárcel. Y no hay contradicción en que me mintiera y en que entre nosotros hubiera verdadero magnetismo.

En los ojos de Orna, sobre todo los dos últimos años, había visto siempre lo que yo no era. Y en los ojos de Mor veía lo que sí era. Y una persona se convierte, con el tiempo, en lo que ven en ella.

Finalmente, volví a enseñar en el conservatorio. Monté una nueva banda. Empecé a dirigir talleres abiertos en un local que alquilé en el barrio de Florentin.

Al fin y al cabo, ¿cuánto tiempo estuvimos juntos? Una hora de miel en La Paz y un día en Galilea.

Recordaba una y otra vez cómo ella había apoyado la cabeza en mi hombro y me decía a mí mismo: «Una muchacha que hace tal cosa está estableciendo una alianza contigo y tú... Tú vas y la incriminas. Y quizás por exceso de cautela has dejado perder un amor que solo llega una vez en la vida».

No compartí con nadie más esos pensamientos. Como en la *shivá*, donde todo el mundo trata de consolarte con la misma frase («Te deseo que no conozcas más penas»), mi madre, mi hermana y mis amigos tenían exactamente la misma opinión de Mor y me decían: «Una persona sensata se mantendría alejada de esa mujer».

Sin embargo, caminando por la calle, se me aparecía todo el rato. Me imaginaba que había salido de permiso de la cárcel y me la encontraba de pura casualidad.

Imaginaba los detalles más específicos de un guion cinematográfico. Qué llevaba puesto. Pantalón ajustado y blusa holgada. El pelo, suelto. Las hebras plateadas plateadas. El paso, ligero, como en La Paz. Los largos pendientes brincando con ella. Su sonrisa saliendo a mi encuentro nada más verme. Feliz. Su mirada cerca de mí. La mirada inocente de una muchacha religiosa.

Pero no iba a caer en la trampa de esa pretendida inocencia. No y no. Antes de que ella me abrazase y dijera «Eh, roca mía, ¿cómo estás?» o algo parecido, algo que rompiera mis defensas, le asestaría un bofetón en su preciosa mejilla. No fuerte. No para causarle daño. Pero un bofetón. Se lo merecía por haber intentado meterme en líos. Entonces, ella se frotaría. No sorprendida. No ofendida. No enojada. Y diría con una voz helada: «Lo ves, Omrí, tú también eres como los otros». Así el último recuerdo que me quedaría de ella sería feo. Y seguir adelante con un recuerdo feo sería más fácil que con la imagen de su cabeza apoyada en mi hombro y su boca diciéndome: «Estoy totalmente perdida».

O con el mensaje que recibí de ella un año exacto después de que ingresara en la cárcel.

No había ningún nombre en el remite del sobre marrón que me entregó la empleada. Cuando intenté saber qué contenía, palpándolo, no me di cuenta de que era de ella.

Pensé que sería un regalo de algún exalumno que quería enseñarme su nuevo CD.

Abrí el sobre cuando llegué a casa.

Dentro estaba *Corre chico* de Knesiat Hasejel. Sin envolver. En el reverso del disco, con rotulador amarillo, habían marcado la pista once, *Let Love In*.

Ocho toques de tambor abren la canción. Ocho golpes lentos, tribales, que puedes imaginar como parte de un antiguo ritual. Luego entra la guitarra acústica con un rasgueo inocente que puede hacerte pensar, si no conoces la banda, que será una canción tranquila, pero a los pocos segundos estalla la voz del solista, que parece salir directamente de una cicatriz en la garganta.

> Eres la más hermosa cuando estás borracha,
> no distingues entre el bien y el mal,
> tampoco la belleza.
> Estás más perdida cuando sabes lo que quieres,
> también yo soy así,
> también yo fui al desierto
> a matar a Satán.
> Y volvimos juntos,
> compañeros.
> Deja que entre el amor.

No me di cuenta de la notita metida entre el disco y la funda y se cayó al suelo. Solo la vi cuando terminó la pista y me levanté para apagar el equipo.

Un papel simple, de oficina, amarillo, con tres palabras: «No me esperes».

No sé cómo diablos lo supo. Esa canción me sonaba en la cabeza mientras estábamos juntos, pero nunca le dije ni una palabra. Estaba seguro al cien por cien de que no le hablé de ello. Entonces, ¿cómo era posible?

Busqué la canción en YouTube, esperando encontrar alguna señal, pero solo me salió un clip sin importancia. El solista estaba en un campo amarillento. Al fondo había una ciudad que desde cierto ángulo parecía en desarrollo y desde otro se asemejaba a Tel Aviv. Se acercaba a cámara y lanzaba la primera frase:

«Eres la más hermosa cuando estás borracha». Después, se alejaba asustado de lo que había dicho y volvía de nuevo a cámara como queriendo corregirse, añadir un detalle crucial. Lanza la segunda frase y de vez en cuando hay pequeños cortes de una chica en bikini bajo el agua, haciendo inmersión, cabriolas, la mayor parte del tiempo deliberadamente borrosa. En el minuto 1:56 abre los ojos y dirige a la cámara una mirada vulnerable. Luego vuelve a desaparecer sin dejar rastro y en el último minuto el solista sigue acercándose y alejándose, confiándose y sospechando, hasta que casi al final levanta la cabeza y grita hacia lo alto, al cielo: «Deja que entre el amor, deja que entre el amor, deja que entre el amor».

Vi el clip una y otra vez y una y otra vez me asaltó la sensación frustrante de que Mor había escondido en él algún mensaje para mí. Una verdad más allá de la verdad que se me escapaba.

El que dice «No me esperes» en realidad sabe que le esperarán. Fuera de las puertas de la cárcel. El día de la excarcelación. Con el CD ya a punto en el equipo del coche. A falta de darle al *play*.

Historia familiar

El abogado me sugirió que escribiese mi propia versión de los hechos.

Intente ajustarse a lo que sucedió, dijo. A la comisión no le interesa los sentimientos.

Fuera, la tarde se va transformando en noche. La casa está vacía. No llegan las voces de los niños desde el salón, el agua de la ducha no corre por el cuerpo de Niva. La sonata de Schubert suena de fondo, a volumen bajo.

Si debo confesar, este es el momento.

Al principio era solo una residente más entre tantas. Tal vez algo más agradable que la media. Algo más inteligente que la media. Pero era imposible alegar que le di un trato de favor. Incluso recuerdo que una vez la regañé en público. Estábamos todo el grupo alrededor de la cama de un paciente y le pedí a Liat que resumiera brevemente el historial. Su tono era arrogante, sin asomo de duda. No me gustó.

Hombre de cuarenta y cinco años que ha llegado con dolor en el pecho que se agrava con el cambio de postura y el esfuerzo. Sin factores de riesgo de cardiopatía isquémica. Fiebre que desapareció espontáneamente antes de la hospitalización. En el laboratorio, hemograma normal. Troponina negativa. Nivel PCR ligeramente elevado. El ECG sin signos de isquemia aguda. En el diagnóstico diferencial se valora en primer lugar pericarditis. El tratamiento recomendado: aspirina en dosis elevadas y... colchicina para prevenir la recurrencia.

Añadió la colchicina con una nota sutil de satisfacción. ¡Leía los artículos! ¡Estaba al día con los últimos avances en el campo científico!

Bien, dije mientras estudiaba el historial médico en el ordenador. Muy bien, doctora Ben Abu. Solo ha olvidado mencionar algo: el padre del paciente murió de un infarto a la edad de cuarenta y nueve años. O sea, tiene antecedentes familiares. Por consiguiente, referir que no tiene ningún factor de riesgo es un poco irresponsable por su parte.

Dígame, por favor, me dirigí al paciente, ¿vive usted en un chalet? ¿En un edificio de apartamentos? ¿Con ascensor? ¿Sin? ¿Cuántos escalones tiene que subir hasta llegar a su casa?

Veinticinco, respondió. Treinta, en realidad.

¿Y las últimas semanas le costaba más subirlos?, pregunté.

La verdad es que sí, respondió el paciente. Me faltaba el aire.

¿Qué es lo primero que debe hacer un médico?, pregunté, retóricamente, a todos los presentes. ¡Descartar todo aquello que podría matar al paciente!

Entonces, después de una pausa dramática con la que pretendía que imaginaran las consecuencias fatales del error que casi se había llegado a producir, enfoqué la mirada en Liat y añadí:

Esperaba que un residente lo supiera. Lo saben hasta los estudiantes de primero.

Liat tenía en la punta de la lengua un «pero, doctor Caro». En el último instante se abstuvo de decirlo. Vi cómo la frase entera («Pero, doctor Caro, los dolores que se agudizan por un cambio de posición sí sugieren inflamación») se deslizaba por su garganta mientras su rostro pálido se ponía rojo como un tomate.

Mi hija Yaela, que sirvió como oficial en el centro de informática y sistemas de la información del ejército, siempre afirmó que los hospitales son organizaciones aún más jerarquizadas que el ejército. Hay algo de verdad en ello. Una residente tiene que pensarlo dos veces antes de contradecir el diagnóstico de un médico decenas de años mayor. Una residente tiene que pensarlo dos veces antes de presentar una queja contra un médico.

Pero vayamos por partes.

Estoy tratando de situar el momento en que Yaela se diferenció de la masa y se convirtió en alguien concreto. Creo que fue cuando la escuché tararear para sí misma la *Sonata para piano número 13 en la mayor* de Schubert. Estaba en la sala de enfermería, anotando instrucciones para ellas. Me había acercado allí para averiguar qué ocurría con la cita para un TAC de uno de los pacientes. Entonces, oí el adorado motivo. Ta-ta-tam, tam-ta-ta-tam.

Tal vez no hubiese debido dirigirme a ella en ese momento. Pero la curiosidad me venció: ¿qué tenía que ver una joven como ella con esa pieza olvidada que yo creía ser el único que aún la escuchaba?

Se colocó un mechón de pelo detrás de la oreja, se sonrojó un poco y respondió:

No sé, doctor Caro. Esta mañana, mientras cambiaba emisoras en la autopista de Ayalon, me topé con Radio Clásica. Y sonaba esta música. Es Schubert, ¿verdad?

Sí.

Me pareció tan hermosa que la dejé puesta.

Sobre todo, el motivo que usted tarareaba, dije, asintiendo. Se me llenan los ojos de lágrimas cada vez que lo escucho.

Sí, convino.

Y me miró con asombro. Y de nuevo se colocó el mechón de pelo, que se le había soltado entretanto, detrás de la oreja.

El amor entre Niva y yo surgió también con la música. Con el primer álbum de King Crimson, para ser más exactos.

Estábamos estudiando para el examen de anatomía en el cuarto de una compañera de curso, Mijal Dvorzki. Teníamos un método de trabajo especial: cuando terminábamos de estudiar un tema, hacíamos una pausa, durante la cual cada uno de los presentes, por turnos, escogía un disco del repertorio de Mijal. Una especie de rotación de *disc-jockey*.

Cuando le llegó el turno a Niva, escogió *In the Court of the Crimson King*. Lo identifiqué enseguida por la portada roja con la boca abierta.

Nadie estuvo contento con su elección. Los gritos de indignación llenaron el cuarto. En aquella época solo querían escuchar ABBA o Boney M., pero yo defendí su derecho a poner la aguja en una música distinta. Más compleja. Y proclamé a los presentes que la libertad de elegir la música según el gusto personal provenía de la Revolución francesa, cuyos principios eran la libertad, la igualdad y la música para todos.

Así que el primer vínculo que se estableció entre nosotros fue la proximidad de una minoría que se defendía de la tiranía de la mayoría.

Niva no era la belleza de nuestro curso. Hasta que reprodujo el disco de King Crimson tenía la impresión de que era una chica bastante tímida. Caminaba algo encorvada. Iba envuelta en un jersey enorme. Pero cuando escogió precisamente esa música dramática, teatral, me pregunté si bajo el jersey ardería un fuego reservado solo a los iniciados. Al final de la noche, me acerqué a ella dubitativo, resultado de no pocas calabazas anteriores, y le pregunté si le gustaría ir conmigo a ver la nueva película de James Bond en el cine Edison.

Me respondió con una sonrisa radiante que James Bond no le gustaba.

Creo que la segunda vez que noté la presencia de Liat fue en el carrito del café.

Llegamos exactamente a la misma hora, una hora nada habitual para el hambre, y de repente nos convertimos en Barak y

Arafat a la entrada de la Cumbre de Paz de Camp David: cada uno, divertido, insistía en dejar paso al otro.

Al final cedió ella con una sonrisa y se acercó a pedir.

En el carrito del café hay, aparte de café, refrescos y una selección limitada de bocadillos, entre los cuales hay uno que suele estar algo apartado. Ese me gusta especialmente. El de aguacate y feta.

Como no está muy solicitado, solo preparan un par de esa clase. Pues, sorprendido, oí que Liat pedía uno, acompañado de un zumo de pomelo rosa. Esperé pacientemente a que le llegara el pedido y entonces, como de costumbre, hice lo propio: bocadillo de aguacate y feta y zumo de pomelo rosa. Nos quedamos uno frente al otro cerca de la barra con nuestra comanda idéntica en la mano. Estaba claro que uno de los dos debía comentar esa coincidencia tan insólita. No imaginaba que lo haría ella.

Doctor, ¿cuál es su perfume favorito?, preguntó directamente, saltándose los pasos intermedios entre personas que no tienen mucha confianza e ignorando el hecho de que no hacía mucho la había regañado severamente en presencia de sus colegas.

¿Mi perfume favorito?, fingí sentirme contrariado, aunque la respuesta estaba clara. El perfume de la guayaba.

Asintió, conforme.

¿Y el olor que no soporta?

El del periódico.

¿De qué periódico?

Del *Haaretz.*

Vaya.

El contenido es realmente de mi agrado, es el único periódico que publica reseñas de discos de *jazz*. Hablo de eso con mi hijo, Asaf. Lo que he hecho ha sido suscribirme a la versión digital. Problema resuelto.

¡Yo también!, dijo ella, asombrada. Se quedó pensando unos instantes y a continuación contó con los dedos. Schubert. Guayaba. Pomelo. *Haaretz.* Aguacate y queso feta. Aquí ocurre algo.

Finalmente, Niva propuso ir a un concierto de Habrera Hativeet en lugar de ver la película de James Bond.

El concierto tuvo lugar en el Pargod, un agujero que ya no existe de la calle Bezalel. Las canciones *Los niños son felicidad* y *En nuestro pueblo, Todra* ya se escuchaban en la radio, pero la banda aún no había sacado su primer álbum y el público lo conformábamos unos pocos más que los del escenario.

Niva dijo:

Espero que te guste, no es para todo el mundo.

Llevaba un pantalón de pana y una camisa de franela verde a juego con sus ojos. No estaba seguro de si sería apropiado hacerle un cumplido, de si sería bien recibido.

Solo pocas experiencias musicales equivalen al descubrimiento de un nuevo continente. Yo experimenté esa sensación con la canción de apertura de Habrera Hativeet, *Selección natural.* Sentí que escuchaba algo que nunca antes había escuchado. Por supuesto, uno puede encontrar explicaciones en la teoría de la música: las escalas musicales árabes, tan distintas de las occidentales, el ritmo irregular... Uno también puede apelar a la herencia y afirmar que la cálida sangre española que le corre por las venas se ha estremecido al escuchar *Shjarjoret, Morena,* interpretada por Shlomo Bar, ya que los judíos de Marruecos y del Hebrón provienen de los pogromos acaecidos en España. Sin embargo, durante la actuación, no se me ocurrió nada de eso. Simplemente, la música de Habrera Hativeet había despertado en mi cuerpo sensaciones hasta ese momento desconocidas y en el primer bis incluso me levanté a bailar. Yo, que en todas las fiestas sostenía las paredes.

Al finalizar el concierto, salimos al aire frío de Jerusalén y Niva propuso ir a comer una sopa de *kubbe* en la calle Agrippas.

Acepté, aunque un cálculo rápido me llevó a la conclusión de que no tenía suficiente dinero en el bolsillo para pedirme yo un plato.

Cerca de Talitha Kumi me tomó del brazo por primera vez. Y poco antes de la plaza Davidka nos detuvimos para besarnos.

Me gustaría precisar el tipo de atracción que Liat despertaba en mí por entonces. Es importante ser preciso. Más aún si se me acusa de lo que se me acusa.

No era deseo sexual. Claro que no. Los síntomas del deseo sexual en un hombre son muy claros y yo los conozco perfectamente después de tantos años junto a Niva. Cuando se acercaba a mí y me besaba en la nuca con intención, mi pulso se aceleraba y se me secaba la boca. Se me avivaba la libido. Desde aquel primer beso y a lo largo de los años, embarazos, riñas e insultos, Niva ha despertado en mí un deseo sexual casi crónico.

No intento dibujarme como si fuera un santo. En el transcurso del tiempo me he sentido atraído por otras mujeres. Enfermeras. Colegas doctoras. Familiares de los pacientes. A veces, cuando Niva ya estaba dormida, me permitía imaginarme desabrochando con los dedos los botones de una blusa que no era suya. O deslizando la mano bajo una minifalda. Pero no eran más que fantasías. Durante los años de matrimonio no he mantenido una relación sexual con otra mujer ni una sola vez. Tal vez sea por la educación que recibí, bastante conservadora. Tal vez porque sabía que Niva no me lo perdonaría. Me habría dejado y se habría llevado consigo a Yaela y a Asaf.

De todos modos, cuando enfermó, perdí todo el deseo. Solo me dedicaba a cuidarla, o, más exactamente, a acompañarla, en su camino hacia la muerte anunciada.

También me habría gustado acompañar a Liat. Los residentes siempre andan apresurados y, cuando la veía correr de la enfermería a la sala de médicos, de la sala de médicos a rayos X, de rayos X a la reunión de equipo, se me despertaba el deseo de acercarme a ella, caminar a su lado, adaptar mi paso al suyo.

Y el deseo de saber todo lo posible de ella. ¿Cómo sería la casa a la que regresaba al terminar su turno? ¿Tenía pareja o vivía sola? ¿Usaría zapatillas New Balance, como yo, cuando salía de paseo? ¿Qué deporte practicaría para estar tan en forma? ¿Llevaría alguna foto en el colgante del cuello? ¿Qué habría en su bolso que no querría que se supiera? ¿Qué llevaría tatuado en la franja de piel que asomaba a veces entre el dobladillo del pantalón y el borde de los calcetines? ¿Qué leería antes de dormir? ¿Se lamería el dedo al pasar la página?

Por supuesto, no podía satisfacer todas esas curiosidades de golpe. No está bien que un jefe médico incomode a una joven residente con ese tipo de preguntas privadas e indiscretas. Así que me conformé con nuestra conversación diaria en el carrito del café, en la que ella se ahorraba siempre toda cortesía.

¿Se ha dado cuenta de que el enfermo de la habitación dieciséis sueña con Rabin y que el tipo con el que comparte habitación es idéntico a Yigal Amir, el asesino de Rabin?

¿Sabe qué ha pasado con las botellas de Septol? El alcohólico de la doce se las ha tragado todas...

No va a creerse lo que tuvimos en Urgencias esta mañana. Ha llegado un tipo con una escobilla de váter en el recto. Como en la canción de Eran Tzur. ¿La conoce?

Después de las anécdotas, llegaban las dificultades de la profesión y mi forma de verlas. Me encantaba la naturalidad con que pasaba de ingeniosa a profunda y me esforzaba para que mis respuestas estuvieran a la altura de la mirada que me dirigía.

¿No se pregunta a veces, doctor Caro, qué sentido tiene lo que estamos haciendo? En la mayoría de los casos solo podemos conseguir para nuestros pacientes una prórroga.

¿Sabías que Leonard Cohen pudo realizar su última y mítica gira de conciertos solo gracias a la prórroga que le consiguieron sus médicos?, dije.

¿No le resulta difícil de soportar el olor a muerte que flota en la sala?

Al final te acostumbras a todo.

Dígame, ¿cuándo supo que quería ser médico?

No hubo un momento concreto, pero parece ser que el hecho de que mi hermano gemelo hubiese muerto de leucemia cuando teníamos siete años influyó en ello.

Oh, lo siento. ¿Eran gemelos o mellizos?

Gemelos. Mi madre me cortó el flequillo para poder distinguirnos.

¿Cómo se llamaba, si puedo preguntar?

Shlomo.

¿Recuerda algo de él?

Humm... No le gustaba ir solo al baño. Incluso en casa. Siempre quería que lo acompañara yo. Y usaba camisetas del Hapoel Jerusalem hasta para dormir.

Un momento..., ¿por qué no se convirtió en pediatra?

Me resistí. No estoy seguro de saber explicar por qué. Pero preferí evitarlo.

Y disculpe la pregunta, pero ¿cómo es que usted..., a su edad..., está aún en medicina interna? Si había escogido una especialidad, ¿por qué volvió a este departamento?

Primero, por la diversidad de casos. Segundo, porque en este departamento existe la posibilidad de enseñar, de iniciar a los residentes como tú, por ejemplo. Los acompañamos desde las primeras experiencias hasta que están en condiciones de enseñar a su vez a los nuevos residentes.

Vaya. Y dígame, doctor, ¿esa desazón por si he cometido un error, esa angustia que me tortura al final de cada guardia por si podría haber hecho algo distinto, disminuye con los años?

No.

De vez en cuando descubríamos, Liat y yo, o, mejor dicho, disfrutábamos descubriendo, nuevas cosas en común: tentativas autónomas y secretas de traducir las canciones de Leonard Cohen al hebreo, porque las traducciones que se publicaban no nos parecían demasiado buenas. Una debilidad por los libros de ciencia ficción y fantasía, en especial *Dune,* de Frank Herbert. La hipersensibilidad a la cafeína. Los pies planos, que requieren calzar siempre unas New Balance. La aversión a los ascensores. Una afición insólita por bajar las escaleras mecánicas, por ese instante en que pones el pie en el primer escalón y el cuerpo avanza como si fuese a despegar. O a caer.

No me cabe la menor duda de que Liat había notado que la seguía con la mirada, que la prefería en comparación con el resto de los residentes, que el tono de mi voz era amable cuando me dirigía a ella. Que evitaba, después del incidente de la colchicina, criticarla ante sus colegas residentes. Que se me enrojecía el cuello cuando ella estaba cerca de mí. Demasiado cerca.

Al parecer, lo atribuyó a que me gustaba como mujer, a que me gustaban sus gestos femeninos. Acariciaba con los dedos el colgante con el medallón, me miraba unos instantes de más. Había llegado a esa conclusión. Y la verdad es que no la podía culpar. ¿Qué otra interpretación era posible en aquel momento? ¿Cómo habría podido evitarlo, si ni yo mismo comprendía a fondo mis sentimientos?

Una noche caí en la tentación y escribí su nombre en el buscador.

Hubo pocos resultados relevantes. Tres, para ser exactos.

El primero fue una foto suya como ganadora del concurso nacional de carreras de orientación. Aparecía con camiseta amarilla de tirantes finos y una medalla colgando en el pecho, sonriendo, medio orgullosa, medio cansada. El segundo era un artículo sobre una asociación llamada Corredores por la Vida, en la que hombres y mujeres jóvenes recién licenciados del ejército trabajaban como educadores de adolescentes en riesgo. Entrevistaban a Liat como una de las voluntarias y declaraba: «Creemos que quien logra orientarse en el territorio también podrá orientar su vida mucho mejor. En cuanto salen al aire libre, empiezan a sonreír. Es una maravilla ver que algo tan sencillo tiene un efecto así de poderoso».

El tercer resultado era la página de Facebook de Liat, a la que solo podían acceder los usuarios registrados. Niva se habría reído de la facilidad con que traicioné mis principios y me uní a una red social que entre nosotros habíamos definido siempre como una «pérdida de tiempo colosal» y una «sustitución insulsa de la vida real».

En cinco minutos me registré como Paul Muad'Dib, el nombre del protagonista de *Dune*, y un instante después había entrado en la página de Liat, donde descubrí un verdadero tesoro.

Había fotografías de Liat en los países más variopintos del mundo (me impresionó que mostrara tanto afecto por América Latina). Llevaba el pelo castaño recogido en diversos peinados, a veces con una gruesa trenza, otras con decenas de trencitas, un gran moño o una corona espectacular a lo Yulia Timoshenko. Entre foto y foto, textos breves y, para mi sorpresa, sinceros. Era una especie de diario virtual que leí con avidez. Dos de ellos me tocaron tanto el corazón que los copié en un documento en mi ordenador para poder releerlos cuando deseara. El primero lo escribió, al parecer, en el aniversario de la muerte de su padre:

> Mi padre me enseñó a no perder nunca el norte. Mi padre me enseñó que las matemáticas en realidad son filosofía. Mi padre me enseñó que los zapatos, antes que nada, tienen que ser cómodos. Mi padre me enseñó que vence el que lo pasa mejor. Mi padre me enseñó a atarme los cordones con un nudo especial que nunca se deshace. Mi padre me enseñó que de todo, pero de todo, es lícito reír. Mi padre me enseñó que decir la verdad es importante, pero que no herir a otra persona es a veces más importante. Mi padre me enseñó que amar es que te hieran. Pero que eso no es una excusa para no amar. Mi padre murió hace diez años y cada día que pasa lo echo más de menos.

No pude dejar de pensar, leyendo esas cosas, qué habrían escrito de mí Yaela y Asaf. Qué habrían aprendido de mí. Si es que aprendían algo.

El segundo texto que copié y pegué lo escribió después de que Gilad Tal, un residente de su rotación anterior, se suicidara.

> ¿Cómo es posible que en nueve años de estudio dediquemos apenas una semana al aspecto emotivo de la profesión? Aún me trastorna más el hecho de que se trastornen con el suicidio de Gilad. Si sometes a las personas a una presión tan dura durante un tiempo tan prolongado, sin darles ningún soporte, seguro que algunas se romperán. ¡La sangre de Gilad caerá sobre vuestras conciencias!

«Mi Niva pensaba lo mismo, exactamente lo mismo que tú», hubiera querido decirle a la mañana siguiente en el carrito del café, pero me contuve. No podía revelarle que la leía en secreto.

Probablemente las cosas entre nosotros se habrían mantenido en suspenso por largo tiempo de no ser por el otro impulso irrefrenable que Liat provocaba en mí. Tenía la necesidad de protegerla de cualquier problema y de quien intentara hacerle daño.

La profesión médica se considera segura, exenta de preocupaciones económicas. Es el sueño de toda madre judía. Pero a la gente se le olvidan los largos años de estudio y de especialización, durante los cuales los estudiantes ganan entre poco y nada. ¿Cómo se puede sobrevivir esos años sin ser de buena familia? ¿Cómo sobrevive un alumno cuyo padre nunca se ha recuperado de la muerte de su hermano gemelo y cuya madre tiene que mantener a duras penas a la familia trabajando como secretaria en la orquesta de la Corporación de Radiotelevisión y limpiando casas de gente rica en el barrio de Rehavia, además de enseñando a los hijos a obtener una pastilla de jabón con los restos de la anterior, a cortar la punta de los zapatos para que se puedan usar también en verano y a borrar durante horas todos los ejercicios escritos en los libros de texto para poder venderlos por unos centavos en Moshe Chai, la tienda de libros nuevos y usados?

Al cabo de un mes de citas con Niva, estaba sin blanca.

Hasta entonces, mis dos trabajos, taquillero en el cine Edison y guardia nocturno en la Corte Suprema, me habían permitido pagar las cuotas del préstamo para las tasas universitarias y para llevar una vida de estudiante modesta. Pero Niva sentía una gran pasión por la cultura y yo sentía una gran pasión por Niva. Así que me encontré pagando entradas para los espectáculos del teatro Khan, para los conciertos en Biniané Haumá, para las conferencias en Beit Hasofer y para las visitas guiadas al Museo de Israel. Y después de haber alimentado el espíritu, hay que comer algo, ¿no? De lo contrario, la experiencia es incompleta. No tenía más remedio que pagar, con el estómago encogido, los trozos de tarta con el café y las comidas en los restaurantes.

Niva siempre proponía pagar su parte. Decía mucho de ella. Y yo siempre rechazaba de plano la oferta, aunque sus padres fuesen acomodados, porque sabía que ellos nunca la habrían permitido llegar al nivel al que había llegado yo.

Un lunes por la mañana, me telefoneó Geula, de la sucursal del banco, para amenazarme con que si seguía gastando a ese ritmo el banco se vería obligado a bloquear la cuenta. Y, de no haber sido por su amistad con mi madre, compañera suya en secundaria, la cuenta ya estaría bloqueada. Sin previo aviso.

Esa misma mañana, al llegar a la facultad, vi un pequeño anuncio en el tablero de corcho de la entrada. Había una oferta de trabajo junto a los avisos sobre cancelaciones de clases y cambios en las fechas de los exámenes. Debajo estaban los números de teléfono para arrancar.

Los parientes pueden venir de visita de doce a dos y de cuatro a seis. Aunque están siempre allí. En las habitaciones. Por los pasillos. Golpean la puerta de la sala de médicos. Se agolpan en enfermería. Tiran a quien sea de la manga. Se interponen en su camino. Exigen atención personal. Una segunda opinión. Gritan: «¡Enfermera! ¡Enfermera!». O: «¡Hermana! ¡Hermana!». Hablan por teléfono. Hablan entre ellos. Hablan y hablan para vencer el temor por la suerte de sus seres queridos.

No me especialicé en psiquiatría, pero creo que se debería agregar al DSM, el *Manual diagnóstico y estadístico de los trastornos mentales*, un apartado relativo a los familiares de los pacientes. Es importante para mí dejarlo bien claro: no lo digo en son de burla. Yo mismo acompañé a Niva a lo largo de seis meses en oncología. Yaela vino dos veces en visitas cortas. Asaf se contentó con videollamadas por Skype. Quizás no le hablamos lo suficiente de la gravedad del asunto. O quizás, como sostenía Niva, tuvimos demasiado éxito en educarle en la realización personal.

De cualquier manera, lo viví todo en mis propias carnes. La angustia por estar junto a un paciente, los largos días de espera, la frustración generada por la necesidad de que los médicos prioricen unas tareas sobre otras, cosa que entra en conflicto con la expectativa de una respuesta inmediata. Y no hay duda de que se trata de un cóctel que, unido a la tensión crónica de este país, puede desgastar a cualquier persona, llevarla a quejarse, reclamar o incluso chillar.

Pero los gritos que venían ese día de la enfermería cuando estaba haciendo la ronda provocaron que la interrumpiera al instante y saliera disparado hacia allí. Había algo excepcional en el tono. Fuera de control. Tal vez mi sexto sentido me mandó una señal.

Liat estaba apoyada de espaldas al mostrador y un hombre de unos treinta años la agarraba por el cuello de la camisa y la cubría de insultos obscenos que me cuesta repetir. Y, sin embargo, los repetiré:

Hija de puta. Hija de la grandísima puta. Mi madre está aquí desde esta mañana y nos seguís repitiendo que «enseguida». O la miras ahora mismo o te follo. Aquí. En la mesa.

Liat estaba petrificada. La chica atlética, de lengua afilada, estaba petrificada. Igual que Niva, que tenía tanta determinación siempre, que era tan segura de sí misma. Ella se había quedado de piedra cuando su oficial, maldita sea su estampa, cerró con llave la puerta de la oficina. Es un instinto biológico. Maldita sea. Ojalá la selección natural lo haga desaparecer.

Cogí al tipo por los hombros y lo arranqué de encima de Liat con todas mis fuerzas.

Hacía años que no me veía envuelto en un episodio violento, desde la gran pelea tras el derbi de Katamon en el 74. Incluso entonces, frente a los aficionados del Beitar, con un tipo a punto de pegarme un puñetazo, me sacudió una emoción sorprendente, un arrebato por la lucha.

Pero entonces yo tenía veintidós años y estaba de vuelta de la maldita batalla de Suez en la guerra de Yom Kipur, estrujado, rabioso, buscando pelea. Ahora, en cambio, tenía sesenta y ocho años y los huesos débiles, hacía movimientos torpes y todavía estaba abatido por la muerte de Niva.

En la sala de curas, Liat me aplicó medicamentos en las heridas, una encima de la ceja derecha y la otra en la mejilla izquierda. Estábamos sentados en sillas de oficina entre el carrito de curas y la camilla, muy cerca el uno del otro. Podía percibir su aliento y su perfume. Se me aceleró el pulso. Muchísimo. Esperaba que ella no se diera cuenta. No hablamos. No cruzamos ni una sola palabra mientras me curó. Yo tenía la lengua pegada al paladar y ella estaba concentrada desinfectando primero y cosiendo después.

Pensé para mí: «Desde que Niva se fue, nadie me ha tocado con tanta suavidad». Y: «A quien no le tocan con dulzura, se endurece por dentro». Y también: «Si se inclina un poco más, me rozará el hombro izquierdo con su seno derecho».

Al terminar, se apartó un poco y observó mi rostro, satisfecha.

Impresionante, dijo. Entonces, me miró a los ojos. Dígame, ¿no sintió miedo? Aquel tipo era bastante... aterrador.

El miedo es el asesino de la mente, respondí, citando a Herbert en *Dune.*

El miedo es la pequeña muerte que provoca la aniquilación total. Me enfrentaré a mi miedo, dejaré que me rodee y me atraviese. Y cuando haya pasado, abriré el ojo de mi espíritu y observaré su recorrido..., prosiguió la cita y se detuvo para darme la oportunidad de terminarla.

Allá donde pase el miedo no habrá nada más. Solo yo quedaré, concluí.

Acto seguido, sin darme tiempo a reaccionar, se inclinó, me estampó un suave beso en la mejilla y añadió:

Gracias.

Y salió de la sala.

En esa pequeña habitación había revistas pornográficas. *Playboy* y *Penthouse.* A mí, aun en la adolescencia, me costaba comprender la fascinación que la pornografía ejercía sobre mis amigos. ¿Por qué una mujer a la que no conocía personalmente debía excitarme? Además, ¿cómo un hombre con dos dedos de frente puede ignorar el hecho de que explotan a la mayoría de esas mujeres que salen en las revistas? Su mirada hueca, angustiada, a cámara así lo atestigua.

Desde siempre he preferido cerrar los ojos y usar la imaginación. Así lo hice en el banco de semen.

Imaginé a Niva duchándose. El agua deslizándose por sus curvas, deteniéndose un instante en los recovecos y luego fluyendo por los canales secretos.

El vaso se llenó enseguida.

Quinientas liras pagaban entonces por una donación de esperma normal. Mil por la de un médico. Una fortuna en aquella época.

Antes de la donación se realizaban pruebas exhaustivas. Y en cada etapa un funcionario distinto te repetía las condiciones para que entendieras las consecuencias de la acción.

El donante no tendrá derecho a recibir información sobre la identidad de las mujeres que se beneficiarán de su donación de semen.

El nombre del donante, así como cualquier otro detalle sobre él, será confidencial.

El donante podrá retirar su donación solo si aún no ha sido utilizada.

Nunca le hablé a Niva de la donación. A veces lo tuve en la punta de la lengua, pero algo me contuvo. Tal vez el temor de que no entendiera que no era solo por el dinero, sino también por mi hermano muerto. Tal vez su reacción. O tal vez es que en ocasiones preferimos no contar a los otros nuestras acciones porque las hace más reales.

Es importante para mí puntualizar que este secreto no empañó nuestra relación ni abrió una brecha entre nosotros. Todas las familias felices albergan misterios. Pero había noches, especialmente después de que nuestros polluelos dejaran el nido, en que Niva daba vueltas de un lado a otro de la cama. Intentaba dormir con almohada y sin almohada. Desesperada, encendía la lamparilla. Se levantaba para ir a la cocina. Se servía un vaso de agua y se lo bebía, después iba al salón, sacaba un álbum y, mientras hojeaba las fotos de nuestros hijos, me culpaba en el fondo de su corazón de que se hubieran ido a vivir tan lejos de nosotros.

En noches así, mientras esperaba a que regresara a la cama y la acusaba en mi corazón de lo mismo, me preguntaba por unos instantes: «¿Tendré otro hijo en el mundo? Y, si lo tengo, ¿dónde estará ahora? ¿Quién le acompañará en su camino?».

Entonces, el doctor Denker empezó a cortejar a Liat. Lo conocía muy bien, a él y sus estrategias tortuosas. Por eso me percaté incluso antes que ella. Y por eso no me sorprendió cuando Tami, jefa de las enfermeras y reina del chisme, me anunció al cabo de unas semanas, no sin una alegría maligna, que habían empezado a salir.

No podía quedarme con los brazos cruzados.

El doctor Denker, que recuerda algo al George Clooney del anuncio de café, dio sus primeros pasos ligeros, elásticos, en nuestro departamento hace unos ocho años, tras volver con fama de investigador del hospital universitario de Boston. Desde entonces, es el responsable de numerosos corazones rotos: hermanas de pacientes, internas, residentes. La táctica se repite siempre. Comienza con una encantadora oferta de soporte: presta ayuda en la preparación de una presentación para el *Journal Club*, reserva una silla a su lado en la reunión de la mañana, trae cruasanes calientes de la pastelería cercana al hospital y regala entradas para conciertos en el Club Zappa (su primo es el encargado de ventas). Lo siguiente es ir a almorzar a mediodía con su presa, ocasión que aprovecha para confiarle que se siente maduro para ser padre, pero aún no ha encontrado a la madre ideal, porque él es así, un romántico, lo que conduce a unas semanas, como mucho unos meses, de relación tormentosa, durante las cuales la víctima acude al menos una vez al trabajo con un pañuelo para cubrir los chupetones del cuello. Luego, sin previo aviso y sin piedad, el doctor Denker y su bata, en la que luce la medalla al coraje de la segunda Guerra del Líbano, pasan a la siguiente chica. Mientras tanto, la anterior se desangra en la cuneta.

Una de las chicas se presentó en el departamento hace unos años con un espray de gases lacrimógenos y lo persiguió chillando por los pasillos. El muy valiente se encerró con llave en la sala de médicos y no salió hasta que el personal de seguridad alejó de allí a la muchacha. Ni siquiera tuvo la decencia de hablar con ella.

Y aún no he mencionado su rasgo más insoportable: la tendencia a alardear de las conquistas con sus colegas masculinos en la terraza para fumadores que hay en la parte trasera de la pequeña cocina del departamento. En esos alardes impone al oyente descripciones para nada académicas:

Entonces, gira la foto de su marido y sus hijos para que no la vean.

No lo podía creer, ¡tenía en el bote a la directora del departamento!

Cuando estábamos en plena faena, se echó a gritar y yo pensé que le hacía daño, así que me detuve. Pues cogió y me susurró al oído: «*Don't stop me now, I'm having such a good time*».

Era atroz pensar que dentro de poco describiría de ese modo sus hazañas con Liat. Así que decidí pasar a la acción.

Copié el número de teléfono de Liat de la lista de contactos que cuelga junto a secretaría y, cuando llegué a casa, reinicié el teléfono apagado de Niva y le mandé un mensaje. Y luego otro. En retrospectiva, a la luz de lo que ha sucedido con estos mensajes y la forma en que están siendo utilizados ahora en mi contra, admito que no fue un gesto muy sensato. Pero me pareció la única opción.

Tenía que parecer que era una mujer que había sufrido los caprichos del doctor Denker la que enviaba los mensajes. Ahora, en nombre de la sororidad, deseaba avisar a Liat para ahorrarle la misma suerte. Entre una difamación y otra, incorporaba palabras amables para ella.

Cuidado con el doctor Denker. Es un hombre venenoso.

Una mujer como tú, tan inteligente y seductora, merece a alguien que realmente la aprecie.

Por cierto, también es un médico mediocre. No le confiaría a mis seres queridos.

Te mereces mucho más.

Liat estuvo varias semanas sin venir a nuestro *rendez-vous* habitual en el carrito del café. Durante la hora del almuerzo iba con él al centro comercial y, cuando regresaba, lo hacía cogida de su mano. Todos mis intentos de detener el tren que se dirigía al abismo fracasaron.

Sentía que a mi cuerpo le costaba aprisionar el alma, que deseaba explotar en un rugido de preocupación.

Naturalmente, me habría gustado consultarlo con Niva, como tantos otros dilemas a lo largo de nuestra vida en común. Teníamos un ritual, esperar a que los niños se durmieran, primero Yaela, luego Asaf. Ella caía rendida siempre antes que él. Entonces, nos dábamos media hora por si acaso. Después, le decía a Niva que pusiera música. Por mi tono de voz, ella adivinaba enseguida cuál era el disco que mejor le iba como banda sonora a nuestra conversación. Lo sacaba de la funda. Apoyaba la aguja. Bajaba el volumen. Y escuchaba.

Los discos todavía están en el estante de la sala de estar, ordenados según estilos musicales y, dentro de cada género, por orden alfabético (latino). El tocadiscos está muy bien conservado. Yo mismo limpio el polvo con un paño cada viernes. Pero la aguja de mi vida, la que hacía nacer en mí el amor y daba sentido a todo, ya no está.

Cada rincón de esta casa me recuerda a ella. La isla de la cocina fue idea suya. También ella escogió las sillas altas de alrededor. Y los cuadros de las paredes. Excepto el cuadro del barco, que fue cosa de los dos en Grecia. Frente al espejo se peinaba. Hasta que ya no. En la olla cocinaba la sopa del *sabbat*. Hasta que ya no.

¿No te agobia, papá, vivir así, en un memorial?, me preguntó Yaela en una de nuestras últimas conversaciones por Skype. ¿Has pensado en mudarte?

No lo entiendes, le dije. No quiero olvidar a mamá. Quiero recordarla.

Mis hijos vinieron a Israel quince días antes de su muerte.

Los recogí en el aeropuerto.

Primero llegó Yaela. De Londres. Nos abrazamos un buen rato. Nos sentamos en la cafetería que hay en la sala de llegadas y esperamos a que aterrizara el avión de Asaf, proveniente de Montreal.

Papá, tienes un aspecto horrible. ¿Qué es esta barba?

Creía que las barbas estaban de moda, respondí.

Ella balanceó la cabeza de un lado a otro lentamente, como diciendo: «¿Qué sabes tú de modas?».

La puse al día de la situación. De hecho, ya la había informado antes, por Skype, pero ahora añadí detalles y no le ahorré el pronóstico. Cuando terminé, se echó a llorar. Me sorprendí. De nuestros dos hijos, el más propenso a las lágrimas es Asaf. Ella desde pequeña posee la serenidad de su madre. Recuerdo que una vez los llevamos a ver una película de *Star Wars*, que no es exactamente *La lista de Schindler*, pero Asaf estuvo llorando todo el rato, preocupado por el destino de la princesa Leia. Yaela, en cambio, aprovechó la crisis para apropiarse de todas las palomitas.

Desde pequeña, la niña supo espabilarse sola. Desde pequeña se ofreció a quedarse sola en casa y cuidar de su hermanito cuando íbamos a un concierto o un espectáculo.

Cuando Asaf regresó del viaje al Lejano Oriente y empezó su periodo oscuro, Yaela fue la única que logró abrirse camino hacia él. A Niva y a mí nos desterró de su habitación con la excusa de que le causábamos un gran estrés. Era Yaela la que, sentada en la cama, escuchaba día tras día con paciencia infinita sus teorías existenciales, hasta que él accedió a revelarle los sufrimientos que se escondían tras ellas. Fue Yaela la que estableció los primeros contactos con la asociación Equilibrio. Después le llevó allí su saxofón y convenció a los expertos de que solo la música le devolvería a la vida. Me llevaba al centro dos veces por semana para oírlo tocar. Niva no venía con nosotros. Decía que aquel lugar despertaba en ella un rechazo inexplicable, pero yo pensaba que se avergonzaba de su hijo. Eso era lo que pasaba. Y nunca le dije: «Qué clase de madre eres», pero para mis adentros pensaba: «Qué clase de madre eres».

Yaela terminó la secundaria con la nota máxima. En el ejército sirvió como oficial. En la Facultad de Informática le propusieron hacer un doctorado y después un posdoctorado en Londres, que tenía que haber durado dos años, pero recibió una oferta de la universidad que no pudo rechazar y ahora vive allí.

Mi niña audaz, que se ha convertido en mi chica decidida, que se ha transformado en una mujer portentosa por derecho propio, estaba llorando como un bebé en la cafetería de la sala de llegadas.

Alargué una mano y le acaricié el pelo. No estaba seguro de hacer el gesto adecuado. Cuando a lo largo de los años buscaba consuelo (solía ser por amores no correspondidos), lo encontraba en su madre. Pero en ese momento se inclinó hacia mí para mostrarme que las caricias eran bienvenidas y solo después de un largo minuto sacudió la cabeza, se secó las lágrimas y dijo:

¿Y Asaf? ¿Sabes seguro que ha cogido el vuelo? Sería muy propio de él haberlo perdido.

Pasados unos minutos, vimos a Asaf entre el torrente de viajeros que regresaban. Venía hacia nosotros llevando al hombro, como siempre, la caja rectangular con el saxofón, pero esta vez no sonreía. Viajamos hasta casa en silencio. Los médicos ya habían anunciado que no podían hacer nada más. Niva reposaba en nuestra habitación. En nuestra cama.

Las dos últimas semanas de su vida las pasamos juntos, los cuatro, como antes. Fueron las horas más hermosas de nuestra familia. Y las más terribles. Nos reímos mucho. Nos moríamos de risa. Nos acostábamos en el salón igual que en los viajes. Por aquel entonces lo llamábamos «chicos amontonados en el césped». Extendíamos una colcha de piqué, por ejemplo, en el monte Carmelo, o en el césped que hay junto a la tumba de Ben-Gurión, y nos acostábamos de modo que se formara un cuadrado en el que cada cual descansaba la cabeza en el muslo del otro y acariciaba el pelo del que apoyaba la cabeza en su muslo. Ahora yo deslizaba la mano por la cabeza calva de Niva. Y jugábamos al *Scrabble* y al *Monopoly*. Y Asaf tocaba para nosotros de vez en cuando. Y pedíamos comida a domicilio porque la cocinera era Niva y ahora ya no. Y, en las últimas horas, cada uno de nosotros entró en la habitación para decirle adiós, pero estaba completamente desdibujada, y eso fue todo, ya era demasiado tarde para desnudar el alma en conversaciones íntimas y todos nos arrepentimos de no haberlo hecho antes. Después, con delicadeza, saqué del dedo frío de Niva su alianza y me la puse junto a la mía. Y después el funeral. Alguien puso *El último verano*, la canción que había pedido que sonase sobre su tumba. «Recordad que prometisteis no llorar, porque el firmamento es enorme y las lágrimas pequeñas». Me oprime el pecho un sollozo a punto de salir. Y después la *shivá*. Nosotros tres en el sofá. Yaela a un lado y Asaf al otro. Un frente unido ante tanta gente que venía a consolarnos, con sus frases de pésame banales, su turbación banal, sus cumplimientos banales y la banal expectativa de oír una historia, pero qué historia se podía contar aquí excepto que una vez hubo una mujer muy amada y ya no está. Cuando se iban los visitantes, nosotros tres pasábamos de todas las reglas y poníamos una película de Harry Potter. Cada día una distinta.

El octavo día (seguro que se habían coordinado a mis espaldas) estábamos desayunando las sobras de la *shivá* y Asaf le explicaba a Yaela que tenía una actuación importante que preparar y Yaela le contaba a Asaf que los estudiantes la esperaban para reunirse con ella.

Hablaban entre ellos, pero estaba claro que se dirigían a mí.

Así que pregunté:

¿Cuándo pensáis volar?

Y ellos respondieron:

Mañana.

Sofoqué el grito «¿¡Por qué tan pronto!?» y el grito «¡No me dejéis solo!».

Pregunté en tono práctico:

¿Cuándo es el vuelo?

Y ellos respondieron:

A mediodía.

Luego, nos dedicamos todo el día a dejar la casa como estaba antes. Aunque nunca volvería a estar como antes. Por la tarde vimos la última película, *Harry Potter y las reliquias de la muerte*, y por la noche soñé que andaba por Jerusalén buscando el club Pargod, pero no lo encontraba. En alguna parte de mi mente sabía dónde estaba, pero no lograba dar con él. Empecé a dar vueltas por las calles de la ciudad bajo un sol abrasador como un excéntrico, como una persona presa del síndrome de Jerusalén, y de vez en cuando detenía a alguien para preguntarle si tenía idea de cómo llegar al Pargod, pero todos me ignoraban y se alejaban de mí como si fuese un leproso, hasta que finalmente, en el cruce de las calles Hillel y King George, un hombre con bata blanca de médico me puso una mano en el hombro y me dijo:

Un esfuerzo inútil, Caro, cerraron el Pargod.

Y al oír la noticia me derrumbé. Derrotado. Era un soldado al que le habían pegado un balazo. Me tiré en el suelo en el centro de la ciudad. Con las extremidades extendidas. Nadie se acercó para ayudarme o para saber qué había sucedido.

Cuando fui al salón por la mañana, descubrí que Yaela y Asaf ya estaban levantados y habían hecho el equipaje. Las maletas estaban junto a la puerta, una al lado de la otra, y ellos leían el periódico en la cocina.

Yaela levantó los ojos de la página para preguntarme si quería café del mismo modo que Niva y con idéntico tono de voz. Tomamos café. Como una mañana cualquiera. Y leímos el periódico juntos. Como una mañana más. Finalmente, Yaela miró el reloj y dijo:

Tenemos veinte minutos.

Y Asaf añadió:

Debemos apresurarnos.

Y ambos se pusieron en pie. Ella me cogió una mano y él la otra y me llevaron con ellos al baño, me colocaron frente al espejo para que con mis propios ojos viera el horrible aspecto que tenía y con una navaja antigua y espuma de afeitar me rasuraron con suma delicadeza.

A continuación, los llevé al aeropuerto. En el camino me habría gustado decirles: «Por favor, no os vayáis. No sé cómo voy a vivir solo». Pero las palabras no salieron de mi boca. Y sabía que, aunque hubiera llegado a pronunciarlas, se habrían marchado igual.

Aquello que presentía, sucedió.

Un buen día, apareció Liat en el carrito del café con los ojos enrojecidos por falta de sueño, quizás por el llanto, el rostro pálido y un pañuelo alrededor del cuello.

Contuve el impulso de ponerle una mano consoladora en el hombro y, como siempre, dejé que pidiera primero ella.

Y no hizo como solía, solo pidió un zumo de pomelo rosa. No quiso bocadillo.

A la sorpresa de mis ojos respondió con un seco:

No tengo apetito.

Guardamos silencio un buen rato. Maldije en mi interior al doctor Denker y me imaginé estrangulándolo hasta la muerte con el estetoscopio.

Finalmente, se volvió hacia mí y dijo:

Hay algo que no entiendo.

Asentí, alentándola a continuar.

¿Qué hace un médico los días que no está en condiciones de ejercer como médico, cuando la vida le viene grande?

Va a trabajar, respondí.

Y enseguida me di cuenta de que la respuesta, tan categórica, la había decepcionado. Esperaba una afirmación más suave. Así que añadí:

Esta profesión no deja espacio para la autocompasión. Pero tiene sus ventajas. Mi esposa falleció hace unos meses y...

Le acompaño en el sentimiento, dijo, ojiplática. No lo sabía.

En el pasado, proseguí, pasamos tiempos difíciles con nuestro hijo. Con Asaf. Después de que regresara de un gran viaje. Temimos por su vida. Mis padres fallecieron con una semana de diferencia uno del otro. Primero mi madre, luego mi padre. Habíamos regresado hacía poco del posdoctorado en Toronto y yo... Bueno, no quiero ni pensar qué habría sido de mí si no hubiera tenido que acudir cada mañana al trabajo cuando mis padres y cuando Asaf.

Me lo imagino.

Creo que habría perdido la cabeza.

De nuevo, guardamos silencio. Ella parecía sospesar mis palabras. Finalmente, tomó el último sorbo de zumo de la botella, me hizo una señal de que iba en dirección al departamento y, mientras caminábamos, dijo:

Este lugar me oprime, doctor Caro. Me oprime. Me encanta nuestro trabajo, pero no soporto el ambiente. ¿Sabe lo que soñé en la guardia nocturna semanal, cuando al fin logré conciliar el sueño por unos momentos? Estábamos haciendo la ronda, los residentes nos encontrábamos alrededor de la cama de una paciente, discutiendo indicaciones y contraindicaciones de un tratamiento adecuado a su estado, y de repente la cámara del sueño se acercó a la cama y descubrí que la paciente era yo misma. O sea, que todos discutían por mí. ¿Comprende? Ahora debería dejarlo todo, volar a Bolivia y hacer de nuevo la ruta del Takesi. ¿Ha oído hablar de ella?

¿Bolivia? ¿No ha muerto allí hace poco un israelí en su luna de miel? ¿Estás segura de que...?

Ah, no, fue en el Camino de la Muerte. Iba en bicicleta. Yo me refería al Takesi. Glaciares, lagunas, selva. ¡Se recorre a pie! Es decir, se va en taxi hasta Choquecota y desde allí se comienza el ascenso de los Andes, en cierto punto, el recorrido sigue la antigua ruta de los incas, y se camina hasta una aldea. No hay albergue y se duerme en una de las aulas de la escuela.

Ella seguía describiendo el viaje y yo asentía y la imaginaba en pantalón corto con los gemelos tensos por el esfuerzo de ascender una montaña tan alta. Entonces, llegamos a las puertas automáticas de la entrada del departamento, le toqué un brazo (lo rocé, para ser precisos) y dije:

Si necesitas que alguien te escuche, Liat, aquí estoy.

Gracias, respondió, y me echó una mirada colmada de gratitud y confianza. Gracias. ¿Qué haría sin usted?

Y, sin embargo, me sorprendió mucho cuando se presentó en mi casa aquella misma tarde.

Pensé que los que llamaban a la puerta eran chiquillos que venían a pedir para alguna asociación. Aparte de los que recaudaban para la beneficencia, nadie llamaba a la puerta los últimos meses después de la muerte de Niva.

Los amigos me telefoneaban de vez en cuando, pero no venían a visitarme. Quizás esperaban que los invitara. Tal vez les daba miedo que se les contagiara mi tristeza. O antes les apetecía vernos más por Niva que por mí.

Abrí la puerta y ahí estaba Liat. Ahora era evidente que había estado llorando. El ligero maquillaje que solía utilizar se había corrido en las comisuras de los ojos, las mejillas le brillaban por las lágrimas y en una mano sujetaba el estetoscopio.

Olvidó el estetoscopio en el departamento y he visto que mañana tiene citas en el ambulatorio, así que...

Gracias. Cogí el estetoscopio que me tendía. ¿Qué haría sin usted, doctora Ben Abu?

Ella sonrió y dijo:

Bien.

Era un «bien» de despedida, de alguien que intenta volver sobre sus pasos, pero no lo hizo. Al cabo de un instante, añadió:

No quisiera molestarle...

Estoy solo en casa.

Los seres humanos casi siempre están solos, dijo.

Sí, efectivamente. Y sonreí para que viese que reconocía la cita de *Dune.* Por favor, pase, doctora.

¿Está seguro de que es conveniente?, preguntó y se colocó un mechón de pelo detrás de la oreja.

Claro que sí, dije, seguro.

Y me pregunté: «¿De dónde ha sacado mi dirección?». Entonces, recordé la lista de contactos junto a la secretaría. Me dio vergüenza, estaba acostumbrada a verme con la bata de médico y ahora iba de estar por casa, con un viejo chándal, pantuflas y manchas de sol en el rostro.

Entró y observó el salón.

Guau, cuántos discos, dijo.

Sí, respondí halagado. Es la colección que hicimos juntos Niva y yo. Se quedó frente al estante y los examinó. Una colección bastante ecléctica, admití, a ambos nos gustaba...

Tanto Schubert como Dudu Tassa.

Qué bien que te acuerdes.

Tener buena memoria es fundamental para nuestra profesión, ¿verdad?

Niva siempre... insistía en que no nos conformáramos con la música que escuchábamos de jóvenes. Ella siempre... buscaba voces nuevas.

¿Es ella?

Se paró ante una foto que había junto al televisor.

Sí.

Magnífica.

Estoy de acuerdo.

Y tiene... Tenía una sonrisa en los ojos.

Cierto.

¿Dónde se conocieron? ¿Le parece bien... que pregunte?

En la universidad.

¿Ella también era doctora?

No, al terminar los estudios eligió trabajar en una farmacéutica. Decía que las condiciones de trabajo de los residentes son muy esclavas y que nadie debería aceptar semejante abuso.

Guau, adelantada a su tiempo.

Además, le interesaba desarrollar los medicamentos, no recetarlos.

Bien visto.

Dime, Liat, ¿quieres tomar algo? ¿Té, café?

¿Tiene algo con alcohol?

Ah..., sí..., claro. ¿Qué te apetece? Un momento, no me lo digas, lo adivinaré. ¿Campari y pomelo rosa?

Se sentó en el sofá y fui a preparar las bebidas. Noté que mis pasos eran más ligeros que de costumbre. Un fósil que vuelve a la vida.

Regresé con dos vasos altos, uno para ella y otro para mí. Pero después de beberse el suyo casi de un solo trago le ofrecí también el mío. Y fui a preparar otros dos.

Lo siento, dijo con una sonrisa azorada mientras se colocaba de nuevo el mechón de pelo detrás de la oreja. Lo necesitaba.

Me senté en el sofá, lo más alejado posible de ella.

¿Quieres contarme lo ocurrido?, pregunté, fingiendo que no sabía lo que pasaba.

Tomó un largo sorbo del segundo vaso y empezó a hablar. Entradas para Zappa. Ayuda para preparar la presentación. El ático. Declaración de amor. Conversación de que podrían tener hijos. Incluso de cómo serían esos hijos. Y una voz en ella le decía que no debía entregarle su corazón al doctor Denker. También hubo mensajes (esto tenía que quedar entre nosotros). Una mujer le había mandado varios mensajes desde un número oculto. Trataba de advertirla. Decía que el doctor Denker era un hombre venenoso. ¿Qué habría hecho cualquier chica normal tras recibir ese tipo de mensajes? Habría tenido cuidado y habría ido más despacio. Pero ella no. Ella está jodida. Atrae solo a hombres que le hacen daño. Siempre ha sido así. Tal vez porque su padre murió cuando tenía catorce años. O tal vez no. Quizás no esté relacionado. Quizás, en lugar de estudiar medicina, debería haberse metido en psicología. Así se habría comprendido a sí misma. Sin embargo, ¿de qué le hubiera servido conocerse mejor, si no puede cambiar?

¿No es así, doctor Caro?

Puedes llamarme Asher.

¿No es así, Asher?

Guardé silencio. Tenía la sensación de que ella en realidad no necesitaba consejo en este momento. Entonces, me levanté, fui al estante de la música clásica, saqué el disco de las sonatas de Schubert interpretadas por Radu Lupu, lo puse en el tocadiscos y coloqué la aguja al comienzo de la tercera pista. Mientras tanto, ella se bebió también mi vaso.

Al sonar los primeros compases de la *Sonata para piano número 13 en la mayor*, se encendió una luz en sus ojos.

¿No es...?

Sí, respondí, y tomé asiento.

Escuchamos la música. Ella con los ojos cerrados. Yo con los ojos abiertos mirando sus ojos cerrados.

Qué maravilla, dijo al terminar la pista.

Una lágrima se le desbordó por la comisura del ojo.

Puro placer.

Es como si la música... pulsase el *play* en nuestros sentimientos más recónditos. ¿Verdad, Asher?

Estoy convencido de ello, Liat.

¿Y si lo dejamos todo y montamos juntos una empresa de musicoterapia?

¡Qué gran idea!, dije con la entonación característica de unos cómicos de mi juventud; por su sonrisa, vi que ella no los había reconocido.

Estoy muy cansada, Asher. La voz se le debilitó de repente y la cabeza poco a poco se le cayó hacia atrás. Acumulo un cansancio... realmente... abismal. ¿Puedo cerrar los ojos un instante?

Por supuesto, respondí, pero espera, que te traigo una almohada para que estés más cómoda.

Fui a la habitación de Yaela a por una almohada. La ahuequé, se la di y ella la puso en su regazo, cerró los ojos, se quitó las New Balance, se soltó la coleta, se tendió en el sofá y se colocó la almohada bajo la cabeza.

El pelo se le quedó tendido en abanico, invitando a que lo acariciasen.

Guau, Asher. Abrió los ojos. Se le veía la piel palidísima con el pelo alrededor. Estoy algo mareada. Habrá sido el Campari. Me recuesto un momento y luego me voy.

Todo está bien, quiero que te sientas como en casa.

Entonces, fui a buscarle una colcha.

Siempre he sido el tapador de la casa. De pequeños, Asaf y Yaela decían «Papá, tápanos» y desarrollé una técnica especial que consistía en desplegar la colcha y luego extenderla con lentitud, haciéndoles cosquillas, hasta que les caía suavemente sobre los cuerpos. Después, colocaba con delicadeza el borde bajo sus cuellos y terminaba acariciándoles las cabezas con los dedos, desde la frente hasta la nuca. Dos veces.

Y así lo hice también esta vez. Desplegar, extender, colocar y al fin acariciar la cabeza de Liat con la mano.

Creo que murmuró que le gustaba después de la primera caricia. No estoy seguro al cien por cien de que lo dijera, porque hablaba muy bajo. Y tenía los ojos cerrados. Pero ella no apartó la cabeza ni hizo señal alguna de que estuviera incómoda. Por eso la acaricié de nuevo.

Entonces, cambió de postura. Quizás en sueños. O quizás no. Y el cambio fue tan brusco que mi mano resbaló de la cabeza a la clavícula, que le sobresalía del escote de la camisa. Y me parece, es decir, es posible que mi dedo meñique rozara levemente la curva de su pecho.

Aparté la mano enseguida.

Pero ella desorbitó los ojos y se incorporó como picada por una serpiente y dijo con voz cortante:

¿Por qué lo ha hecho?

Y dijo también:

Pero ¿qué se ha creído?

Y añadió:

No me lo creo, pensé que...

Es un malentendido, traté de explicarle.

Sí, seguro. Me dirigió unos ojos llameantes. Diga la verdad, doctor Caro, ¿por qué es tan amable conmigo? ¿Por qué me come con los ojos desde el día que llegué al departamento? ¿Por qué me habla distinto que al resto de los residentes?

No lo sé.

Claro... claro que no lo sabe.

Sonrió. Una sonrisa que de tan amarga parecía una mueca. Cogió el bolso de un tirón y se le volcó. Se agachó para recoger las cosas, incluidas las gafas de sol y la caja de Nurofen. Colocó todo de nuevo en el bolso, se levantó y se dirigió a la puerta.

Espera un momento.

La cogí del brazo.

No me toque, dijo.

Por favor, no conduzcas así, insistí. Has bebido mucho. Al menos deja que te lleve a casa.

Que no me toque.

Se sacudió de encima mi mano otra vez. Se fue hacia el descansillo y cerró de golpe la puerta tras de sí.

Imaginé accidentes. Uno en la autopista de Ayalon. Uno en la carretera de Namir. Uno en el cruce de Azrieli. Imaginé un coche aplastado. En llamas. La llamada de la enfermera jefe. El funeral. El funeral de nuevo. Caminé en diagonal por la sala de estar como un detective que trata de resolver un crimen que él mismo ha cometido. Fui al botiquín, en la cocina, para tomarme un tranquilizante. Pero desistí. Hay cosas que una pastilla no puede arreglar. Regresé al salón. Toqué el sofá, aún tibio por el calor de su cuerpo. Un pelo de su melena descansaba encima de la almohada. Castaño claro, de miel. Lo cogí y le di vueltas entre los dedos. Luego lo estiré como si mis pulgares fuesen pinzas, del mismo modo que colocaba las briznas de hierba de las que sacaba el sonido de trompeta que hacía las delicias de los compañeros del jardín de infancia de Yaela, después de los de Asaf. Gracias a ello, mis hijos habían preferido que fuese yo el padre de guardia en la puerta y no Niva.

Soplé el pelo, me lo acerqué a la nariz y olí. Me pareció que conservaba el perfume de Liat. Fui a la cocina, tomé una bolsita de plástico de las que usaba cada mañana para envolver los bocadillos a Niva y, con gran cuidado, lo metí dentro. No pensaba utilizarlo como prueba de nada. ¿Cómo podía saberlo? Quería tener algo de ella. Por si había un accidente en la autopista de Ayalon. O en la carretera de Namir. O en el cruce de Azrieli. Por si su vehículo se salía del carril. O chocaba contra un muro. O cruzaba en rojo justo en el instante en que pasaba un camión. Las imágenes se sucedían hasta que no lo pude soportar más y le mandé un mensaje.

> Liat, perdona si te he hecho daño. Te ruego que me digas si has llegado a casa sana y salva. Estoy preocupado por ti.

Solo que con el torbellino de emociones no me di cuenta de que había utilizado el móvil de Niva y no el mío.

Ran Spitzer estudiaba con nosotros en el mismo curso. Estaba también en la habitación de Mijal Dvorzki el día que Niva escogió a los King Crimson y fue unos de los opositores más estridentes.

En general, Ran Spitzer sobresalía por su estridencia. Siempre levantaba la mano en mitad de la lección para preguntar algo, si bien su objetivo no era tanto aclarar sus dudas como dejar claro que había asistido a clase.

Y no siempre asistía a clase. En los exámenes solía copiar. Compraba los trabajos a alumnos de años anteriores y pasaba la mayor parte del tiempo en Tel Aviv, porque Jerusalén, decía, llevaba dos mil años muerta. ¿Cómo podíamos amarla? ¿Cómo?

A sus espaldas lo apodábamos Ran el Charlatán. Y nos preguntábamos quién se atrevería a ponerle un bisturí en la mano.

No nos asombramos cuando, durante la residencia, hizo un máster en gestión de sistemas de salud y optó por la carrera administrativa, donde su desparpajo y facilidad para identificar los centros de poder le aseguraron una promoción tras otra, hasta que, hace un año, lo nombraron director del hospital donde trabajo.

¡Asher Caro!, me saludó contento pocos días después del nombramiento y me estrechó la mano. ¿Quién lo habría dicho?

Y me lanzó una mirada arrogante, de arriba abajo, como diciendo: «¿Quién habría dicho que algún día controlaría tu destino, tomaría decisiones relacionadas con tu futuro profesional y podría reducir tu salario o jornada a golpe de firma?».

Sin embargo, en la *shivá* de Niva, me sorprendió. No se limitó a la obligada visita de cortesía, se acercó dos veces. Y trajo dos platos cocinados por su mujer. Se interesó por Yaela y Asaf. Era un interés auténtico, no solo por quedar bien. Permanecía más de una hora en el salón y escuchaba más que hablaba. Y siempre lo hacía sobre Niva, no sobre sí mismo o sus logros.

Vuestra madre, les dijo a Asaf y a Yaela, era la chica más impresionante de nuestro curso. Tenía un no sé qué aristocrático. No necesito decíroslo. Todos íbamos detrás de ella. Pero eligió a vuestro padre en tercero. Y eso fue todo. Los demás no tuvimos ninguna posibilidad.

Cuando lo acompañé a la puerta al final de la segunda visita, me puso una mano en el hombro y dijo en tono confidencial, muy distinto al que utilizaba en las entrevistas para los medios:

Pídeme todo cuanto necesites, Asher. Si quieres vacaciones, si quieres asistencia de cualquier clase, no dudes en dirigirte a mí.

Gracias.

Respondí con gratitud sincera. Y también con sorpresa, porque, después de tantos años, había descubierto que Ran el Charlatán tenía una cara desconocida.

Tres días después del incidente, me convocaron a una reunión con él.

No se me ocurrió relacionar las cosas.

El día después de la visita de Liat, yo trabajaba en el ambulatorio del barrio, así que no coincidí con ella. No la vi en la reunión a la mañana siguiente y por la chismosa supe que se había sentido mal durante la guardia. Insistió en ocuparse de los pacientes, pero obtuvo un permiso especial para no asistir a la reunión.

Otra residente abandonada por el doctor Denker que pasa a engrosar la estadística, añadió la mujer, no sin una alegría maligna.

Eché de menos a Liat en el carrito del café. Mucho de menos. Y estaba preocupado por saber si se encontraba bien. Por otro lado, su ausencia, que se prolongó durante unos días, era también un alivio. No sabía cómo me comportaría cuando nos viésemos. ¿Bajaría la cabeza como si fuese culpable? ¿O la miraría a los ojos y le explicaría que la caricia fue inocente y que los mensajes que le había mandado los últimos meses eran fruto de una sincera preocupación?

Solo una vez, en todos los meses que trabajamos juntos, tuve la oportunidad de ver a Liat enfadada. Su furia se cernió sobre un cirujano que, según ella, se negaba a intervenir a un paciente suyo. La escena fue dramática. Si intentaba darle una explicación, ¿me dirigiría a mí también una mirada flamígera y el mismo tono hiriente?

Por las noches me sentaba y redactaba mensajes para ella.

> Perdona si te he incomodado.
>
> El zumo de pomelo rosa está menos rico cuando se bebe en soledad.
>
> El comandante de Niva en el ejército se encerraba con ella en secretaría. Quien ha visto cómo una experiencia de este tipo deja huella en una mujer nunca podría... ¿Sabes?

No mandé ninguno de ellos. Temía su reacción. Y aún más que no respondiera.

Una y otra vez reconstruía los hechos junto al sofá, la colcha desplegada, la colcha sobre su cuerpo, la caricia en la cabeza, el cambio brusco de postura, y una y otra vez me atormentaba con la misma pregunta: ¿la mano se me resbaló hacia el escote de su camisa a propósito?

Siempre me respondía que no. No tenía deseo en ese momento. No había imaginado, en el transcurso de la noche, cómo llevarla a mi cama. Todo lo contrario. Me sentía en calma. Como si todo cuanto ocurría, el sofá, la cabeza descansando en la almohada, la colcha, la caricia de consuelo, fuese ideal. Era imposible que fuese a más. También a menos.

Esperaba que después de haber descansado un poco a Liat se le pasara la irritación. Entendería que mis intenciones eran inocentes y volveríamos a encontrarnos en el carrito del café.

Cierra la puerta, me dijo Ran Spitzer en un tono que no presagiaba nada bueno.

Después pulsó un resorte escondido y pidió a la secretaria que no le pasase llamadas.

Pero incluso entonces no sospeché la tormenta que estaba a punto de desatarse sobre mí. Supuse que quería sugerirme la jubilación anticipada, quizás por todos los recortes que estaban haciendo en el sistema sanitario.

Asher, Asher, suspiró, me pones en una situación muy desagradable.

Los peces de su famoso acuario se quedaron inmóviles.

¿De qué se trata?

Me incliné hacia delante en la silla y él me lanzó una mirada que decía: «No intentes hacerme creer que no sabes de qué se trata». Luego sacó una pipa del cajón del escritorio y la encendió, a pesar de todas las normas que prohibían fumar en las instalaciones del hospital. Aspiró y señaló la única hoja de papel que había encima de la mesa.

Liat Ben Abu ha presentado contra ti una denuncia por acoso sexual. Es residente en tu departamento y trabajáis en estrecha colaboración. ¿Hasta aquí todo es cierto?

Cierto.

Según ella, os reunisteis en privado en tu casa, le preparaste una bebida alcohólica y a continuación la tocaste contra su voluntad en las partes íntimas. ¿Apruebas esta descripción?

Esa no es la descripción completa.

¿No estuvo ella en tu casa?

Estuvo.

¿Y lo que describe no sucedió?

No de ese modo.

De acuerdo. Volveremos a eso más tarde. ¿Y qué hay de los mensajes?

¿Qué mensajes?

Aquí tengo unas capturas de pantalla con mensajes de texto que ella afirma que le mandaste desde un número que desconocía. Entre otras cosas, escribiste que ella era «seductora» y difamaste a un médico del departamento en un intento de convencerla de que no se viera con él. ¿Esto también lo niegas?

No lo niego. Los mandé desde el móvil de Niva. Pero mi intención de ningún modo era molestarla.

¿Entonces?

Guardé silencio. No sabía cómo decirlo. Uno de los peces del acuario se dio la vuelta y me lanzó una mirada acusatoria.

Ran Spitzer aspiró otra bocanada de su pipa y dijo:

Asher, Asher. Hizo una pausa. Entre nosotros, te comprendo. Niva falleció. Es natural, estás solo. Vi la fotografía de la demandante. Fea no es. Puedo llegar a entender que alguien como ella te perturbe de esta forma. Pero los tiempos han cambiado, Asher, los tiempos han cambiado. Antes era posible tapar cosas así. Ahora basta con que ella publique un *post* en Facebook y estás acabado. Estás acabado tú y está acabado el hospital.

Hizo una pausa y esperó a que asintiera.

No asentí. No quería que interpretara que estaba de acuerdo con la teoría que había desarrollado. Esto provocó que se inclinara hacia delante de inmediato y elevara el tono una media octava.

Me parece que no entiendes lo que está ocurriendo, Asher. Esta reunión no debería estar teniendo lugar. No así. Tendría que estar presente un asesor legal para que anotara cada palabra nuestra. Como nos conocemos, y dado el afecto que le tenía a Niva, que en paz descanse, he decidido hacer la vista gorda y escuchar atentamente tu versión antes de que la máquina de la justicia se ponga en marcha. Quiero ver si hay alguna forma de salir de esta situación. ¿Te das cuenta de que ella ha pedido vacaciones no retribuidas? ¿Te das cuenta de en qué lío nos has metido? Lo mínimo que espero de ti es que seas sincero.

Soy sincero.

Entonces, ¿qué pasó? ¿Cuál es tu explicación para lo que ella describe? El encuentro en tu casa. Los mensajes. El roce en el pecho...

Eso no es... Eso no..., empecé a decir y me detuve.

No encontraba las palabras.

Ran Spitzer fijó en mí la mirada, como diciendo: «Soy todo oídos».

No actué como un hombre al que le interesa una mujer, dije por fin.

Él suspiró.

Entonces, ¿cómo actuaste, Asher? No lo comprendo.

Actué más bien con... espíritu paterno.

¿Paterno?, repitió Ran Spitzer.

Sí.

Las miradas de las tres secretarias de Ran Spitzer me siguieron cuando salí de su despacho. Me pareció que me miraban con desprecio. Creo que ya lo sabían.

Caminé por los pasillos por los que había caminado miles de veces y de pronto me parecieron hostiles. Los cuadros en las paredes, flores de Israel y cimas de los Alpes, parecían burlarse de mí con su belleza. Los carteles que indicaban la salida se dirigían específicamente a mí. Como si me expulsaran del hospital. Uno de los médicos de oncología que cuidaron de Niva vino hacia mí desde el fondo del pasillo, apresurado, y se detuvo a mi altura.

¿Cómo se encuentra, doctor Caro?, preguntó.

«Muy mal», quise decir. En cambio, le di la respuesta habitual de un año a esta parte:

Crítico pero estable.

Y seguí caminando para que no se entablara una conversación.

La palabra «paterno», que yo mismo había pronunciado, o, mejor dicho, escupido, seguía sonando en mi cabeza. Mi disco interno estaba rayado en aquel punto. Paterno. Paterno. Paterno. Paterno.

Mientras caminaba por el pasillo, que se iba alargando, como si uniese dos capítulos de la vida y no dos departamentos, imaginaba la conversación que hubiese mantenido con Niva ante tales circunstancias.

Me imaginaba asegurándole que no había ninguna otra mujer salvo ella. Y que nunca obligaría a nada a ninguna mujer.

Me imaginaba pidiéndole disculpas por haberle causado toda esa vergüenza.

Me imaginaba diciéndole que podría ser..., que se me había ocurrido la posibilidad..., aunque mínima..., pero que, sin embargo...

Me imaginaba contándoselo todo.

Me imaginaba a Niva dirigiéndome una sonrisa de «pero qué dices» que no se extendía por todo su rostro, sino que se limitaba a los labios. La sonrisa casi imperceptible que reservaba para los discursos pomposos del primer ministro o para las excusas de Asaf cuando no quería ir a la escuela. Entonces, me soltaba:

¿Qué dices, míster preocupaciones? ¿Qué probabilidad hay?

Míster preocupaciones. Así me apodaba con cariño cada vez que me angustiaba el futuro. Cada vez que temía, como residente, haber cometido durante la guardia un error fatal que acabase en tragedia. Cada vez que durante su periodo oscuro Asaf se había encerrado en su habitación durante horas y horas. Cada vez que me despertaba por la noche con mi terror nocturno ambientado en Suez, después de que en las noticias comentaran que había señales de guerra.

Ven aquí, míster preocupaciones, me susurraba, acunándome en su regazo, y luego me acariciaba el corazón, que me latía fuerte en el pecho. Todo irá bien, te preocupas demasiado.

Frente a la sala de espera del abogado que Spitzer me había aconsejado consultar antes de la comisión había una sala de reuniones. La mitad inferior de la pared era de cristal, así que podía ver los pantalones, los zapatos y los calcetines de los que estaban allí sentados, y, para mi sorpresa, también podía oírlos. Y eso no me gustó. ¿Y si ellos también me oían a mí? Estaban hablando de algún tipo de acuerdo con la Fiscalía para salvar a su cliente de la cárcel. Repetían una y otra vez la palabra «encarcelamiento». Me daban escalofríos.

Un minuto después, un joven salió de allí, se me acercó, me estrechó la mano y se disculpó por la espera.

Para mi gran alivio, no me pidió que entrara en la sala de reuniones, sino que me condujo a un habitáculo al fondo de un largo corredor.

Iba pensando para mis adentros mientras caminaba: «Es demasiado joven, más joven que Yaela». Y también: «A mi edad todos son demasiado jóvenes».

Tomó asiento y me invitó a sentarme frente a él. Detrás, en la pared, había diplomas con marcos marrones. Entre ellos, uno curioso, el de un curso de patrón de barco.

Me preguntó cuándo se reuniría la comisión y me pidió que le contara en qué orden habían ocurrido los hechos.

Lo hice. De vez en cuando me interrumpía para aclarar algún detalle.

Aunque sus preguntas fueran neutrales y sus gestos de asentimiento casi empáticos, la historia sonaba a mis oídos poco creíble. Despertaba sospechas.

Solo al final del monólogo le comenté la posibilidad que se me había ocurrido. Dije que la probabilidad era baja, muy baja.

Si tiene cómo hacerlo, debe comprobarlo, dijo.

Y se acarició la corbata de arriba abajo.

¿Para qué?

¿Cómo que para qué? Dibujó una sonrisa en la comisura de los labios; no estaba seguro de si era porque mi modo de hablar le parecía ridículo o por la pregunta misma. Señor Caro, se presentarán dos tesis ante la comisión: la primera dirá que es usted un viejo verde incapaz de controlar sus instintos; la segunda, que es un médico respetable, un pilar de la comunidad, cuya preocupación paternal por una joven residente de la edad de su hija ha sido malinterpretada. Y está claro que si las pruebas demuestran que...

Entiendo.

¿Hay algún modo de verificarlo? ¿No se necesita una muestra de saliva para la prueba?

Un pelo puede bastar.

De vez en cuando, cuando Niva y yo estábamos en algún restaurante, de súbito se presentaba un camarero con una botella de vino caro que no habíamos pedido y nos explicaba que los señores de aquella mesa deseaban ofrecernos un buen vino.

Cuando ambos dirigíamos la mirada a la mesa, las personas al otro lado del restaurante agitaban las manos para saludarnos o las juntaban junto al pecho en señal de gratitud. A menudo, se ponían en pie y venían hacia nosotros, me tomaban una mano y le decían a Niva que mi diagnóstico o tratamiento les había salvado la vida a ellos o a sus seres queridos. También le decían que nunca olvidarían el trato cordial, humano, que recibieron de mí.

Apreciaba esos momentos y me hacían especialmente feliz cuando sucedían en presencia de Yaela y Asaf. Niva marcaba la pauta en nuestra casa y esa era una oportunidad de mostrar a nuestros hijos que, en el mundo exterior, su padre era un hombre apreciado.

Cada uno de ellos reaccionaba de un modo distinto. Yaela, divertida, acompañaba con la mirada a las personas que se acercaban emocionadas. Asaf, en cambio, bajaba la cabeza, avergonzado. Yo, por mi parte, rebosaba modestia: inclinaba la cabeza tras los cumplidos y, aún con los dedos entrelazados, murmuraba que gracias, gracias y que bueno, bueno, no hay que exagerar, solo estaba haciendo mi trabajo.

Hace tres o cuatro años traté a la madre de Aharona Elbaz. Llegó a Urgencias con dolores abdominales. El examen rutinario no dio ningún resultado y, si yo no hubiese pedido una prueba de gases en sangre y de lactato deshidrogenasa, gracias a la cual localicé el coágulo que bloqueaba los vasos sanguíneos en el intestino, y no la hubiese mandado operar de urgencia, probablemente no estaría hoy con nosotros.

Mientras esperaba a que se despertase de la intervención, Aharona me habló de la empresa que había fundado, Genetics, que permite a los clientes conocer su origen étnico y, de paso, descubrir qué otros clientes tienen una carga genética similar a la suya. Recuerdo que me dijo que, sin quererlo, se había convertido en un programa de búsqueda de familiares. Y añadió que muchas personas descubrían parientes sorpresa, hermanastros, primos segundos, que no aparecían en el árbol genealógico oficial.

Luego vi en la sección financiera de *TheMarker* que Genetics cotizaba en bolsa en Wall Street. Un enlace al pie de la noticia conducía a la historia personal del periodista, que se hizo el test de Genetics y descubrió con estupor que, además de raíces polacas, tenía un dieciocho por ciento de sangre mongola. ¿La abuela de su tatarabuela había tenido una historia con un atractivo jinete mongol?, se preguntaba el periodista, y concluía que la familia está en crisis.

Telefoneé a Aharona Elbaz. Me respondió su secretario. Le dejé dicho que el doctor Caro quería contactar con ella. Fui a la cocina, cogí un paño húmedo, saqué un disco tras otro del estante, limpié el polvo de las fundas y los coloqué de nuevo en su sitio. Pensé para mí mismo que aún estaba a tiempo de cambiar de idea. Pensé también que sería imposible. Cuando se siembra una duda, el hombre tiene necesidad de recoger una certeza. Pensé en todas las noches echado en la cama con los ojos abiertos preguntándome si mi tercer hijo estaría caminando por las calles, si tendría faroles iluminándole el camino entre tanta oscuridad...

Aharona Elbaz me devolvió la llamada. Me expresó sus condolencias por el fallecimiento de Niva. Se excusó por no haber podido asistir a la *shivá*. Le pregunté cómo se encontraba su madre. Me respondió:

Mucho mejor gracias a usted, doctor Caro.

Le dije que necesitaba su ayuda para un amigo, pero que precisábamos mucha discreción. Preguntó de qué se trataba y se lo expliqué. A grandes rasgos. Ella afirmó:

A usted le daría hasta la mitad de mi reino. Aunque sería de gran ayuda que me proporcionara una muestra de sangre de la chica.

Le respondí que por el momento era imposible.

Genetics se basa solo en pruebas de sangre o saliva. Eso significa que tendrá que encontrar a algún forense o institución académica que acepte extraer para nosotros el ADN de un cabello. ¿Tan importante es para... su amigo?

Mucho, subrayé.

Pues entonces proporcióneme el pelo de la chica y la sangre y la saliva de él y yo haré lo imposible. Tenga en cuenta que llevará algunos días.

Seguí trabajando mientras esperaba la llamada de Aharona Elbaz. Pasaba consulta a pacientes. Diagnosticaba enfermedades. Prescribía tratamientos. Jonás, un hombre de ochenta y cinco años, con marcapasos y totalmente lúcido, me llegó al corazón. A causa de una insuficiencia cardíaca en la pierna derecha, le habían amputado todos los dedos del pie, pero la cosa se había complicado y ahora sufría dificultades para respirar, dolor intenso y fiebre. En el departamento de cirugía se oponían a otra intervención quirúrgica, pero yo tenía la impresión de que era justo lo que necesitaba. Existía la posibilidad, sin embargo, de que el corazón no resistiese la anestesia. Tomé la decisión con él. No me tembló la voz. No dudé. A continuación, proseguí con la ronda de cama en cama.

Liat no regresó al departamento. Los días de ausencia se acumulaban y la mujer chismosa ya contaba que había pedido un permiso no retribuido por razones personales y murmuraba que el doctor Denker pagaría algún día por lo que les había hecho a tantas mujeres. Se le volvería en contra como un bumerán.

Me preguntaba cuándo se filtraría en el hospital la verdadera razón de la ausencia de Liat. Cuánto tiempo pasaría hasta que la denuncia fuera la comidilla en los pasillos y mi nombre corriera de boca en boca con el añadido de «¿quién lo hubiera creído?».

En casa, los pensamientos me atacaban como un virus. «¿Y si había tenido un momento de debilidad? –me flagelaba a mí mismo–. ¿Y si algo se desencadenó dentro de mí cuando se soltó el pelo y se tumbó en el sofá? ¿Y si la mano que resbaló hacia el escote lo hizo con toda la intención? Por no hablar del dedo meñique. ¿Y qué ocurriría si Yaela y Asaf se enteraban de que habían acusado a su padre de tal cosa? ¿Adónde me llevaría esta vergüenza? ¿Y cuál deseaba que fuera el resultado de la prueba? ¿Qué deseaba de verdad?».

En esos días, todo lo que ponía en el tocadiscos me resultaba inapropiado.

Schubert era demasiado triste.

King Crimson demasiado oscuro.

Led Zeppelin demasiado áspero.

Chopin demasiado suave.

Un hombre sabe que tiene un verdadero problema cuando ningún tipo de música le impresiona.

Decidí seguir los progresos de Roger Federer en el Roland Garros, un set tras otro. A Niva le gustaba verlo y opinaba que la forma en que jugaba al tenis lindaba con el arte. Y añadía con una chispa de alegría en los ojos:

Además, ¡es guapísimo!

Observé en directo cómo Federer golpeaba la pelota e intenté tener el mismo entusiasmo que Niva cuando ganaba un punto contra oponentes más jóvenes, pero no pude librarme de la deprimente sensación de que era la crónica de una eliminación anunciada. Algún día, como cualquier héroe de tragedia, lo derrotarían sus propios límites. El primero de ellos, la edad.

Unos minutos después de su victoria en las semifinales, llegó la llamada telefónica de Aharona Elbaz. Dijo:

Debo pedirle que repita la prueba.

Y añadió:

Pero las posibilidades de error son mínimas.

Y apuntó:

O padre o hermano.

Y concluyó:

Sea como sea, supongo que para su amigo será un *shock*. Dígale que se tome unos días para valorar los próximos pasos. Para un documento oficial de Genetics necesitaríamos una muestra de sangre o saliva. Estoy a su disposición, avíseme si está interesado en efectuar más pruebas.

Brincaba por la calle cuando el médico nos anunció que Niva estaba embarazada.

Fue después de dos años de intentos fallidos. Entre nosotros se respiraba una sensación molesta de derrota y reproches que nunca llegamos a pronunciar en voz alta. «Es tu culpa, Asher». «Es tu culpa, Niva».

En los ojos de Niva veía la duda, que conocía bien por otras mujeres que habían terminado dejándome. Una tarde, en el intermedio de un concierto en el Palacio de la Cultura, al volver del baño, vi que un hombre más guapo que yo coqueteaba con Niva. Ella le regalaba una sonrisa que yo creía reservada solo para mí.

Así que, cuando el ginecólogo nos anunció en tono pragmático que no era de extrañar que Niva tuviese náuseas, ya que estaba en la séptima semana del embarazo, me sentí exultante. Y Niva dijo que quizás fuese demasiado pronto para cantar victoria. Mejor esperar a los análisis. Pero yo respondí:

Ahora hay que alegrarse.

Entonces, la atraje hacia mí y bailamos un vals en medio de la calle en Ramat Gan. A pesar de que ninguno sabíamos bailar vals.

Al terminar la conversación con Aharona Elbaz me asaltó el vértigo. Como si estuviese al borde de un abismo y mirase directamente al fondo.

Me apoyé en el estante de los discos y en mi cabeza empezó a arremolinarse una tormenta de palabras. La posibilidad de cometer un error. Padre o hermano. ¿A quién contárselo? ¿A quién? A Liat. *Li-at* en hebreo significa «Tú eres para mí». Ahora lo comprendía todo y nada. Cuestión de vida o muerte. Yaela. Asaf. Niva. ¿Lo oyes? Una hija acusándome de acoso. Mamá, ¿lo oyes? Tienes otra nieta. Una comisión. Cuestión de vida o muerte. Qué hago. Qué hago. Qué hago.

Al día siguiente, el abogado-patrón me mandó un mensaje:

> ¿Hay novedades?

En vista de mi silencio, mandó otro:

> Le recuerdo que la comisión se reunirá dentro de tres días.
> Es preciso que la información nos llegue antes.

Sabía que se abalanzaría sobre el resultado de la prueba igual que sobre un botín de guerra. Justo por eso me abstuve de compartirlo con él por el momento.

Pasé consulta a los pacientes. Diagnostiqué enfermedades. Prescribí tratamientos. Durante la noche, apareció una gangrena severa en la pierna izquierda de Jonás y los dedos del pie adquirieron un color azulado. Ahora la única oportunidad para salvarle la vida era la amputación de las dos piernas. ¿Le interesaría vivir con dolores agudos crónicos y sin piernas? A Jonás ya no se lo podíamos preguntar, porque había perdido el conocimiento. La fisioterapeuta hizo una evaluación de las posibilidades de recuperación. La asistenta social, de los elementos de soporte. Sin embargo, yo tuve que tomar la decisión. Y decidí. Y decidí de nuevo. Y volví a decidir en otros dilemas que se me presentaron durante el turno. No me tembló la voz. No titubeé. Pasaba de cama en cama.

A lo largo del día me acompañó la sensación de que todos sabían ya lo de la denuncia. Detecté, o creí detectar, un atisbo de reprobación en los ojos de las enfermeras y de los residentes, y una chispa de pánico en la mirada de mis colegas médicos. Las puertas automáticas tardaban un instante más en abrirse. Como si no estuvieran seguras de conocerme. La enfermera jefa no me respondió cuando me dirigí a ella para pedirle información de un enfermo. Le hablé y no me respondió. En eso también vi un síntoma de la devaluación de mi estatus, derivado del hecho de que todos lo sabían. Mi tiempo se había acabado.

Recordé aquella vez en el instituto que mi compañero de mesa me acusó de haberle robado cincuenta liras de la cartera. La clase entera estuvo dispuesta a admitir que el niño, yo, cuya madre limpiaba casas en el barrio, era un ladrón. Me escapé y me encerré en el baño con un ejemplar de *Dune*, a pesar de que lo que querría haber hecho y debería haber hecho era enfrentarme a todos y gritar la verdad: «¡No he sido yo! ¿Cómo se os ocurre? ¡No soy un ladrón!».

Ahora también quería golpear la mesa y gritar: «¡No soy un traidor! ¡No soy un acosador!». En cambio, cerré los puños y me centré en cuidar a los pacientes. Me consolé con que, por lo menos, ellos aún no lo sabían.

Por la noche, en casa, saqué los álbumes y comparé las fotos de Yaela y Asaf, a distintas edades, con las de Liat en su página de Facebook.

Su sonrisa se parecía a la de Asaf en algunas. Era innegable. Había algo en el mapa de pliegues y hoyuelos. Y también el color de los ojos era un marrón claro que luego se volvería verde.

Y su nariz recordaba a la de Yaela. Dominante. Casi aguileña. Lo mismo con las clavículas prominentes.

El color moreno de la piel era similar al mío y también la frente alta, el nacimiento del pelo ligeramente retirado, las cejas pobladas y esa curva del labio inferior que en mí parece un gesto de crítica y en ella de fina ironía.

Sin embargo, ¿de quién ha obtenido el cuerpo delgado? De mí está claro que no. ¿Acaso de su madre?

En una de nuestras conversaciones en el carrito del café, Liat mencionó que su madre era optometrista. En el servicio de información a los abonados busqué optometristas que se apellidaran Ben Abu y encontré tres. Una en Dimona, en el sur. Otra en Ramat Gan, cerca de Tel Aviv. Y otra en el mismo Tel Aviv, que se jactaba de ser también oftalmóloga. No soy detective, pero treinta y cinco años en el departamento de medicina interna me han enseñado a descartar posibilidades. Descarté la alternativa de Dimona porque Liat forma parte de la generación que, para ahorrar mientras estudian, prefiere vivir con sus padres, y si hubiese vivido en Dimona seguro que habría estudiado medicina en la Universidad Ben-Gurión, en Beer Sheva. Descarté la de Tel Aviv porque si la madre de Liat fuera licenciada en medicina ella lo habría mencionado en alguna de nuestras conversaciones. Por lo tanto, con el corazón a cien por hora, telefoneé a la sucursal de Kesher Ain de Ramat Gan, pedí hablar con la responsable y cuando se puso al aparato le pregunté si era la madre de Liat Ben Abu.

¿De parte de quién?, preguntó con recelo.

Me presenté.

No tengo nada que decirle, doctor, murmuró, y se dispuso a colgar.

Sin embargo, antes de que lo hiciera, alcancé a decir:

La he llamado por la donación de esperma.

No sé de qué me está hablando, respondió.

Pero un ligero temblor en la voz sugería que sí lo sabía.

Señora Ben Abu, tenemos que vernos, propuse.

En Ra'anana hay una cafetería en la que Niva solía celebrar sus discretas reuniones de trabajo. Cuando quería contratar a un alto dirigente de la competencia o interesar a un inversor en un proyecto exclusivo, lo citaba en el café Salto.

El Salto tiene dos zonas, una visible que da a la calle y otra que da a un patio trasero escondido, cerrado al público durante el día y abierto por la noche.

Niva había llegado a un acuerdo con el propietario que le permitía, solo a ella, tener reuniones en el patio trasero durante el día. Así se aseguraba una discreción absoluta.

¿Qué le ofrecía ella a cambio? Supongo que nada. Sabía cómo pedir las cosas para que nadie pudiera negarse.

Yafit Ben Abu llegaba tarde a la cita.

Unos minutos.

El tiempo muerto no me servía de mucho los días previos a la reunión de la comisión. Cuando se abría un vacío en el tiempo, se infiltraban los malos pensamientos. ¿Y si no se presentaba? ¿Y si lo hacía acompañada de un abogado? ¿Y si se presentaba sin abogado y lo primero que hacía era pegarme un bofetón?

Para distraerme de los escenarios apocalípticos, me levanté de la silla. Deambulé por el patio, con la mano en las lumbares, que habían comenzado a dolerme después de la reunión con Ran Spitzer. Me puse a mirar las numerosas fotos que colgaban de las paredes. Una llamó mi atención lo suficiente como para permitirle al alma que se prendiera de ella un instante. Un monje tibetano, acaso nepalí, adulto, con túnica roja, atravesaba un grupo de niños monjes y ellos se abrían a su paso, como el mar Rojo.

Hola, oí una voz detrás de mí.

Me di la vuelta.

Era similar y distinta a ella. Delgada de cuerpo. Con el pelo recogido en un moño macizo. Gafas con montura de colorines. Camisa blanca abotonada y de cuello almidonado.

Antes de estrechármela, dejó mi mano volando en el aire.

¿Nos sentamos?, sugerí.

Sin responder, tomó asiento y se colocó un mechón de pelo detrás de la oreja. Igual que ella.

¿Desea tomar algo? ¿Comer? Aquí preparan una comida excelente.

No tengo apetito, respondió, igual que ella.

¿Cómo está Liat?, pregunté.

Es una chica fuerte, dijo.

Lo sien...

Hágame el favor de no disculparse ahora.

Está bien. Y, sin embargo...

Vayamos al grano, doctor. Me dijo usted algo por teléfono, ¿verdad?

Suspiré.

A continuación, puse sobre la mesa el papel con los resultados del análisis de Genetics.

Esta es la prueba de Liat y esta es la mía, y este número representa la correlación entre...

Tomó la hoja, la miró unos instantes por encima de las gafas para intentar comprender y cuando estuvo a media lectura se detuvo y me miró con los ojos turbados...

¿Cómo ha obtenido una muestra de ella?

Cuando vino a visitarme... a mi casa, se quedó un pelo.

¿Un pelo?

Se puede extraer el ADN de un solo pelo.

¿Me está diciendo que conservó un pelo suyo?

Sí.

¿Y por qué? ¿Para qué?

Deseaba que... me quedase algo de ella.

¿Que le quedase algo de ella?

Sí, ya sé que suena extra...

¿Por qué este papel no tiene logo ni firma? ¿Cómo puedo saber que no lo ha falsificado?

Para un documento oficial hace falta una muestra de sangre o saliva, señora Ben Abu. Este papel me lo han proporcionado profesionales de confianza y la probabilidad de error es insignificante.

Ella miró el folio un instante más y luego me lo arrojó. Es decir, no lo puso entre los dos sobre la mesa, sino que lo lanzó hacia delante y casi me dio.

Supongamos que este papel es auténtico, dijo con la voz marcada por la duda.

Señora Ben Abu...

Y supongamos que han encontrado una concordancia entre su ADN y el de mi hija.

Un cincuenta por ciento de coincidencia, para ser exactos.

¿Cree usted que eso lo convierte en su padre?

Desde el punto de vista genético, es...

Me cortó con una mirada gélida que no me permitió seguir con mis explicaciones eruditas. Luego respiró profundo, como una niña a la que han enseñado a contar hasta diez antes de responder a un provocador, y solo entonces dijo:

Liat ya tiene un padre, señor. Murió cuando ella tenía catorce años.

Siento mucho que...

Estaban muy unidos.

Lo entiendo.

No, usted no lo entiende.

Pues explíquemelo.

¿Qué hay que explicar?

Se le quebró la voz al pronunciar «explicar».

Vino el camarero con el té.

¿Desea algo, señora?, le preguntó a la madre de Liat. ¿Quiere saber nuestras especialidades?

Ella negó con la cabeza, hizo un gesto brusco y decidido, como diciendo que no había ido a divertirse. Cuando el camarero se fue, empezó a hablar con sorprendente fluidez, con unos ojos brillantes que presagiaban el llanto.

Tuvo un ictus mientras Liat estaba en casa. La ambulancia llegó tarde. Las Urgencias estaban desbordadas a causa de un atentado y no le trataron en condiciones. Habrían podido salvarlo. ¿Lo entiende?

Asentí.

Liat se vino abajo por completo. Dejó de comer, de correr... ¿Sabía usted que fue campeona nacional de carrera de orientación?

Sí, respondí.

No dije que había leído compulsivamente lo que había subido a Facebook.

Todo es gracias a él, él la inició en esto. Cada sábado la llevaba a correr, hasta su *bat mitzvá* recorrieron todo el Camino Nacional de Israel, el sendero que cruza el país.

Suena como...

Ella se quedó hecha polvo después de su muerte, dejó de ir a la escuela y dejó los *scouts*. La etiquetaron de mil maneras. Déficit de atención con hiperactividad, desregulación emocional, algún psiquiatra idiota llegó a diagnosticarle trastorno límite de la personalidad. Yo siempre supe que necesitaba tiempo para despedirse de su padre. Cada persona pasa el luto a su ritmo.

Es cierto.

Y el suyo era más lento. Sabía que estábamos en un túnel y que tenía que acompañarla la luz.

Yo...

Entonces, a los diecisiete, una mañana se levantó y dijo: «Mamá, quiero ser médico. Para que no les suceda a otras personas lo que a papá. Y para ello necesito sacar buenas notas». Eso es todo. Desde aquel momento siempre ha volado alto. ¿Comprende?

Señora Ben Abu...

Me hablaba de usted, ¿sabe?, era la única persona del departamento a la que apreciaba. Quería ser como usted. Porque le importaban de verdad los pacientes. Por eso se desilusionó tanto cuando se comportó como se comportó. Le tenía en gran consideración.

Hubo un malentendido, señora Ben Abu.

¿Un malentendido? ¿Cómo dice?

Guardé silencio. Medité las palabras. Tenía la sensación de que la próxima frase que pronunciara tendría un peso decisivo.

Yafit Ben Abu también guardó silencio. Al parecer, el torrente de palabras de los últimos minutos la hicieron parecer más vulnerable de lo que estaba acostumbrada a mostrar y ahora se sentía avergonzada.

Le hizo señas al camarero para que se acercara. Pidió un vaso de agua. Nos trajo una jarra y cuando la así para servírsela me detuvo y dijo:

Puedo servirme yo misma.

Yo esperé a que tomara unos sorbos del vaso.

¿Sabe? Incluso las acciones..., los gestos..., pueden malinterpretarse.

¿Qué quiere decir?

Un gesto de una persona, un roce, puede malinterpretarse.

¿El roce?

Se malinterpreta la intención del gesto.

¡Pero bueno!

Dejó con un golpe seco el vaso sobre la mesa y me salpicaron unas gotas.

No tenía ninguna intención de incomodar a Liat, señora Ben Abu. Desde el momento que la conocí, despertó en mí un solo deseo: su bienestar. Protegerla.

¿Esta es la historia que se cuenta a sí mismo?

No es una historia, es...

Venga, doctor, conozco a mi hija y la influencia que tiene sobre los hombres. Su entrenador de carreras de orientación. Su profesor de la autoescuela. Su comandante en el ejército, ¡un hombre de mi edad!, se presentó un día en casa con un ramo de flores. No creo que Liat lo haga a propósito, pero desprende algo... que os provoca.

Ese no es el caso. Mi motivo para estar cerca de ella es... puro. No lo hice con espíritu sexual.

No me diga que lo hizo con espíritu paterno.

Mire, señora Ben Abu...

Cuando Liat estaba en su casa, usted no tenía ni idea de que entre los dos... podría haber una conexión genética. Y guardó un pelo suyo como un pervertido...

Ya le he explicado que...

Sonó su teléfono mientras hablaba. Suele haber cierta coincidencia entre las personas y su tono de llamada. El suyo me sorprendió, era un pop latino muy ligero.

Respondió y después de escuchar un momento dio instrucciones a su dependienta sobre el descuento que debía aplicar a un cliente. Tuve la impresión de que la pausa en nuestra conversación llegó en el momento oportuno para ella. Le permitió recuperar el equilibrio.

Mi equilibrio, sin embargo, se había tambaleado después de sus últimas palabras. Recuerdo cómo me acerqué el pelo de Liat a la nariz para oler su perfume. Una y otra vez. ¿Qué clase de persona hacía tal cosa?

Cuando colgó y se volvió hacia mí, su voz aún conservaba el tono profesional con que había hablado a la empleada.

Con el debido respeto, doctor, a la comisión puede usted intentar colarle esta porquería del bienestar y la protección. A mí no. Quizás tenga suerte y todos los miembros sean hombres. En tal caso, podrían comprárselo. ¿Cuándo se reúne la comisión?

El próximo lunes.

Un momento, un momento, no me diga que tiene intención de contarles...

A decir verdad, señora Ben Abu, este es el motivo por el que quería verla.

Una sonrisa amarga apareció en los labios de la mujer al oír que estaba considerando divulgar los resultados de la prueba genética ante la comisión. «Cuán previsible eres –decía esa sonrisa–. Cuán despreciable».

Proseguí añadiendo que nadie excepto ella sabía aún nada de los resultados y que el bienestar de su hija me importaba. De lo contrario, no le hubiera pedido que se reuniera conmigo. Entonces, de repente, la sonrisa amarga se convirtió en un gesto de rabia, se levantó y tiró demasiado fuerte de su bolso, que estaba en el respaldo de la silla. Se agachó para recoger las gafas de sol, que se habían caído al suelo, las guardó y abandonó furiosa el lugar. Maldije para mis adentros el disco entre mis vértebras cuarta y quinta lumbares, que no me permitía salir tras ella. Cuando alcancé a levantarme de la silla, enderezarme y echar a andar, la madre de Liat ya se había desvanecido.

Regresé al patio trasero. Me serví agua de la jarra. Me dije: «Tomaré unos sorbos muy lentos, a lo mejor, entretanto, se calma y vuelve».

Dos vasos de agua más tarde, el teléfono sonó.

Primero se oyó el zumbido de la autopista. Después la voz. Temblaba de rabia.

No entiendo qué esperaba de mí, doctor Caro, ¿luz verde?

No esperaba...

Lamento decepcionarle. Tiene luz roja. Señal de *stop*. Ya ha causado suficiente daño a Liat. Así que no meta el dedo en la llaga. Ella no sabe que nació de una donación de esperma. Y su padre tampoco. Tuve que escondérselo por razones que no vienen al caso. Cuando falleció, ella estaba en una situación tan difícil que no quise arriesgarme a desestabilizarla todavía más con tal revelación. ¿Sabe usted que está en casa conmigo desde hace una semana? ¿Le importa cómo se encuentra ella o solo le interesa su reputación y su estatus?

Cierto que...

Apenas se levanta de la cama. Hace días que no se lleva nada a la boca. Ayer me dijo que lo que ocurrió con usted fue la «gota que colmó el vaso», porque ya tenía dudas sobre la especialización. Ahora quiere dejarlo todo y viajar a Perú. O a Bolivia. No lo sabe. ¿Puede imaginarse el daño que le haría si la comisión le revelara que su padre no era su padre? ¿Le parece a usted que eso es lo que necesita ahora? ¿Recibir otro golpe?

Pero...

Escuche, dijo, y luego se detuvo; me pareció que estaba contando de nuevo hasta diez.

Entonces, habló de nuevo, ahora en un tono distinto que, sorprendentemente, destilaba complicidad:

Si el papel que me ha mostrado tiene algún valor, entonces... gracias. A lo mejor sin usted esta hija maravillosa no hubiese venido al mundo. Pero si le importa Liat, si el bienestar de Liat realmente cuenta algo para usted, destruya los resultados, doctor. Se lo pido por favor.

Me quedé en el patio un buen rato más después de que la madre de Liat colgara el teléfono. No estaba en condiciones de mirar al vacío que reinaba en mi interior, así que me levanté para observar las fotografías de los niños monjes. Luego miré el resto que colgaban en el patio. Un claro en un bosque. El primer plano de la corola de una flor. Unas balanzas como las de antes, como las de la tienda de Albert, del barrio de Talpiot, en Jerusalén.

El camarero vino con mi tarjeta de crédito y me dijo que tenía puntos en la cuenta, así que no me había cobrado nada.

¿Puntos en la cuenta?

Su nombre figura en nuestro ordenador junto con el de su esposa. Los dos son socios del club.

¿Qué club?

Nuestro club de clientes. Con cada pedido, los socios reciben puntos para la próxima visita y su esposa ha acumulado bastantes.

No sabía que también...

Debió de asociar su tarjeta sin su conocimiento, señor. Una tarjeta personal puede transformarse en una de pareja.

Esas pequeñas cosas son las que te rompen el corazón.

Cada domingo Niva y yo teníamos una cita por Skype con nuestros hijos. Primero Asaf, después Yaela.

Ambos considerábamos que su marcha de Israel, sin perspectiva de regresar, era un fracaso personal. O al menos un absceso en el corazón de nuestra vida compartida. Y el responsable siempre era el otro.

Una pareja de muchos años no necesita pelear a gritos para que la pelea esté presente. En el silencio que se instalaba cada domingo después de las sesiones de Skype podíamos oír frases acusatorias en nuestras cabezas, frases que parecían un duelo, casi una conversación real.

«Si no hubieras hablado tanto de los dos años en Toronto, Asher...».

«Si no te hubieras vuelto tan hostil con el Estado de Israel después de que comenzaras a trabajar como médico voluntario, Niva».

«En Canadá hay mucho espacio. Las personas se comportan con educación. En Canadá el sistema sanitario se orienta al bienestar del paciente. ¿Ahora te sorprendes de que no vuelvan, Asher?».

«Un Estado militarizado. Un Estado inmoral. Un Estado ocupador. ¿Te sorprendes tú, Niva?».

«Para ti es cómodo culpar de todo a la política».

«También para ti».

«¿Se te ha ocurrido alguna vez, Asher, que quizás seamos nosotros? ¿Y si han tenido que huir de esta casa para florecer? Dos padres obstinados. Dominantes. Puede que asfixiantes».

«¿Dos padres, Niva? ¿Y si solo uno fuera todo eso? Tú, por ejemplo...».

«Si por lo menos les hubiéramos puesto nombres internacionales. ¿Yaela? ¿Asaf? ¿Qué posibilidades tienen de triunfar en el extranjero con esos nombres?».

«No tiene gracia».

Apareció el rostro de Asaf en la pantalla y al momento me di cuenta de que estaba angustiado.

Los síntomas eran los mismos que cuando era niño. La mirada huidiza, hacia los lados. La cresta de siempre, que se le forma porque tiene dos remolinos, pero más encrespada que nunca. El frotarse la nuca con la mano una y otra vez. La voz demasiado alegre... Y un síntoma nuevo de los últimos años es que no se conformaba con preguntar cómo estaba yo, sino también cómo me sentía. Cómo me iba. Qué novedades tenía. Trataba de posponer el momento en que el péndulo de la conversación oscilara hacia él.

Al fin, dijo:

Papá, estoy metido en líos.

Y enseguida se rio para sí mismo. Una risa sin alegría.

De no ser por que hablábamos por Skype, habría puesto los ojos en blanco. Aquello no era una novedad. En cambio, adopté una expresión seria. Y le pregunté cómo podía ayudarlo. Y asumí que de nuevo lo habían despedido por no presentarse al trabajo y decidí para mis adentros que esta vez aceptaría cubrir tan solo una parte del alquiler de su apartamento.

Sara está embarazada.

¡Enhorabuena!

No estoy convencido de que sea algo bueno.

Me quedé en silencio un momento.

¿Por qué? ¿Dudáis de que... sea el momento de... tener un niño?

No sé si es el momento para mí.

Lo entiendo.

Intento no herir a Sara. Y no quiero matar a un ser vivo.

¿En qué semana está, si puedo preguntar?

En la quinta.

Es difícil definir un feto de cinco semanas como un ser vivo, Asaf. De acuerdo con cualquier criterio. Casi ningún órgano está aún desarrollado, las vías respiratorias tampoco, la corteza cerebral no está formada. Una coliflor tiene más conciencia que un feto de cinco semanas.

No es una cuestión médica, papá.

Pero...

Y no te he pedido opinión.

Los silencios por Skype son mucho más incómodos que por teléfono. Él pudo ver cómo intentaba tragarme la ofensa, sin éxito. Yo cómo se arrepentía del tono grosero que había utilizado. Y, como le cuesta disculparse, vi que se puso a mirar los mensajes del móvil.

Dónde está mamá cuando la necesitas, ¿eh?

Finalmente solté lo que ambos teníamos en la cabeza y él sonrió aliviado y dijo que sí. Y no preguntó lo que esperaba que preguntase: «¿Qué habría dicho ella?». En lugar de eso, se calló un instante. Después me lanzó una mirada que perforaba la pantalla.

¿Recuerdas el viaje anual a Eilat?

Me sorprendió que lo mencionara. Pero, sí, lo recordaba. Salía de guardia, una guardia nocturna difícil que no me dejó ni un minuto para echar una cabezada. Iba de camino a casa cuando sonó el teléfono. Era él, Asaf. Me pedía que fuera a recogerlo.

Cariño, son cinco horas de camino y acabo de salir de trabajar. ¿Qué ha pasado?, pregunté.

Entonces, me lo contó todo. Y pensé: «Qué malvados». Y después: «La naturaleza humana es mala desde la juventud». Y en el semáforo hice un cambio de sentido y conduje hasta Eilat. Directo. Sin paradas. Excepto una para repostar café. Y llegué en menos de cuatro horas a un gran aparcamiento donde había muchos autobuses vacíos y uno en el que esperaban una maestra y un niño. Firmé un formulario para la maestra y nos marchamos.

Por el camino, Asaf me dijo:

Gracias por venir.

Y yo le respondí:

No iba a dejarte tirado, Asaf.

Te he llamado a ti porque sabía que mamá me diría que lo afrontara yo.

Los mayores también tenemos dificultades en afrontar la maldad.

Ya es hora de que me reveles la verdad.

¿Cuál de ellas?, intenté bromear.

Pero él se puso serio y dijo:

Que soy adoptado.

¿Qué dices?, exclamé. Eres hijo nuestro. Créeme. Asistí al parto.

Entonces..., comenzó a decir y se le quebró la voz, ¿por qué mamá, Yaela y tú tenéis suerte siempre y a mí todo me sale mal?

Claro que me acuerdo, respondí por Skype.

Pensé: «¿Intenta decirme que vaya a recogerlo a Montreal?».

Ser padre es llevar una mochila. Cadena perpetua, afirmó.

Pero...

Imagina que me nace un hijo como yo.

Tú no...

No estoy seguro de estar preparado para un sacrificio así.

Yo...

Y puede que nunca lo esté. Tal vez no sea para mí.

Solo el tiempo lo dirá.

Solo el tiempo lo dirá. Guau, papá. Hacía mucho que no oía esa frase.

Qué le vamos a hacer, hijo mío, tu padre es un vejestorio.

Después me tocó unas piezas nuevas de su banda, The Immigrants. Antes de que empezase con el *jazz*, el *jazz* no me gustaba. Todo me parecía demasiado casual, insensato. Pero gracias a él aprendí a respetar la libertad que permite ese género tanto para el oyente como para el músico. Hace unos años, en una velada en mi casa con los colegas del departamento, puse de fondo un disco de su banda y me sentí muy satisfecho cuando me preguntaron de quién era esa música tan maravillosa.

Lo felicité por su forma de tocar, que con el paso del tiempo va perdiendo el manierismo. Me lo agradeció y me comentó que tenía que cortar ya porque Sara estaba a punto de llegar.

Dije que buena suerte y mientras cerraba el portátil pensé: «Pero ¿cómo que buena suerte? Vaya deseo más tonto». Y también pensé que media hora hablando y no le había contado nada de Liat ni de la denuncia ni de la prueba genética ni de la angustiosa decisión de si debía revelar o no los resultados a la comisión. ¿Cómo se hace para contar algo así a los hijos?

La noche del domingo al lunes no lograba dormirme. En general, desde que Niva ya no está conmigo, me cuesta conciliar el sueño. Por lo menos dos veces por semana sufro insomnio y solo me queda leer artículos. O ver la repetición del Festival Cuentacuentos e intentar identificar rostros conocidos entre el público del teatro Givatayim. Me preparo una taza de leche caliente. O abro el cajón de los medicamentos para coger una pastilla. Pero no me la tomo, me aterra volverme adicto a los somníferos. Y me miro en el espejo. Veo en él a Shlomo, mi hermano gemelo, con el aspecto que tendría si no hubiese muerto. Luego regreso a la cama. Intento dormirme en el lado de Niva. Y vuelvo a mi lado. Me duermo y viene el sueño recurrente: se abre sobre mí un fuego infernal en la avenida principal de Suez, busco cobijo y no lo encuentro, busco cobijo y no lo encuentro. Me despierto. Busco a Niva para que me diga que todo irá bien. Y pienso que ojalá tuviera una gemela idéntica. Un recuerdo vivo. Me levanto para calentarme otra taza de leche y veo la anterior sucia sobre el mueble del salón. Y me digo que Niva no era tan descuidada. Y que mi nostalgia por ella es crónica. Entonces, enciendo el móvil y miro nuestra conversación.

Antes de cambiar la suscripción al periódico *Haaretz* por la versión digital, el traqueteo de la moto y el golpe del periódico enrollado en la puerta eran las señales de que la noche tocaba a su fin. Ese lunes por la mañana la señal fue un golpeteo en la puerta.

En los minutos que tardé en ir del dormitorio a la puerta de casa, alcancé a imaginarme que allí fuera estaba Liat, con el estetoscopio en la mano. También tuve tiempo de preocuparme por la eventualidad más plausible de que fuese su madre, con la mano extendida, preparada para abofetearme en la mejilla en cuanto abriera la puerta.

Pero era un hombre.

Sostenía en las manos una gran bandeja llena de dulces variados.

No recordaba de qué lo conocía, pero incliné la cabeza con humildad y dije:

Gracias, gracias de corazón.

Estuve a punto de añadir que no hacía falta, de veras que no, solo hacía mi trabajo. Pero se me adelantó.

Le acompaño en el sentimiento, afirmó con un marcado acento árabe. Ante mi gesto de extrañeza, siguió hablando. Su mujer ayudó a mi hijo. Gracias a ella mi hijo está vivo.

Lo observé con renovado interés. Iba vestido con una combinación inusual de pulcritud y desaliño: una chaqueta de profesor universitario sobre una camiseta y unas zapatillas deportivas blancas sucias que asomaban bajo unos pantalones de ceremonia.

Entre, dije, no se quede fuera.

Está bien.

Echó miradas rápidas a derecha e izquierda, y me ofreció la bandeja.

No hacía falta, es demasiado.

Una sombra de frustración endureció su mirada.

No me ofenda, se lo pido por favor.

Por cómo pasaba el peso de una pierna a la otra, pude deducir que, con toda probabilidad, padecía dolor lumbar crónico. Y que, como a mí, le era difícil estar de pie los primeros minutos después de salir del coche.

Cogí la bandeja.

Estaba a punto de irse, pero se lo pensó mejor. Se sacó el teléfono del bolsillo y me lo acercó. Un niño pequeño con un flequillo que casi le tapaba los ojos, muy grandes, y vestido con una camiseta del Barcelona me sonreía desde la pantalla.

Este es Omar, dijo. A los ocho años parecía que tenía tres. No crecía. Su corazón también era pequeño. Y los pulmones. Los sábados venía un ambulatorio móvil. Lo traían los judíos. El médico nos dijo que era muy peligroso. Y había que tratarlo con hormonas. Pero eran muy caras. No entraban en la seguridad social. Entonces, su esposa nos consiguió las píldoras. Nos las trajo ella misma a casa. Gratis. Cuando ella dejó de venir al ambulatorio, pregunté dónde estaba. Después quise ir a la *shivá*, pero nos confinaron.

Asentí.

Tenía usted una esposa..., empezó a decir, y después se detuvo para buscar la palabra apropiada. Era una mujer muy buena.

Cierto.

Islam rassek. Que su cabeza supere esta tragedia. Así decimos nosotros.

Gracias.

Ya'alla, ahora debo regresar al trabajo, dijo el hombre.

Giró sobre sus talones y me dejó con la bandeja gigante en la mano.

Dejé la bandeja sobre la mesa del comedor. Probé un trocito de *baklava,* de *knafeh* y de los otros dulces y, entretanto, reflexioné sobre la forma en que las parejas que llevan juntas muchos años se permiten transferir áreas enteras de la vida a la responsabilidad exclusiva del otro.

Yo era el encargado de los contactos con el banco. De la compra grande en el supermercado los fines de semana. De los formularios. De las multas. De las felicitaciones. De la revisión del coche de cara al invierno y del aire acondicionado de cara al verano.

Y Niva era responsable, entre otras cosas, de la conciencia política.

Los primeros años aún me proponía que participara en las actividades de los sábados.

Yo ya defiendo los derechos humanos de mis pacientes en el departamento, le respondía. Y es bastante difícil.

Sabía que esa respuesta contenía cierta superioridad hacia quien había escogido trabajar en una farmacéutica con ánimo de lucro. Quizás por eso ella tenía la necesidad, de la que yo me sentía exento, de trabajar por el bien común.

En los primeros años, todavía me explicaba las anécdotas del voluntariado. Intentaba atraerme con su entusiasmo. Me enseñaba fotos de los enfermos, me leía cartas de agradecimiento. Me animaba.

Venga, vamos, míster preocupaciones. ¿Hasta cuándo estarás sentado mirando?

Luego se dio por vencida. Y cuando le preguntaba cómo había ido me daba largas. Que estaba demasiado cansada para hablar. O desviaba la conversación hacia un plano ideológico, pronunciaba discursos inflamados y de nuevo se desilusionaba conmigo porque no estaba dispuesto a pensar como ella, cada vez más extremista. Acababa diciendo que no tengo espina dorsal ética.

Coloqué el resto de los dulces en una bandeja más pequeña y la envolví en film transparente para llevármela al departamento. Miré el reloj. En media hora tenía que salir para el trabajo. «Un poco justo, pero es lo que hay», pensé. Me acerqué al estante de los discos y busqué la banda sonora adecuada. Dudé entre varias opciones y al final opté por Cat Stevens.

Hay algo en su voz, decía Niva. Es limpia.

Y también:

Cómo toca la guitarra. Suena como si estuviera con nosotros alrededor de un fuego.

Puse la aguja en el surco antes de la primera pista de la canción y me senté en el sofá. Cat Stevens empezó con los primeros acordes. Y después a cantar *Where Do The Children Play*. Casi en un susurro, comencé a compartir con Niva, en mi cabeza, el dilema que me torturaba. Al principio se rio, me dijo que las sesiones de espiritismo no eran lo suyo. ¿Y qué pintaba Cat Stevens en esto, si se había convertido al islam? Después se puso seria. Y escuchó.

De camino al hospital, llamó el abogado.

Han llegado los resultados de Genetics, dije antes de que lo preguntara.

¿Y bien?, quiso saber, con una voz tensa como una cuerda de violín.

No hay ninguna relación de sangre entre Liat y yo.

Vale..., respondió; arrastró la última vocal, dejando caer un «qué le vamos a hacer», y me lo imaginé acariciándose la corbata.

Reinó el silencio en la línea. Un malabarista con una gorra volteaba pelotas en el aire en un semáforo. Se le cayó una, la recogió y siguió a lo suyo. Un pensamiento me cruzó la mente, aquella podría ser la última vez que condujera por esa carretera camino del hospital. Después de todo, la comisión tenía la facultad de ordenar mi suspensión inmediata. Y luego vendría la caminata hacia el departamento bajo miradas de fuego que me asaltarían desde todas partes. Y luego meter mis pertenencias en una caja. Y luego la bajada en ascensor al aparcamiento. Un descenso interminable. Y luego la noticia en el periódico y Yaela telefoneándome en plena noche. El tono sorprendido. Más sorprendido que horrorizado. Y me preguntaría si era cierto, si de verdad había hecho lo que decían que había hecho.

¿Ha documentado por escrito el desarrollo de los acontecimientos?

El abogado interrumpió mi secuencia de escenarios terroríficos.

Sí, por supuesto, respondí.

Entonces, le propongo que esta tarde repase lo que escribió y ensaye. Por si le hacen una pregunta para la que no tiene respuesta.

De acuerdo.

Mientras, prepararé la defensa. He encontrado algunos precedentes interesantes. Incluso si lo suspendieran, no hay motivo para que pierda también sus derechos sociales. Nos reuniremos en la entrada del despacho del director general a las nueve menos cuarto de la mañana.

Leí lo que había escrito hasta el momento y durante la lectura me di cuenta de que esas páginas contenían todo lo que no podía decirle a la comisión. Inconscientemente, pero de modo sistemático, anoté lo que debía quedar fuera del debate para no causar más dolor a Liat.

«Entonces, ¿qué será de mí? –me dije. El escalofrío del condenado me recorrió el cuerpo–. ¿Qué diré en mi defensa cuando me siente en la silla mañana? ¿Cómo me refugiaré de las miradas incrédulas de las personas, algunas de las cuales me conocen o han estudiado conmigo o tal vez trabajaron algún tiempo con Niva? Ya no soy un niño, no puedo huir y encerrarme en el baño con un ejemplar de *Dune* hasta que pase la tormenta. ¿Y qué diablos haré después, si solo sé ser médico? No tengo títulos de patrón de barcos ni de guía turístico, mi profesión soy yo».

Para amortiguar la ansiedad, miré el decisivo quinto set de la final de Roland Garros. Roger Federer, de treinta y siete años, contra Novak Djokovic, de treinta y uno. En realidad, era una repetición del partido. Lo bueno de estar solo es que no hay peligro de que alguien te descubra el final sin querer.

Federer era líder. Como siempre, tenía más elegancia e incluso ganó algunos juegos. Pero al final, como era de esperar, perdió frente al serbio, más joven y elástico.

Antes de acostarme, descargué de Google por última vez la foto de Liat en la carrera de orientación e hice un poco de *zoom*. La camiseta amarilla de tirantes resaltaba su piel oscura, el cuello le brillaba por el sudor y la medalla de oro le colgaba dos dedos por encima del canalillo, exactamente donde se había deslizado mi mano.

Solo después de haber mirado un buen rato la fotografía me di cuenta de que mi ritmo cardíaco había aumentado. Tenía la boca seca. Y, contra mi voluntad, el deseo comenzó a apoderarse de mí.

Cerré la pantalla, asustado.

¿Dónde te habías metido? ¿Por qué no contestas al teléfono?

El abogado me recibió a las nueve menos cuarto en el despacho del director general.

Tenía el móvil apagado, le expliqué. No quería distracciones antes de la audiencia.

¡La audiencia se ha anulado, doctor!

¿Cómo?

¡Ben Abu ha retirado la denuncia!

Las secretarias de Spitzer fingían no escuchar la conversación, pero los tendones de los cuellos indicaban que no se estaban perdiendo ni una sola sílaba.

Conduje al abogado fuera del despacho.

¿Qué significa que ha retirado la denuncia? ¿Por qué ha hecho algo así?, pregunté en voz baja, casi susurrando, y, de golpe, me vino a la mente una hipótesis: ¿y si Yafit se lo había contado todo para prevenir el golpe?

No lo sé, doctor, declaró el abogado, feliz, con voz demasiado alta. Tampoco me importa.

Entonces, ¿eso es todo? ¿Así de simple? ¿La vida sigue adelante?

Sin denuncia no hay comisión, sentenció él. Spitzer ha pedido hablar contigo a solas, supongo que por el placer de decir la última palabra.

Mira eso, Asher.

Spitzer estaba de pie junto al acuario. Me hizo señas para que me acercara.

Lo hice.

Señaló un pececillo plateado con rayas negras en diagonal que nadaba a una velocidad notable alrededor de una pequeña roca en la esquina.

Estaba solo, así que le traje una compañera. ¿Y él qué hizo? Se la comió. Y no hay modo de averiguar por qué actuó así. Pero ya se acabó.

Asentí.

Ven, sentémonos.

Tomé asiento.

Se encendió la pipa y me dedicó una gran sonrisa.

¿Has oído mi suspiro de alivio a las siete de la mañana? ¿Ha llegado hasta tu casa?

Le devolví la sonrisa por instinto.

Asher, Asher, prosiguió, no tienes ni idea de lo contento que estoy de que todo haya pasado. Esta historia me abrumaba.

Yo también estoy contento de haberla dejado atrás, Ran.

Pero, Asher, se inclinó hacia mí y apoyó casi todo el cuerpo en la enorme mesa vacía, debemos asegurarnos de que no vuelva a suceder.

Claro.

Ya no es como antes, Asher, hay aplicaciones.

¿Aplicaciones?

Puedes conocer mujeres con facilidad. De todas las clases y colores. Tienes que abrirte un perfil. Y las cosas andarán solas. Se puede encontrar el amor con las aplicaciones. Y también consuelo. Ya sabes a lo que me refiero. Demasiada soledad es peligrosa, Asher. El exceso de soledad es la primera razón por la que se cometen estupideces. Cuando una persona está sola, cuando se aísla demasiado tiempo, empieza a perder el contacto con la realidad. Y piensa, por ejemplo, que puede gustarle a una chica que podría ser su hija. ¿Entiendes lo que te quiero decir?

Lo entiendo.

Y, además, las residentes y las enfermeras no son una buena idea, Asher. Esta vez te has librado de milagro. Un gran milagro. No tengo ni idea de por qué Ben Abu ha retirado la denuncia. A veces es porque no tienen el valor de revivir la experiencia ante la comisión. Por eso se archivan muchos casos de acoso sexual. No es por falta de pruebas. Pero si hubiera otra denuncia, Asher, una sola, eso ya marcaría una pauta. Y la pauta es lo determinante en estos casos. Entonces, con todo el respeto y la amistad que tenemos, te digo que volarías lejos de aquí a la velocidad de un cohete. ¿Lo entiendes?

Sonó el teléfono. Alzó el auricular y cubrió el micrófono con una mano.

Es la oficina del viceministro. Tengo que responder. De ahora en adelante solo buenas noticias, ¿eh, Asher?

Caminé hacia el departamento. Las puertas automáticas se abrieron sin dilación ante mí. Me puse la bata blanca y me preparé para hacer la ronda, con el grupo de residentes siguiéndome. Naturalmente, Liat no estaba. Nadie la mencionó. Nadie preguntó en voz alta dónde se había metido Liat Ben Abu. Pasamos de cama en cama. A mí me rondaba por la cabeza una de las frases que había dicho Liat en una de las conversaciones en el carrito del café: «Siempre nos damos prisa en salir de la habitación de los enfermos, como si huyéramos de algo». El zumbido de las máquinas se escucha desde cualquier dirección. Se oye mucho. Pero ese día, por alguna razón, era más consciente de ello. Con los primeros pacientes dudé un poco. O, mejor dicho, estuve algo ausente. Poco a poco mi voz se estabilizó y volví a ser dueño de mí mismo. En la última cama yacía una mujer de cincuenta años que sufría unos dolores intensos. Gemía cada vez más alto mientras nos acercábamos a ella. A veces, los pacientes se comportan de ese modo en presencia del médico, como los niños cuando quieren llamar la atención de los padres. Le hice algunas preguntas. Fui compasivo. Finalmente, me dirigí a uno de los residentes y le pedí que resumiera el caso. Detalló todas las pruebas y radiografías que le habían hecho para localizar el origen del dolor y concluyó con un diagnóstico: fibro.

No nos precipitemos en diagnosticar fibro, le dije.

Propuse otras dos pruebas más.

La mujer dijo:

¿Puedo preguntar qué significa «fibro»?

Le expliqué que es la abreviación de «fibromialgia», unos dolores que no tienen explicación médica inmediata.

¿Qué significa que no tienen explicación?, gimió la mujer. ¿Para eso llevo hospitalizada una semana? ¿Para oír que no saben lo que tengo?

Existe un grupo de enfermedades, mantuve un tono sosegado, no permití que se me notara en la voz la más mínima pizca de impaciencia, que se denominan «enfermedades criptogenéticas» y su causa es desconocida. Eso no significa que no se puedan tratar o aliviar y en ello nos centraremos si las pruebas adicionales no nos revelan la causa médica de su dolor.

Pero me duele mucho, doctor, dijo ella.

Lo sé, sé que es muy molesto. ¿Quiere que aumentemos la dosis de los analgésicos?, pregunté, y ella asintió.

Saqué la jeringuilla con la morfina que llevo siempre en el bolsillo, se la di a un residente y le dije a la paciente:

Volveré a las tres para ver cómo se encuentra. Pero no me mate si me retraso unos minutos.

Ella sonrió. Una sonrisa de persona enferma, que siempre lleva algo de melancolía, pero una sonrisa, al fin y al cabo. Esa frase siempre me funciona. Y no me importa que los residentes la hayan oído mil veces.

Seguí atendiendo en cirugía. Y en rayos X. Volví a su cama a las tres y cinco. Estaba durmiendo. Le escribí una nota:

> Espero que los dolores se le hayan aliviado, nos veremos de nuevo mañana por la mañana en la consulta médica de las 09:00 h.
>
> Saludos,
>
> Doctor Caro

La enfermera se la daría cuando se despertara. La incertidumbre es peor que el dolor, lo aprendí a lo largo de los años. Pasé por el cuarto de la enfermera jefe para pedirle algunas pruebas. No dudó en responder a mis preguntas y, entre otras cosas, me contó que Jonás, el de la amputación, permanecía estable tras la cirugía y pronto regresaría a mi área para que le controlásemos la diabetes. La muerte había venido a visitarlo, pero había dado media vuelta y se había marchado.

Me quité la bata y me fui para casa. Abrí la ventanilla del coche para dejar que el ambiente entrara dentro. Fuera, los campos florecían de amarillo, pero aún no era del todo primavera. Cada año, Niva enronquecía justo en ese momento del cambio de estación. Y cuando vivíamos en Toronto llegó a quedarse afónica.

Debería haberme sentido aliviado. En cambio, notaba acidez de estómago, como si tuviese un reflujo de emociones, como si el ardor que me subía hasta el esófago se debiera a emociones ácidas.

En casa, encendí el móvil de Niva y contemplé el salvapantallas: nosotros cuatro a punto de entrar al concierto de Bob Dylan en el Royal Albert Hall de Londres, felices de haber conseguido entradas en el último momento a través de un especulador. Aún no sabíamos que el concierto sería un desastre, sobre todo cuando cantó sin alma *Blowing in the Wind*, después de la cual, probablemente en señal de protesta, uno de los espectadores se desmayó. Y así es como me encontré, tras haber oído gritar «¿Hay algún médico por aquí?», intentando que recuperara el sentido en un cuartito, mientras el público aplaudía con la esperanza vana de que Dylan se comportara como una persona y diera un bis.

Me concentré en la mirada de Niva en la fotografía. Toda ella era satisfacción. Tenía una capacidad extraordinaria para sentirse satisfecha. Complacida.

A mí siempre me faltaba algo. Me ha faltado siempre algo.

Entré en los mensajes. Dudé, luego decidí entre varias versiones y, finalmente, mandé a Liat una sola palabra:

Gracias.

No me respondió. La doble *check* gris, ahora azul, me confirmó que había visto el mensaje.

Su página de Facebook permaneció inactiva las dos semanas siguientes.

La consultaba sin cesar, incluso en las llamadas por Skype con Asaf y Sara, que se hicieron más frecuentes debido al deseo de los dos de preguntarme sobre el embarazo, que avanzaba...

Navegaba por el perfil de Liat. Debajo de la mesa.

Y siempre descubría que no había subido ninguna foto. Ni había escrito ningún texto incendiario contra los médicos *seniors* que se sirven de su posición de poder para acosar a jóvenes residentes.

Mientras rellenaba formularios de alta, agucé el oído y escuché cómo la mujer chismosa, después de un rato, explicaba a una de las enfermeras que la doctora Ben Abu se había tomado un año sabático de la especialización y se había ido a Bolivia con una misión de Médicos Sin Fronteras. Después, mientras yo fingía estar hurgando en los archivos de los pacientes, pasó a hablar a la enfermera de los resultados de una prueba genética que se había hecho su marido hacía poco.

No te lo vas a creer, dijo.

¿El qué?, preguntó, curiosa, la enfermera.

El nueve por ciento de sus genes provienen de Australia.

Pero ¿qué dices?

Parece ser que un aborigen lo hizo con la abuela de su abuela. Este año tendremos que ir a Australia en busca de sus raíces.

Las dos soltaron una breve carcajada. Una risa de puesto de trabajo. La risa de dos mujeres con una gran responsabilidad sobre sus hombros y que saben que pueden dejarla de lado solo un momento. No más.

Un dolor agudo me atravesó las lumbares mientras continuaba con los formularios.

Para no ponerme de pie encorvado y revelar mi dolencia a todo el mundo, me quedé sentado, transformé la silla de oficina en una silla de ruedas improvisada y me arrastré con ella de cama en cama, sin levantarme, durante todas las consultas.

Después, cuando el dolor ya había cedido algo, bajé al carrito del café y esperé en la cola, pero al llegar mi turno no fui capaz de comprar nada. La empleada me lanzó una mirada inquisitiva y preguntó:

¿Qué desea, señor?

La miré.

¿Le importa que me quede un momento aquí, junto al mostrador?

Ella asintió y dijo:

Basta con que se haga a un lado, señor, para que la cola pueda avanzar.

Me moví un poco, me puse delante de las bolsitas de azúcar. Me sostuve la zona lumbar con una mano para no doblarme sobre mí mismo, para no desplomarme en el suelo, para no quedar postrado a los pies del carrito, bajo los ojos de los enfermos y los transeúntes. «¿Qué hace un médico los días que no está en condiciones de ejercer como médico, cuando la vida le viene grande?», oí en la voz de Liat.

Unos meses más tarde, sonó el teléfono de Niva. Había un mensaje. Lo cogí esperando encontrar, como siempre, la propuesta de alguien que quería interesarla en un proyecto conjunto. Tendría que comunicarle la amarga noticia.

En el mensaje, esta vez, había una fotografía.

Me tomó unos segundos reconocer a Liat. Se había cortado el pelo al rape y se parecía a una cantante irlandesa. O'Connor creo que se llama. Los ojos se le habían agrandado y brillaban en su tez bronceada.

Llevaba una bata blanca de médico sobre una camiseta negra y un pantalón con bolsillos laterales. Su sonrisa era tan generosa, tranquila y confiada que hasta el estetoscopio que descansaba sobre su pecho estaba alegre.

Tenía en brazos a una niña indígena, de cuatro o cinco años. De nariz chata, labios gruesos, el pelo negro con una raya irregular en medio y recogido en dos coletas. Vestía una especie de tela, o saco, y en la muñeca llevaba dos cordones, uno verde y otro amarillo.

La niña no miraba a cámara. Tenía los ojos clavados en Liat, como queriendo decir: «Cuento contigo. Confío en ti. Qué haría sin ti».

Bajo la fotografía, Liat había escrito una sola frase del libro que nos gustaba a los dos: «Una buena enseñanza se conoce porque despierta en ti la sensación de algo que siempre has sabido».

Al cabo de unos días, Asaf me comunicó por Skype que los análisis que tanto les preocupaban eran normales. Y que Sara se sentía mejor.

¿Tal vez sea más apropiado dar a luz en Israel?, pregunté.

Y él respondió:

Creo que no, papá, nuestra vida está aquí.

Y después de un breve silencio, añadió:

Pero tú estás invitado a venir. O sea, he hablado con Sara y los dos estaremos encantados si Niva... ¿Te he dicho que Sara está de acuerdo con el nombre?

Me lo escribiste.

Pero no dije que en lugar de alegría había sentido una tristeza abismal porque la Niva grande no fuese a conocer a la Niva pequeña. Por eso no logré responderle.

En resumen, prosiguió Asaf, sería fantástico que Niva conociese a su abuelo *from day one.* Y, además, ¿qué mejor que tener un médico privado cerca? ¿Podrías pedir vacaciones no retribuidas por uno o dos meses? Más o menos desde principios de octubre...

Compré un billete de ida a Montreal. El de vuelta no.

Después, puse el disco de Schubert en el tocadiscos. *Sonata para piano número 13 en la mayor.*

Ta-ta-tam, tam-ta-ta-tam.

El amado motivo abre la pieza y luego se va entretejiendo y cada vez es algo distinto.

Como un juego de niños.

Como una invitación al baile.

Como las palpitaciones después de un casi accidente.

Como una reprimenda severa.

Como el alivio después de un dolor.

Como la pérdida de algo que acabas de conseguir.

Al otro lado de mi ventana, la tarde se va transformando en noche. La casa está vacía. No llegan las voces de los niños desde el salón, en la ducha el agua no corre por el cuerpo de Niva. La sonata de Schubert suena de fondo, a volumen bajo.

Si debo confesarlo todo, este es el momento.

Un hombre se adentra en el vergel*

Febrero de 2017

Ofer y yo vamos cada sábado al vergel. Antes íbamos con los niños. Ahora ya son mayores y les gusta despertarse tarde los sábados. Nosotros nos levantamos temprano. Yo tomo café. Ofer un sucedáneo de café hecho a base de dátiles. Nos vestimos con ropa de deporte. Tras un trayecto de unos minutos, dejamos el coche cerca de la barrera, aunque suele estar abierta y muchos entran y siguen adelante con el vehículo. Dentro hay un carril bici que abrieron hace unos años; nosotros caminamos por él y, si viene una bicicleta, nos arrimamos al borde. Tres meses al año, los árboles producen frutos, desde diciembre hasta finales de febrero. Naranjas, pomelos, mandarinas. Una vez, uno de los agricultores probó a plantar pomelos rosas. Parece que no tuvo éxito, porque nunca más los vimos.

Cuando hay fruta, cojo una pieza para el camino y Ofer siempre protesta. Dice que no está bien, que me comporto como los israelíes que roban los grifos en los hoteles.

* Pardés es la palabra hebrea de Paraíso, jardín del edén o vergel. El título y la narración se refieren a un episodio del Talmud (Jaguigáh 14b), la historia de los cuatro sabios del Paraíso. Esta historia nos habla de cuatro grandes sabios que lograron entrar en el Paraíso: Ben Azai, Ben Zomá, Ben Abuya y Rabí Akiva. El Talmud dice: Ben Azai vio y murió. Ben Soma vio y enloqueció. Ben Abuya vio y apostató; solo Rabí Akiva salió en paz como había entrado. [Nota de la traductora.]

La naturaleza es de todos, respondo, y le ofrezco un gajo.

Él siempre cede y se lo come. Ese sábado, ahora que lo pienso, no lo hizo. Le di un trozo de una naranja jugosa y no lo cogió. Pero ¿cómo iba a pensar que se trataba de una señal? Bajamos, como de costumbre, en dirección a la colina de basura. Como hace años que no se usa de vertedero, el Ayuntamiento quiere denominarla «colina del amor». Luego giramos a la derecha, hacia la depuradora de aguas residuales. Acostumbramos a seguir un poco más allá para ver las casas del *moshav*, el pueblecito vecino, pero esta vez el olor era más fuerte que de costumbre y le dije a Ofer entre náuseas que quería regresar. Él me puso una mano en el hombro y afirmó:

Claro, no hay problema.

En el camino de regreso nos cruzamos con dos corredores; uno nos dio los buenos días. En general, Ofer daba los buenos días primero y los otros respondían, una costumbre que había adquirido en la época que vivió en América con su primera esposa. Allí consideraba el *good morning, good morning* la quintaesencia de los estadounidenses. Ahora era él quien lo hacía. Después de que pasaran los corredores, se quedó callado. Yo sabía que era porque les tenía un poco de envidia. Antes de la enfermedad él también corría, incluso había terminado la media maratón de Tel Aviv. En cualquier caso, estoy segura de que podría localizarse a los dos hombres y que confirmen que en aquel punto Ofer y yo caminábamos juntos y no estábamos riñendo ni nada parecido.

No es que nunca riñéramos durante los paseos de los sábados. Yo me enfado mucho más que él y algunas veces le he dicho:

¡No quiero hablar más! ¡Déjame en paz, desde aquí sigo yo sola!

Él me esperaba y, entretanto, hacía estiramientos en una de las rocas. Porque, así como me caliento rápido, también me enfrío enseguida. Y cuando volvía de mi paseo ya sentía algo de nostalgia, me atraía con su pantalón de deporte y su camiseta blanca.

Siempre blanca. Y pensaba: «Este hombre tan guapo es tuyo. No hagas como tu madre, que desperdició su vida con rencores mezquinos hasta que a papá le dio un infarto y murió y entonces lo santificó y cada viernes iba a su tumba a contarle el acontecimiento de la semana en Israel y en el mundo».

Yo no pienso que Ofer esté muerto. Aunque sepa que, cuantos más días pasan sin que aparezca, más probable es. Aunque cada noche sueñe que su lado de la cama se transforma en un abismo.

¿Por qué cosas peleábamos? Por los hijos, seguro. Sobre todo cuando eran pequeños. Yo no comprendía que fuera tan tranquilo con ellos. Él no entendía que yo estuviese siempre tan tensa. Yo no soportaba que me asignara el papel de mala. Él no aguantaba que los criticara. No me entusiasman los psicólogos y no tenía ganas de participar en aquella terapia de pareja, pero se me quedó grabada una frase que dijo Ami, el psicólogo, en una de las sesiones: «Hay padres que aman a sus hijos de abajo arriba y otros que los aman de arriba abajo». Es decir, algunos padres tienen que aliviar sus preocupaciones antes de admirar a sus hijos y otros necesitan admirar a sus hijos para poder ver lo que todavía les preocupa.

Esa frase me aclaró las ideas. Y tal vez también a Ofer. O quizás los niños simplemente crecieron y se entregaron a sus móviles (Matán) o a sus amigos (Ori) y nosotros ya solo podemos agradecer cada momento en que nos conceden el favor de su presencia.

¿Por qué más nos peleábamos? Inmobiliarias. Y sexo. Yo quería que pidiésemos un préstamo para invertir en un apartamento, pero él decía que eso es cosa de ricos y no estaba dispuesto a someterse a tanto estrés. Y por otro lado, en cuanto cambió la dieta, perdió el deseo de acostarse conmigo. O la dieta le sirvió de excusa y en realidad después de dieciocho años juntos ya no le excito. De todos modos, es humillante. Es humillante que tengas que ser tú la que siempre toma la iniciativa y es humillante que no se le ponga dura cuando está en la cama contigo y que se la tengas que chupar durante horas para despertarlo. Y lo más humillante de todo es sentir que el favor te lo está haciendo él a ti.

Alguna vez le propuse que tomara Viagra. Para avergonzarlo y porque pensaba que podría ayudarle. Pero eso solo lo distanciaba un poco más. Viagra, qué va, ¿qué era él, un viejo de cien años? Y también me respondía que estaba en contra de los medicamentos, que lo sabía de sobra. O no decía nada, me daba la espalda, se iba a la terraza e invitaba a Ori a una de sus conversaciones íntimas. O se marchaba con Matán a ver un partido de básquet del Hapoel Jerusalem. O programaba reuniones de la asociación a última hora de la tarde. Lo que fuera con tal de llegar a la cama cuando yo ya estuviera dormida.

No hace mucho le conté a Ofer las historias de los hombres que habían intentado seducirme, con la esperanza de que eso lo excitara. Algunas eran verdaderas, otras imaginadas. Por ejemplo, me inventé la figura de un hombre treintañero, Nitai. Cada vez exageraba más los detalles: primero Nitai solo me ponía ojitos. Después me decía que le gustaba la falda que llevaba. Más tarde empezó a insinuárseme con frases como «Hueles de maravilla, ¿es perfume o te has echado crema?», «Ese escote debería ser ilegal», «¿Te gustaría tomar algo después del trabajo?».

Sal a divertirte con él si te apetece, me dijo Ofer en uno de nuestros paseos por el vergel.

Utilizó un tono que me hizo dudar: no sabía si se estaba esforzando en sonar indiferente o si realmente no le importaba. Lo cual me asustó mucho.

Pero qué dices, si es un crío, no me interesa nada, me interesas tú.

Estoy intentando reconstruir los últimos minutos. Íbamos de la mano, sí, cogidos de la mano. Estábamos de buenas esa mañana. Nos pasó una furgoneta con trabajadores tailandeses dentro. Tres. O quizás cuatro. Llevaban el rostro cubierto con una especie de capucha y uno de ellos agitó la mano para saludarnos. Durante un tiempo corrió el rumor de que los tailandeses del vergel comían carne de perro y que los perros perdidos del vecindario en realidad los habían secuestrado ellos, que los tenían en su choza, detrás de la colina de basura, hasta que los cocinaban en una olla enorme por la noche. Yo no creo que le hayan hecho nada a Ofer. Y el rumor de los perros me parece puro racismo. En realidad, estoy citando a Ofer, eso es lo que dijo él: «Puro racismo».

Después de pasar los tailandeses, oímos una música, lejana. Música trance de una fiesta. Y Ofer afirmó:

Una *rave* en la naturaleza.

Y yo contesté:

¿Cuánto tiempo hace que no vamos a una?

Y Ofer dijo:

Desde la del mar Muerto.

Y yo dije:

Puede ser.

Y Ofer preguntó:

¿Dónde será?

Y yo respondí:

Viene de la colina de basura, ¿no?

Y Ofer me corrigió:

Ahora es la colina del amor.

Y yo señalé:

Hay un claro entre la colina y las barracas de los tailandeses. Es perfecto para una fiesta.

Y Ofer dijo:

Podría ser cerca de los establos de los caballos.

Y yo dije:

Puede ser.

Entonces, nos quedamos en silencio unos momentos, porque habíamos llegado a la subida empinada que hay antes de la barrera para los coches y no es fácil hablar y trepar al mismo tiempo.

Me muero de ganas de hacer pipí. ¿Me guardas el teléfono un momento?, me preguntó Ofer al término de la cuesta y yo le dije que sí.

Se adentró en el sendero entre dos hileras de árboles. Lo esperé en el camino. Un minuto. Otro más. Y otro.

Y no salió.

Lo telefoneé. Su móvil vibró en mi bolsillo y recordé que me lo había dejado. Entré en el sendero y grité:

¡Ofer! ¡Ofer!

Y no respondió. Mi corazón empezó a latir más rápido. Aparté las ramas y busqué entre el follaje verde y el color de las naranjas el blanco de su camiseta, pero no lo vi. Volví a la carretera. Pensé que quizás me había equivocado de sendero y que mientras yo entraba él salía. Pero no estaba allí. Justo en ese momento, un anciano con un casco venía hacia mí. Le hice señas para que se detuviera y le pregunté si había visto a un hombre con un pantalón deportivo corto y una camiseta blanca y dijo que no. Preguntó qué había pasado. Se lo conté.

¿Quiere que la ayude a buscarlo?

No lo sé, no quiero molestarle, a lo mejor exagero.

Él se quitó el casco y dijo con el tono de un veterano de guerra:

Señora, esto es Israel, hay que estar siempre alerta.

Y volvimos a adentrarnos por el sendero entre los árboles. Y volví a llamar a Ofer. Y de nuevo no dio señales de vida. El veterano también lo llamó con su voz ronca. Entonces regresamos a la carretera y de tanta angustia rompí a llorar. Hacía años que no lloraba. Y otros ciclistas y paseantes se detuvieron junto a nosotros para preguntar qué ocurría. Y de repente no pude hablar. No salía ni una palabra de mi boca. Se lo explicó el veterano. Y alguien dijo:

Que llame a su casa. A lo mejor ya está allí.

Lo hice, llamé a Ori. Me respondió con voz somnolienta e irritada. Estaba durmiendo. Quise preguntarle si papá había ido a casa, pero no logré pronunciar la frase. Alargué el teléfono al veterano.

Buenos días, hijita, estoy aquí, con tu mamá, que desea saber si tu papá está ya en casa.

Oí la voz de Ori, que decía:

Un momento, voy a ver. Tardó un poco. No.

A continuación, todos los ciclistas o caminantes que se encontraban aquel sábado en el vergel se unieron a la búsqueda. También vino Ori. Matán se quedó en casa. En ese entonces no sabía por qué. Las personas caminaban entre los árboles, pisando hojas y frutas podridas, buscando a un hombre que se pareciese al de la foto que encontré en el móvil. Esa foto ya tiene unos años, la sacamos en un evento de la asociación. Está de pie junto a los benefactores, con un traje que le queda algo grande, la nuez de Adán le sobresale, como siempre, el pelo lo lleva despeinado y los ojos, que son la razón por la que me enamoré de él, brillan ante la cámara. Cuando se emociona, despiden chispas amarillas. Eso les querría haber dicho a todos los que llegaban. Cuando se ríe, son casi tan oblicuos como los de los tailandeses. Pero mi garganta no funcionaba. Era como si a la altura de la campanilla tuviese un cortafuegos que impedía el paso de las palabras. Así que, sencillamente, mostraba la foto a quien me la pedía y me quedé de pie en la carretera, paralizada de terror. No podía mover las piernas. Ni las manos. Y cuando el sol estaba ya alto en el cielo alguien se acercó y me preguntó:

¿Ha llamado a la Policía?

Y otro dijo:

No vendrán, el procedimiento es esperar veinticuatro horas antes de dar por desaparecida a una persona.

No si hay sospecha de ataque terrorista. Usted, señora, debería decir que ha visto una *kufiya* entre los arbustos o algo así.

Pero yo no podía decir nada. Nada de nada. Le di el móvil al veterano, que telefoneó a la Policía y soltó en tono autoritario a la persona del otro lado que no había tiempo que perder, que era imposible saber quién había tendido una emboscada a Ofer en el vergel. Podría tratarse de un ataque terrorista y quien entiende de secuestros sabe que las primeras horas son cruciales. En sus silencios entre frase y frase, que se hacían cada vez más largos, comprendí que los policías estaban impresionados por sus advertencias y, en efecto, unos minutos después, o un poco más, en ese punto había perdido la noción del tiempo, llegaron los agentes y cerraron la zona con vallas, porque si se trataba de un comando terrorista existía la posibilidad de que sus integrantes todavía estuviesen por los alrededores. Y con todo el respeto a la movilización general, no era aconsejable que simples ciudadanos sin armas ni supervisión vagaran entre los árboles.

Me preguntaron si tenía idea de alguien que pudiera estar interesado en dañar a Ofer. Lo negué con la cabeza. Aun así, durante el viaje a la comisaría, mandé un mensaje a Dan:

¿Estás ahí?

Y él respondió:

Quedamos que en sabbat no.

De todos modos, le escribí:

Ofer ha desaparecido.

Y él respondió:

¿Qué dices?

Y le pregunté:

¿Has contado a alguien lo nuestro?

Y él respondió:

> Qué te parece si...
> No puedo seguir escribiendo, estamos en plena comida familiar.

Y esperé un poco para ver si escribía algo amable como «abrazos» o «seguro que todo irá bien». Pero ni siquiera añadió su habitual instrucción: «Bórralo». Decidí que no importaba cómo concluyese lo de Ofer, lo de Dan y el apartamento de su abuela en Jolón se terminaría. En realidad, sabía que mi decisión no valía para nada.

En comisaría, me metieron en una habitación sin ventanas y me dejaron allí una hora. O tres. El tiempo fluye distinto, como en un sueño del que quieres despertar. Y, aunque golpees las paredes, no lo consigues. Después me sacaron de la estancia sin ventanas y me llevaron a otra con ventanas en la que había una inspectora, que se presentó a sí misma como Tirtza, con un corte de pelo recto y el cuello almidonado. Me recordó a Hana Puterman, la profesora de Talmud que una vez me dijo delante de toda la clase:

Heli Dagan, ¿por qué te espatarras al sentarte? Cierra las piernas.

La inspectora me hizo varias preguntas antes de darse cuenta de que no podía responder.

¿Cómo son las relaciones con su esposo? ¿Estaba atravesando un momento de crisis? ¿Tenía tendencias suicidas? ¿Se involucraba en actividades políticas? ¿Poseía algún arma?

Y también añadió:

Estamos revisando varias líneas de investigación. Míreme a los ojos, Heli. Que le quede claro que callarse no le hará ningún favor.

Solo entonces me di cuenta de que yo misma era una de las líneas de investigación y presioné las rodillas, una contra la otra.

Antes de que me regañase también por eso, tomé una hoja de papel y un bolígrafo que había sobre la mesa y escribí:

Estoy en silencio porque he perdido la voz. No es que tenga algo que esconder. Creo que estoy medio en shock.

Y vi que su ojo derecho se redondeaba con empatía mientras el izquierdo seguía sospechando de mí, porque una inspectora como Tirtza seguro que ya ha oído de todo.

Entonces, escriba, me dijo. Si no puede hablar, escriba su versión de los hechos.

No entendí qué quería decir. ¿Qué otra versión podía haber? Ofer entró en el vergel y no salió. En el momento en que ocurrió no había nadie cerca. ¿Quién, sino yo, podía explicar lo sucedido? La inspectora me dio un bolígrafo y un bloc con hojas amarillas y dijo:

Adelante. Viendo que abría los ojos de par en par, se explicó. Yo creo que usted está conmocionada, pero mientras no se demuestre lo contrario no se puede descartar por completo la posibilidad de que usted esté involucrada en la desaparición de su esposo. Y aunque pueda resultar desagradable, nosotros debemos hacer nuestro trabajo. Ahora mismo estamos analizando su teléfono móvil. Incluso los mensajes que aparentemente se han borrado. Y hemos mandado a una policía a su casa para recoger su ordenador portátil. Sabremos de usted todo lo que necesitamos saber, Heli. Y hasta ahora ya sabemos bastante: emigró de Argentina a Israel a la edad de siete años. Su padre era un opositor de la Junta Militar, lo secuestraron durante unos meses, lo mantuvieron en un escondite y lo liberaron de repente, bajo la condición de salir de inmediato del país. Hasta aquí todo es cierto, ¿no? En el ejército usted sirvió como instructora de preparación física para las unidades de combate y estuvo una semana en una prisión militar por haber sido grosera con su comandante. Tiene el título de buceo y el permiso de conducción de camiones, hace cinco años que es educadora voluntaria en un centro de acogida de nuevos inmigrantes, bien por usted, y ha sido nombrada mejor jugadora de la temporada en Mama-net y empleada destacada en la empresa de logística donde trabaja como gerente financiera. Y les sigue ocultando a sus colegas que le falta un trabajo para obtener el máster. ¿Comprende, Heli? No vale la pena que intente ocultarnos información. Cuantos más detalles nos cuente, mayores serán nuestras posibilidades de encontrar a su marido.

Quería decirles que estaban completamente, pero completamente equivocados. Pero no tenía modo de hacerlo.

Así que tomé la hoja y escribí todo lo que había sucedido desde el momento en que salimos a pasear por el vergel, minuto a minuto.

Luego dejé una línea en blanco, como si hubiera pulsado «intro» en el ordenador, y añadí una pregunta:

> *¿Y la hipótesis del ataque terrorista? ¿De veras trabajan en ella o han decidido concentrar todos los esfuerzos de la Policía israelí en mí?*

Ella cogió la hoja, leyó lo que había escrito y asintió lentamente, como si estuviese decepcionada.

Entonces, dijo:

Las características de la desaparición de su marido, señora Raz, no apuntan a un ataque terrorista. No ha habido ninguna alerta de posibles atentados en esa zona. Ninguna organización ha reivindicado el secuestro. Aun así, nosotros, junto con otras agencias de seguridad, estamos trabajando para descartar tal posibilidad. Entiendo que esté preocupada, pero necesito que me ayude a ayudarla. Lo que ha escrito, señaló la hoja, no basta. Me ha proporcionado información básica. Gracias. Pero me hace falta que profundice más, incluso en cuestiones que no son tan agradables de tratar, ¿de acuerdo?

Mientras asentía, pensaba en Dan, pero la mujer siguió hablando:

Para empezar, me gustaría que me escribiera cinco cosas que la gente no sabe de Ofer. Y, por favor, que no sean cosas que le parezcan relevantes para la investigación. Usted no puede saber qué es o no relevante para nosotros. A veces, son las cosas aparentemente insignificantes las que nos dan la pista que buscamos.

Se quedó con la hoja, pero recuerdo perfectamente lo que escribí:

1. Su enfermedad. Autoinmune. Muy rara. Ataca solo a una de cada cien mil personas. Ofer decidió tratarla a través de un cambio drástico de alimentación y mucho yoga. Para asombro de los médicos, tiene bastante éxito. Los ataques casi han desaparecido. Sin embargo, hay cosas que no puede hacer. Como correr una media maratón o remar en un kayak. O llevarme en brazos a la cama.
2. Su primera esposa era más guapa que yo, pero una loca de atar. Entre otras cosas, le lanzó un cuchillo y trató de atropellarlo con su 4×4. Huyó de ella y de los Estados Unidos a medianoche, sin dejar ni una nota de despedida. Y volvió a Israel sin nada.
3. En los años posteriores a la separación se entregó a las *raves* en la naturaleza más extremas. Drogas incluidas. También bailar hasta perder el sentido. Y hacer autostop desnudo en la carretera del mar Muerto. Y acabar en comisaría (no creo que tenga antecedentes penales).
4. Terminó con todo esto cuando llegaron los niños. Ofer ha nacido para ser padre. De veras. Yo me esfuerzo y aun así me equivoco; en cambio a él la paternidad le llegó desde el primer momento con naturalidad. Tal vez eso es, en realidad, lo que la gente sabe de él. Tiene un foro para padres en internet que abrió cuando los niños

eran pequeños. Ahí comparte experiencias y a veces da consejos, «no desde el punto de vista de un experto, sino desde la experiencia personal».

5. Publica cuentos bajo seudónimo. Tiene un blog llamado Ciento treinta y cinco por cien. Su sueño es llegar a cien cuentos de ciento treinta y cinco palabras cada uno. Y después publicarlos en un solo libro. Precisamente la semana pasada subió el número noventa y nueve.

Sofoqué la aguda ola de pánico que me había atacado mientras escribía y entregué a Tirtza la hoja con los cinco puntos. Hacía años que no escribía a bolígrafo, ya solo usaba el teclado. Me dolía la mano.

Tirtza leyó y preguntó:

¿Qué seudónimo utiliza para el blog?

Me quedé estupefacta. De todas las cosas, esa era la que más le había interesado. Respondí:

Zalman International.

Puse los ojos en blanco para que quedase claro que, a pesar del amor por mi esposo, también lo consideraba un nombre idiota.

Vamos a ver qué es lo último que se le ocurrió a Zalman, dijo, y tecleó el nombre en el buscador.

Sabía qué encontraría, podría recitar de memoria ese cuento. En realidad, todos los cuentos que ha publicado Ofer.

Tres cuartos de ser humano

En el libro de matemáticas de mi hija hay un problema: en la clase hay x alumnos y la maestra los divide en grupos, ¿cuántos alumnos hay en cada grupo? En casa hoy me ocupo yo de la niña, yo tengo que ayudarla. A pesar de que las matemáticas son el punto fuerte de su madre. La niña calcula que en cada grupo hay tres alumnos y tres cuartos de alumno. Le digo que se ha equivocado, porque no puede haber tres cuartos de ser humano. Repasamos cada operación y descubrimos el error. Al día siguiente la llevo a la escuela. Conduzco despacio para prolongar el momento hasta el infinito. Sé que en cuanto baje del coche mi contador se reiniciará. Qué interesante, dice la inspectora, escribe como un divorciado.

Qué interesante, dice la inspectora, escribe como si estuviese divorciado.

Solo es un cuento.

Nunca se sabe. ¿Podría ser que Ofer se sintiera como tres cuartos de ser humano de un tiempo para acá?

Todos nos sentimos así de vez en cuando, ¿no?

Y vi cómo su ojo derecho se redondeaba con empatía y el izquierdo seguía sospechando.

Me gustaría mandar un mensaje a mis hijos, ¿puedo?

Le entregué de nuevo el bloc y la miré.
Ella asintió y me entregó su teléfono.
Escribí a Ori.

> Hola, Oriki, estoy en comisaría. Sin teléfono. Intento proporcionar toda la información posible sobre papá para que puedan localizarlo. Espero que estéis bien. Irá una policía a casa para coger mi portátil. Dádselo. No hay de qué preocuparse. Es parte del procedimiento. Te escribo esto desde el móvil de la inspectora. Puedes mandarme a través de ella cualquier mensaje importante.

Releí el mensaje. Sustituí la palabra «inspectora» por «una policía». Y pulsé «enviar».

La inspectora recuperó su móvil y leyó lo que había escrito.

Su hija es genial, extraordinaria.

Levanté los ojos, estupefacta. ¿Cómo podía saberlo?

Ha informado inmediatamente a toda su tribu de *scouts*, explicó. Después de asegurarnos de que no había un grupo terrorista en el vergel, les dimos luz verde y hace unas horas se han dividido en grupos para rastrear la zona.

¿Matán está con ellos?

Su hijo se ha quedado en casa, de momento. Diría que... tiene un enfoque algo distinto de toda la historia.

¿Un enfoque distinto?

Un policía entró en la sala, le entregó un documento a la inspectora y salió. Ella lo examinó, levantó la mirada hacia mí y preguntó:

¿Quién es Dan Madini y qué clase de relación tiene con él?

¡Eso no es asunto suyo!

Se lo escribí con exclamaciones incluidas. Pero por dentro me sentía derrotada, como una niña que pierde jugando al escondite.

Su hijo nos ha dado el número de teléfono. Así es como hemos descubierto su correspondencia, señora. En estas hojas están registrados todos los mensajes que intercambiaron este último año.

Matán sabe lo de Dan. Esa nueva información fue un golpe duro. Hace tiempo, en Mama-net, me golpearon en la cara con una pelota. Así era como me sentía ahora. El mareo. La sensación de que estaba a punto de desmoronarme. El dolor retardado. ¿Por qué no me había dicho nada? Pobrecito mío. Cargar con ese secreto. Por eso estaba hecho polvo de un tiempo para acá.

Señora Raz, prosiguió con ese tono de maestra que se dirige a un alumno, puede que su marido estuviese al corriente de que tiene una relación fuera del matrimonio, igual que lo sabe su hijo. Esta cuestión podría relacionarse con la desaparición. Y su amante o alguien del entorno podría tener una motivación para causar daño a su marido. También esto podría relacionarse con la desaparición.

Cogí un papel y escribí:

> Dan Madini es mi amante.
> Estoy lista para contarlo todo, para que entiendan por qué Dan no puede estar involucrado en la desaparición de Ofer. No malgasten energía con esto mientras Ofer siga por ahí, quizás en peligro. Pero deben prometerme que, si contactan con Dan, lo harán con discreción. Es una cuestión de principios.

La inspectora lo leyó, asintió y me devolvió el papel.

Antes de seguir escribiendo, borré lo de «es mi amante». De repente, me pareció inoportuno.

Después de todo, no hay ni nunca hubo amor entre Dan y yo.

Vino a la oficina un lunes. Si hubiese venido un martes, tal vez no habría sucedido nada. Pero salía de un fin de semana en el que Ofer no me había ni rozado. Se presentó en la sala de reuniones. Era dueño de una empresa de seguridad. Hablaba en voz baja. Extraía cada palabra con esfuerzo. Me ponía ojitos mientras alrededor sonaban palabras como «expectativa» o «bonus». Cuando salimos de la sala, buscó una excusa para hacerse con mi correo electrónico. La oferta. Quería consultar la oferta con la gerente financiera. ¿Desde cuándo se hace eso? Las ofertas se presentan. Eso es todo. Dos horas más tarde, me entró un correo suyo:

Me has gustado. Nos tendríamos que ver.

Así, directo, sin rodeos, sin signos de interrogación.

No lo creo, estoy felizmente casada.

Le respondí. Y, entonces, él me escribió:

Yo también. ¿A qué hora terminas de trabajar?

No vino a buscarme al trabajo ese día. Pero sí al cabo de dos semanas. Mientras tanto casi no tuvimos contacto. No me mandó enlaces de canciones que le gustaban y yo no le dije que soñaba con él por las noches. No fue como imaginaba que sucedían este tipo de cosas. Nos encontramos en el patio trasero de un café de Ra'anana. Aún no había oscurecido. En la pared, a nuestro lado, había una fotografía de balanzas antiguas, como las de la tienda de comestibles de Buenos Aires donde comprábamos cuando era niña.

Dan no perdió el tiempo en preliminares.

Su segunda frase, después de «¿Te va bien sentarte al lado del aire acondicionado o prefieres que nos cambiemos?», fue:

Quiero dejar las cosas claras.

Acto seguido, me habló de su hijo. El chico sufría una depresión que al principio les pareció malhumor y después una fase de la adolescencia que pasaría, pero cuando se tragó una caja entera de Nurofen se dieron cuenta de que se trataba de algo serio. Y de que su tarea en los próximos años sería mantenerlo con vida hasta que se estabilizara. Ya habían pasado tres años y estaban completamente exhaustos. Él y su esposa. Les quitaba todas las fuerzas. De repente, se dio cuenta de que necesitaba una compensación. Algo que le restituyese la energía. Y justo me vio en la reunión riendo, entusiasmada, hablando mientras gesticulaba con las manos.

Al terminar el monólogo, puso su mano sobre la mía. Yo no la moví.

Porque mientras hablaba supe la respuesta a la pregunta que más me importaba en este encuentro.

No, no había ninguna posibilidad de que me enamorase de él. Era tosco. No estúpido, sino tosco. Sin sentido del humor. Simple. Sin trampa ni cartón. Hombros anchos, voz profunda, ojos ávidos.

¿Y si nos vamos a un lugar un poco más tranquilo?, propuso, y yo asentí. Tengo las llaves de un apartamento en Jolón.

Jolón, sonreí, qué sexi.

Él no me devolvió la sonrisa.

¿Hay sábanas limpias?, pregunté.

Sí, claro.

Y así fue como comenzó todo.

En las series de televisión americanas, cuando hay una infidelidad, casi siempre esta acaba con la relación. La verdad es que a veces puede ocurrir lo contrario. Desde que empecé a acostarme con Dan una vez cada quince días y después una vez al mes, mis relaciones con Ofer no hicieron más que mejorar. Dejó de ofenderme. Dejé de quejarme. Estaba llena de gratitud por la libertad que tenía. Y estaba ansiosa por recompensar a mi marido, aunque él no supiese nada. Cada cita con Dan en el apartamento de la calle Kugel, en Jolón, que era de su abuela, que en paz descanse, y que todavía olía a caldo de pollo y a medicamentos, solo me demostraba hasta qué punto Ofer valía más que él. Era más inteligente. Más interesante. Más divertido. Más todo. Me inundó un amor renovado por mi hombre. La mañana que se adentró en el vergel íbamos de verdad cogidos de la mano. Como dos adolescentes.

Todo eso lo escribí en el bloc. Arranqué la página y se la entregué a la inspectora. Mientras leía, caí en que era la primera vez que hablaba a alguien de Dan. Y pensé: «Qué extraño, aunque sea una inspectora de policía con el cuello almidonado y no una buena amiga mía, me siento aliviada por haber confesado». Y también pensé: «¿Dónde estará ahora mi Ofer? ¿Y si los tailandeses se le están comiendo el bazo en este momento? ¿Cómo lo sabe Matán?». Y pensé después: «Es imposible que esta señora no me juzgue con dureza. Hay pocas mujeres dispuestas a considerar una aventura como algo que puede beneficiar el matrimonio. Precisamente por eso no les he contado nada a mis amigas».

La inspectora levantó los ojos de la hoja y dijo en un tono más cargado de rabia personal que de profesionalidad:

Tengo la impresión de que usted está muy tranquila, señora Raz. No veo aquí ni el más mínimo sentimiento de culpa. Guardé silencio y ella siguió hablando. Tendremos que vernos con ese Dan suyo. Y también descubrir si su mujer sabe algo. La venganza es un motivo que no debe subestimarse.

Le hice un gesto con la mano para que me devolviera el papel y escribí con rabia, con letra torcida por la prisa:

¡Me ha prometido que iría con cuidado! Y además le he dicho que pierden el tiempo con todo lo que se refiere a Dan y a su familia. ¿Por qué no investigan a los trabajadores tailandeses?

Ya lo hicimos, respondió, y hasta este momento no se ha encontrado ninguna relación entre ellos y la desaparición de su marido.

¡¿Hasta este momento?!

Se sorprendió de mis signos de puntuación y prosiguió con sus preguntas:

¿Quién podría querer hacer daño a su marido, señora Raz?

Nadie.

Y de mis ojos empezaron a fluir lágrimas de frustración y desesperación, porque realmente nadie habría querido hacer daño a mi hombre, tan bueno. No quería llorar. No quería ser la mujer que llora en el interrogatorio. Pero no lograba retenerlas. Y la inspectora dijo:

¿Quiere un vaso de agua?

Y yo quise responderle: «Un vaso de agua y una píldora que me haga dormir hasta dos días después de que hayáis encontrado sano y salvo a mi marido». En cambio, escribí:

Sí, gracias.

Ella salió y me trajo el vaso de agua. Me dejó beber y respirar. Después, me dijo en el tono del policía bueno:

Aunque puede que tenga una impresión distinta, estoy de su lado, señora Raz. Yo también quiero que encuentren a su marido cuanto antes. Y vivo. Y para que eso ocurra necesito su ayuda. Describa todos los grupos de los que formaba parte. Y le pido que se esfuerce y piense quién podría guardarle rencor. Y por qué causa.

Cogí de nuevo el bloc amarillo. De mala gana.

Primer grupo: los papás. El foro de los padres. Toda la actividad del foro se lleva a cabo en línea y dos o tres veces al año se reúnen para una barbacoa. ¿Qué enemigos puede tener ahí dentro? Todo es en plan voluntariado. Ofer no gana ni un céntimo. ¿Quizás aconsejó a alguna persona del foro y la puesta en práctica terminó en desastre? Me parece difícil de creer. Si bien siempre le decía que evitara dar consejos a la gente, porque en realidad no es ningún experto.

Segundo grupo: la asociación que fundó para ayudar a los jóvenes observantes que quieren salir del entorno ultraortodoxo de sus familias. Él mismo sufrió el proceso. Totalmente solo. Y lo pasó muy mal. Entre los ultras no genera nin-

guna simpatía. En los pasquines que pegan en las fachadas critican a Ofer porque «cercena a sus retoños», cosa que en su lenguaje es una herejía. Lo acusan de alentar a los jóvenes a abandonar la religión. La verdad es que él se cuida mucho de convencer activamente a las personas a cruzar los límites, solo ayuda a aquellos que ya han tomado la decisión por su cuenta. ¿Y si no tuvo suficiente cuidado?

Tercer grupo: su familia de Modi'in Illit. No se hablan desde hace treinta años. Solo su hermana lo llama cada año desde un teléfono público para felicitarle el cumpleaños. Es evidente que le guardan rencor. Pero repudiar a su hijo ya es un acto bastante violento. No creo que hayan ido a más.

Cuarto grupo: la pequeña comunidad de ayuda a las personas con su misma enfermedad. Han estado en nuestra casa varias veces. Todo el mundo es muy amable. Parece que la enfermedad solo se transmite a gente buena. La idea de que alguien haya podido causar daños a Ofer me parece completamente absurda.

Esperé unos instantes más, por si se me ocurría un quinto grupo. Después, le entregué el papel a la inspectora.

Sin mirarlo, dijo:

¿Cree que su marido era sincero con usted? No me dejó responder. Mientras escribía, he leído algunos cuentos más del blog. Mire este, por ejemplo.

Me prestó su teléfono.

Manchas

Su marido se lo ha repetido diciendo que es importante examinarlas. Para descartar otras opciones. Ha pedido una cita con la doctora Bar y ahora la doctora Bar está tan inclinada sobre ella que incluso puede sentir su aliento. Son manchas de sol, dictamina por fin la doctora, y ella asiente, pero sabe la verdad: las manchas son de amores imposibles.

Desde que se casó, ha extirpado de su corazón tres amores, y después de cada extirpación le ha salido una mancha con forma de corazón en la mejilla.

De todos modos, ha venido a mí demasiado pronto, concluye la doctora mientras escribe en el ordenador. Es imposible tratar las manchas en verano con este sol que tenemos aquí, en Israel. Le propongo que vuelva a venir de cara al invierno. Pensaremos que hacer.

El cuento que seguía era todavía más alarmante.

El robot era el único

El robot fue quien encontró el cuerpo. El programa se activó a las diez. Empezó a moverse por toda la casa para aspirar el polvo hasta que tropezó con un brazo, se retiró y siguió aspirando a su alrededor, tropezando cada vez con un pedazo de cuerpo distinto y reanudando el movimiento al cabo de un instante. Cerca de la oreja estaba la carta. La aspiró hasta sus entrañas y la trituró.

Más tarde, en la shivá, oyó muchas explicaciones sobre la señora. Los humanos lo pasan mal con los misterios. Ella sabía, porque escaneó la carta antes de triturarla, que ninguna de las hipótesis era correcta, pero no consideró adecuado corregirlas, ni mucho menos contradecir la versión del marido. La verdad les causa un dolor inútil a los humanos.

No mostré ninguna reacción después de leer los dos cuentos. Los conocía, por supuesto. Pero quizás, como las protagonistas eran mujeres, nunca me dio por preocuparme.

La inspectora preguntó, interpretando mi silencio como una admisión:

¿Y si mientras usted le escondía un amante, señora Raz, su marido le escondía una crisis? Bajé los ojos. Señora Raz, le repito lo que le pregunté al principio de la investigación. ¿Es posible que Ofer se suicidara?

Le escribí que no. Pero la «N» salió pequeña, aplastada; era una «N» que no estaba segura de tener razón.

Sonó el móvil de la inspectora.

Al cabo de un momento, dijo:

Está aquí conmigo. ¿Puede enviarnos una fotografía?

Un instante después, se oyó una notificación. Ella giró la pantalla hacia mí y dijo:

Uno de los equipos de búsqueda que ha organizado su hija ha encontrado esta camiseta. Junto a las vías del tren. ¿La reconoce?

Noviembre de 2017

Era de noche y estaba en la cama, así que al principio soñé que lo soñaba. Que estaba soñando que él estaba aquí. Que me acariciaba la cabeza. Entonces, le preguntaba si realmente era él y él decía que le tirara de la barba muy fuerte y si le dolía es que era él. Le tiré de la barba no muy fuerte. Y él se quejó. Y solo en ese momento me permití llorar.

Tal vez porque mi padre regresó una vez del infierno, estaba convencida de que antes o después Ofer aparecería.

Cuando leo lo que escribí hace nueve meses, no lo comprendo: ¿cómo podía estar así de tranquila?

Después de la camiseta, encontraron cerca el pantalón, la ropa interior, las deportivas y los calcetines. El cuerpo no. Durante varios meses la Policía siguió investigando, irrumpió en las casas de algunos sospechosos en los barrios ultraortodoxos de Modi'in Illit y Mea Shearim, interrogó a Dan con cautela, me sometió a otro interrogatorio cuando recuperé la voz.

Pero, finalmente, los agentes tuvieron que admitir que no tenían la más mínima idea de lo que había ocurrido. En términos profesionales, el caso quedó archivado.

Conjeturaban con que Ofer había atravesado el vergel hasta el mar y, una vez allí, se había atado una piedra o algo parecido y se había suicidado ahogándose. Pero ni siquiera tenían pruebas de eso.

Pensaba, y sigo pensando, que Ofer estaba demasiado apegado a los niños para abandonarlos así. Ni siquiera dejó una carta. Pero todos se dieron por vencidos. Ori y yo, no. El caso sigue abierto, dado que no se puede cerrar sin que se haya encontrado el cuerpo. La búsqueda, eso sí, la interrumpieron, y Tirtza dijo que tendríamos que esperar hasta tener nueva información.

Sucede a menudo con casos sin resolver, me explicó. De pronto, a alguien se le escapa alguna cosa durante un interrogatorio de otro delito o nuestros confidentes en la cárcel nos aportan un nuevo hilo del que tirar.

¿Cuánto tiempo puede tomar?, le pregunté.

Años.

Entonces, puso su mano sobre la mía por primera y última vez y añadió:

A veces incluso décadas.

Le respondí:

Yo lo amo, Tirtza. Todo lo que hubo con Dan...

Ella me interrumpió y dijo:

Lo sé.

Matán se marchó a un internado. Por más que se lo expliqué y me disculpé, no fue capaz de perdonarme.

Si no hubieras sido una puta, esto no habría ocurrido, me dijo una tarde.

Estaba cambiando la voz y en la palabra «puta» le salió un gallo. Lo que me hizo sonreír fugazmente. Una fracción de segundo. Aquello lo sacó de sus casillas.

¿Te hace gracia? ¿Es divertido?, dijo. Si te meto un cuchillo en la garganta, ¿seguirás sonriendo? ¿O nos dirás de una vez dónde está papá?

Se sacó un cúter del bolsillo y lo agitó delante de mí en el aire. Entonces, se derrumbó en el suelo, a mis pies, como un jarrón roto. Se cogió la cabeza como si tuviera una terrible migraña y afirmó:

No puedo más, no puedo más.

«Yo tampoco, hijo, yo tampoco», pensé, pero no dije nada, solo acaricié el aire de encima de su cabeza.

El director del internado conocía a Ofer de la asociación, por eso admitió a Matán a mitad de curso.

Me senté en su despacho. Detrás de él había una foto de Golda Meir, que da nombre al colegio.

Es inimaginable lo que le ocurrió a Ofer. Incomprensible. Matán lo recuerda muchísimo, seguro que eres consciente de eso.

Bajo la capa de simpatía, ambos escondemos una especie de... determinación. Me miró y agregó:

¿Sabes? Como padres podemos llegar a sentirnos... fracasados si nuestro pollito quiere abandonar el nido, cuando deberíamos estar orgullosos de él, porque es capaz de desplegar las alas.

Asentí como si estuviese de acuerdo, pero nada que ver. La sensación de fracaso se apoderaba de mí a medida que hablábamos, mezclada con un sentimiento de desesperación que se hacía visible en las preguntas: «¿Qué será de mi hijo? ¿Cómo has podido dejarme sola mientras me enfrento a toda esta mierda? ¿Qué hay en mí que os aleja a todos?».

Le expliqué al director que sería una solución provisional. Hasta que se le pasara el cabreo. Él movió la cabeza con sarcasmo, había visto demasiadas veces cómo lo provisional se volvía permanente. A continuación, me hizo firmar el papeleo. No importa qué documento firmara, todo me parecía una renuncia.

Unos días más tarde, Ori acompañó a Matán al internado. No quiso que lo llevara yo. Y cuando miré por la ventana y vi que el coche se alejaba, pensé: «Una vez hubo una familia, ahora ya no».

Dan cortó toda comunicación. Después de que lo citara la Policía para interrogarle, me mandó un correo escueto:

No podemos vernos más. Lo siento.

Y eso fue todo. Mi respuesta, «Es una lástima, pero lo comprendo», no obtuvo contestación.

A juzgar por su página de Facebook, la familia es más familiar que nunca, a menudo sube fotografías de ellos viajando por todo el país. Así que lo que ocurrió en Jolón se quedó en Jolón. O tal vez su mujer lo sabe y ha decidido perdonárselo por su triste hijo.

Nadie me ha tocado desde hace ya nueve meses. Ni un solo abrazo.

Aparte de Ori.

Cuando viene del servicio militar los fines de semana, deja caer al suelo el petate para liberar las dos manos y nos damos un largo abrazo, porque la nostalgia por alguien más la nostalgia de ese alguien es un consuelo.

Queda muy tarde por la noche con sus amigos para que podamos cenar juntas y después mirar las fotos un rato. Coge los álbumes del estante, se sienta en el sofá, extiende sus piernas infinitas, abre el portátil y yo me siento a su lado. Repasamos las fotos de Ofer en busca de señales.

Mamá, ¿no te parece que está algo aturdido en esta foto? ¿Estaba triste en su último cumpleaños o es que la iluminación era mala?

Los sábados ella duerme hasta tarde y me da tiempo a ir al internado a dejar unas fiambreras con empanadas para Matán en la portería. Luego regreso para que cuando Ori se despierte tenga lista la *shakshuka,* los huevos con salsa de tomate que preparaba Ofer, con mucha cebolla y pimientos rojos a dados, queso feta y salsa picante *pilpelchuma.* Sé muy bien que mi versión no sabe como la suya y está claro que si Matán estuviese aquí me lanzaría una mirada rápida que diría justo eso. Pero solo estamos Ori y yo y ella se lo come todo y rebaña el plato con un pedazo de *jalá* y repite invariablemente:

Mamá, te ha salido muy buena.

Después de la *shakshuka,* leemos los cuentos del blog. Ori cree que en las historias se esconden pistas y que, si las leemos con suficiente atención, descifraremos un código secreto que nos permitirá saber qué le ocurrió a Ofer.

Yo no pienso como ella. Son solo cuentos, no el Zohar. Pero quiero apoyar a Ori y sus supuestos descubrimientos.

Me ha leído en voz alta el cuento número treinta y dos.

La pantera interior

Una vez estuvo curado, Sion intentó por todos los medios y con todas sus fuerzas volver a ser la pantera que fue antes: trató de correr, trepar, bucear, pedalear, no pedalear, dejar el tenis, jugar al bádminton... Intentó todo lo intentable hasta que comprendió que no le quedaba más remedio que aceptar la próxima humillación como un hecho: a una determinada edad, el cuerpo pierde su flexibilidad.

Pero el alma no.

El alma, como aprendió Sion el último año de su vida, se mantiene para siempre flexible.

Ella siempre está a punto para lanzarse a lo desconocido si estamos dispuestos a correr el riesgo.

Ella siempre puede decir que sí. Sí a un nuevo amor, sí a una nueva música, sí a la posibilidad de que la historia aún no haya terminado.

Después de releérmelo, me arrastró con ella al zoo bíblico de Jerusalén.

¿Por qué papá eligió precisamente el nombre de Sion? ¡Nos quiere llevar a Jerusalén! Jerusalén en la Biblia es Sion. ¿Y dónde hay panteras allí? ¡En el zoo bíblico!

Yo pensé que Ofer eligió ese nombre en homenaje al protagonista del libro *Querido yo*, de Galila Ron-Feder, que había leído a escondidas en el *yeshivá*, la escuela religiosa, cuando era un adolescente. Pensé que era su modo de decir que había crecido. Incluso se había separado de Batia. Y había empezado una vida totalmente nueva. Pero no dije nada. Deambulamos por el zoo bíblico durante horas y vi a un joven guía que me recordó en su forma de caminar a Matán, saqué el teléfono del bolsillo y lo llamé, pero como siempre no me respondió y Ori dijo:

Déjale espacio, mamá.

Y me pidió volver a la zona de los leones, tigres y leopardos. Al parecer, todos pertenecen al mismo género: *Panthera*. No sabía qué esperaba, ¿que si nos quedásemos suficiente tiempo allí frente a ellos, alguno abriría la boca y nos revelaría dónde estaba Ofer? Pero no dije nada, me mordí los labios hasta que al final ella dijo: «¿Sabes que papá me trajo una vez aquí en vez de a la escuela porque quería que nos divirtiéramos?».

Y yo dije: no, no lo sabía.

Y ella dijo: él no quería que te enfadases por saltarme las clases.

Yo me ofendí, no me habría preocupado. Al cabo de unos instantes, confesé:

La verdad es que sí, me habría enfadado.

Ella se rio y dijo:

Echo muchísimo de menos las conversaciones con él. Y pedirle consejo en la terraza.

Y dije: yo también.

Y ella dijo:

Echo de menos los mensajes que me mandaba al móvil.

Y yo:

Eran del tipo «Hace tiempo que no te digo que te amo mucho».

Y ella:

O «Estoy muy orgulloso de la persona que eres».

Y yo:

Echo de menos bailar con él en el salón.

Y ella:

Super Trouper.

Y yo:

Cotton Eye Joe.

Y ella:

Echo de menos sus herejías durante la cena de los viernes.

Y yo:

Echo de menos las cenas de los viernes.

Y ella:

Echo de menos el paseo de después de la cena de los viernes, cuando íbamos a mirar las estrellas.

Y yo pensé pero no dije: «Echo de menos algo difícil de expresar con palabras. Quizás... ¿un contexto? La sensación de que todo cuanto hago, incluso si me acuesto con otro hombre, tiene que ver con Ofer».

Y pensé: «Me falta la certeza, quiero saber algo con certeza», y pensé, si lo digo, me desmoronaré». Y desmoronarse delante de tu hija no es como derrumbarse en soledad, de noche, cuando de todas las películas del mundo al zapear das con *Mulholland Drive,* la favorita de Ofer, justo con la escena en que la chica, con una lágrima en la mejilla, empieza a cantar *Llorando.*

Y Ori, que es muy perspicaz, me pasó un brazo por la cintura y dijo:

Sé que te parece absurdo que hayamos venido aquí, mamá, pero, si cada cuento de papá es una pequeña pieza del rompecabezas, tal vez al final consigamos recomponerlo y averigüemos dónde está.

Dios lo quiera, hija mía.

Suerte que papá no te ha oído decir «Dios lo quiera».

Y seguimos de pie frente a la jaula de las panteras hasta que anunciaron que iban a cerrar el zoo.

El cuento cuarenta y nueve también nos mandó de viaje.

El sueño recurrente de Noa Elkaiam

He vuelto de nuevo a soñar contigo. Íbamos los dos juntos en taxi por Haifa. Teníamos veinte años. Y al mismo tiempo cuarenta y ocho. Llevábamos unos uniformes blancos de la Marina. Tú tenías pequeñas arrugas en las comisuras de los ojos. Yo tenía el pelo gris. El taxi se detuvo en una esquina donde antes había un pub con mesas de billar. Justo en el instante antes de separarnos, me preguntaste cómo estaba. Me pareció que querías saberlo de veras, así que te respondí que solo. Alargué un brazo a tu cintura para acercarte más a mí. Me rechazaste. Por supuesto que me rechazaste. Tendría que haber sabido de antemano que me rechazarías. Incluso en sueños.

A pesar de todo, ahora que estoy despierto, quiero preguntarte. ¿Cómo estás?

Ori encontró en Facebook al amor de juventud de Ofer. Se llama Pua Ojaion. Ofer casi no hablaba de ella y cuando lo hacía no había en su voz ni una pizca de mitificación. Concertamos una cita con ella para el sábado.

De camino a Haifa, me dijo:

No debes de tener ganas de ver a la antigua novia de papá. Pero hay que intentarlo todo, ¿no?

Asentí y pensé: «Qué más da. Lo que importa es que estemos juntas el mayor tiempo posible». Cuando pasamos por el palmeral de Atlit, recordé que una vez cuando íbamos a Haifa a casa de unos amigos empezó a llover a cántaros y, en ese mismo punto, Ofer giró a la derecha y dijo: el arroyo Kelaj. Empezamos a subir por la sinuosa carretera hacia Beit Oren hasta que llegamos a un puentecito. Entonces, paró el coche y me dijo que fuera con él. Yo respondí que estaba diluviando. Y él insistió en que por eso mismo tenía que acompañarlo. Y me pidió que cogiera su chaqueta. Salimos del vehículo y nos detuvimos en el puente, bajo el cual fluía una corriente de agua furiosa, y Ofer se puso contento, porque el arroyo llevaba esa cantidad de agua solo una o dos veces al año y hay años en que el lecho está seco. Yo fingí que estaba tan emocionada como él, aunque lo único que deseaba era volver al calor del coche. Además, no podía librarme de la sensación de que estaba viviendo una experiencia repetida: él ya había estado con otra chica en ese puente contemplando el angosto canal que solo en un país decepcionante como el nuestro podría llamarse «río».

¿Crees que papá estaba realmente solo?

Ori interrumpió mi recuerdo.

Suspiré. Desde la desaparición de Ofer he estado suspirando como una vieja. Como mi madre.

En la radio daban *Onda verde*, canciones escogidas por los soldados reclutas y me acordé de cómo nos reíamos, Ofer y yo, porque la selección seguro que la hacía una chica soldado, si no ¿cómo podía ser que todas las unidades del ejército eligieran *Blanco sobre blanco*, de Dan Toran?

Papá estaba rodeado de gente que lo amaba, le dije a Ori. Las personas del foro. Las de la asociación. Todas a las que ayudó. ¿Recuerdas cómo hablaban de él cuando vinieron a vernos después de...?

Sí.

Tenía la habilidad de entrar en una habitación y conquistar el corazón de los presentes.

Es verdad. Incluso lograba encantar a mis profesores más brujos.

Y se lo trabajó, eh. Que lo amasen. Sabía estar ahí cuando lo necesitaban. Y participaba en los eventos y llamaba para felicitar los cumpleaños.

También lo amábamos nosotros.

Es verdad.

Entonces...

No sé, hija mía. Quizás la soledad sea una peculiaridad y no una situación. Quizás quien se escapa de casa a los diecisiete años y después se entera de que su familia lo ha repudiado siempre tenga un vacío que llenar.

¿Y piensas que el vacío se ha vuelto tan grande que tal vez...? ¿Y el Roomba pudo triturar realmente la carta que papá...?

Ya te lo dije, no. Os quería demasiado para hacer algo así.

A ti también.

A mí también, sí.

Habíamos quedado con Pua Ojaion en una cafetería cerca del mar. En la Estaciones. Nos dijo que nos sentásemos fuera. La primera cosa que pensé en cuanto la vi fue: «¿Por qué todas las enamoradas que tuvo Ofer antes de mí eran más guapas que yo?».

Unos rizos exuberantes castaño claro. ¿Qué mujer de nuestra edad tiene un cabello tan abundante?

Una sonrisa generosa.

Un rostro cuya elasticidad denota que no se ha sometido a ningún tratamiento estético.

Un gusto exquisito en la ropa. ¿Las mujeres de Haifa no deberían ir vestidas como tías solteronas?

Un poco rellenita. Justo en el punto que les gusta a los hombres.

Ofer, en el inicio de nuestra relación, me dijo: «Nunca me había atraído ninguna mujer tanto como tú. Hay algo en tu alma que me excita».

Pua Ojaion me estrechó la mano un buen rato, lo que le ha permitido examinarme ella a mí. La he decepcionado. Pude ver su pensamiento por escrito, como en el clip de R.E.M.: «¿A ella escogió Ofer de entre todas?».

Después abrazó (¿por qué un abrazo?) a Ori y dijo con el tono de una asistenta social (¿y si realmente fuera una asistenta social?):

He pensado mucho en vosotras desde que Ofer... La gente no sabe qué decir a continuación, ¿desaparecido?, ¿desvanecido?, ¿desde que «se marchó a sus extraños recorridos»?* Seguro que estáis viviendo una pesadilla.

Absolutamente, dijo Ori.

La verdad es que os quería llamar, dijo Pua mirándome, pero finalmente...

No pasa nada, dije.

Vino una camarera. Tomó el pedido.

Un socorrista avisó a los bañistas de las fuertes corrientes.

Un golden retriever que recordaba vagamente a *Boy*, el golden que tuvimos Ofer y yo antes de los niños, pasó delante de nosotras sin amo y sin correa. Cuando Ori nació, *Boy* (en honor a Boy George) se hundió en una depresión posparto debido a la drástica caída de su estatus y pasaba las horas acostado sobre el puf del salón. Cuando regresamos del hospital con Matán, ya había prevenido el golpe huyendo a una nueva vida a través de una brecha en la cerca del jardín. Quiso prevenir el nuevo golpe. Si no recuerdo mal, ni siquiera colgamos anuncios con su foto en los árboles.

Gracias por aceptar reunirse con nosotras, dijo Ori.

Faltaría más, respondió Pua Ojaion.

Como te expliqué por teléfono, la Policía ha suspendido la búsqueda, pero nosotras no nos rendimos.

Muy bien.

* Verso del poema «Muerte de mi abuelo», de Yehuda Amijai.

Intentamos agotar otras vías.

Estaré encantada de ayudaros. Sin embargo, como ya te comenté...

Mi padre publicaba cuentos en un blog. Bajo seudónimo, le explicó Ori.

No lo sabía.

Tampoco es que Pua parezca muy sorprendida.

Este es uno de muchos, dice Ori, y le alcanza el cuento número cuarenta y nueve.

Pua cogió la hoja y, a medida que avanza en la lectura, le sube el rubor desde el cuello. En una ocasión se roza la nariz con el dedo. En otra mueve sus exuberantes rizos de derecha a izquierda con un gesto espectacular.

Cuando termina, se seca una lágrima invisible del rabillo del ojo y dice:

Cuarenta y nueve. Ese era nuestro autobús. Nos llevaba desde la base hasta casa de mis padres.

Y dijo:

Siempre le gustó escribir.

Y añadió:

Todavía conservo las cartas que me escribía durante el curso de oficiales.

¿Cuándo fue la última vez que os visteis?

¿Que cuándo? Pua Ojaion parece asombrada. Ofer y yo no... no nos veíamos. Una vez al año me telefoneaba para felicitarme el cumpleaños. Y yo hacía lo mismo. Eso es todo. Cuando me enteré de que él..., me quedé conmocionada. Aún estoy desquiciada. ¿Quién querría hacer daño a una persona como él?

¿Cuándo es su cumpleaños?, preguntó Ori.

El 20 de enero.

Entonces, hablasteis tres semanas antes de que él entrase en el vergel.

Sí.

¿Hubo algo fuera de lo normal en la conversación?

¿Fuera de lo normal? No, creo que no. Hablamos sobre todo de mí. Ofer me preguntó qué quería por mi cumpleaños. Lo pregunta siempre.

¿Y qué le dijiste?

Que quiero seguir siendo valiente.

¿Valiente?

Dejé a mi marido hace un par de años. Ahora vivo con una mujer.

¡Vaya!

Deseé también ser valiente en otros aspectos de la vida. Y Ofer, que no hace falta que os explique cómo de maravilloso es, afirmó: «Después de lo que has pasado, todo parece poco».

¿Y no dijo nada de él?

En este momento no recuerdo nada en especial. Creo que mencionó que tú, Ori, te habías enrolado en el ejército. Y nos reímos por cómo vuela el tiempo. Y también hablamos del ejército. Allí nos conocimos.

¿Cómo os conocisteis?

Vino la camarera con la comanda. El socorrista mandó salir del agua a los bañistas. Un muchacho con las espaldas de Matán salió del agua con una tabla de surf. Esta noche, como todos los viernes, mandaré un mensaje a Matán. Y, como cada viernes, no responderá. Pero el doble *check* azul me dirá que está vivo.

Pua se lleva la pajita a la boca y sorbe largamente el batido de fruta. Después, pregunta a Ori:

¿Estás segura de que es apropiado que escuches sobre la vida amorosa de tu padre?

Creemos que los cuentos son pistas que dejó mi padre a propósito, responde Ori con voz demasiado adulta. Y las pistas nos conducirán a él.

Pua se detuvo unos instantes. Como para decidir en cuál de los resultados de búsqueda de la memoria quiere hacer doble clic.

Entró en mi oficina de la base en la pausa para el almuerzo, dijo finalmente. Oficial y caballero. La verdad es que se parecía un poco a Richard Gere, con esos ojos rasgados. Pidió un formulario, pero era evidente que solo era una excusa. No recuerdo de qué hablamos, pero a lo largo de la conversación tuve la fuerte sensación de que iba a pedirme el número de teléfono. Pero no lo hizo. Así que esperé unos días, conseguí su número de teléfono, le llamé para proponerle ir juntos a ver *Los cazafantasmas.*

Un momento, mamá, tú también diste el primer paso con papá, ¿verdad?, me preguntó Ori.

Sí, le confirmé. Papá era un poco tímido. Quizás tenga relación con...

El entorno en el que creció, respondimos Pua y yo al unísono.

Intercambiamos una sonrisa. Por un instante se trazó una línea de unión imaginaria entre sus labios y los míos: somos dos mujeres que han amado al mismo hombre.

Muy pronto nos fuimos a vivir a una pequeña casa adosada a la de mis padres. Hay que tener en cuenta que solo dos años antes se había alejado de la religión y había cortado todo vínculo con su familia y su comunidad. Así que yo pienso que más que una compañera buscaba una familia, y la verdad es que la mía lo acogió como a un hijo. Mi madre se enamoró de él. Cuando nos separamos, ella lo pasó peor que yo.

¿Por qué os separasteis?, preguntó Ori.

Yo estuve casi tentada de responder al unísono con Pua. Después de todo, podría haber adivinado la respuesta.

Nos hicimos buenos amigos. Yo tenía veintiún años, prosiguió Pua. Tenía curiosidad por saber cómo sería hacerlo con otros.

Esperaba que Ori preguntara: «¿Y cómo fue?».

En cambio, se inclinó un poco hacia delante y dijo:

La Policía consideró la posibilidad de que papá se suicidara, quizás ahogado. ¿Te parece probable?

Necesito un cigarrillo, dijo Pua.

Alargué el brazo y saqué el paquete del bolso, he vuelto a fumar desde que Ofer desapareció, ahora ya no hay quien me recuerde que es malo para la salud. Pero entonces la mujer dijo:

No, gracias, me muero de ganas de un cigarrillo, pero lo he dejado. Hace un mes. Mi compañera no soporta el olor.

Te deseo mucha suerte, respondo, y vuelvo a guardar el paquete en el bolso.

Pua Ojaion se volvió a meter la pajita en la boca y a sorber largamente. Entonces dijo: no. El suicidio no me parece lógico en Ofer. Cuando leí en el periódico que la Policía consideraba que se trataba de un suicidio, pensé que querían cerrar el caso. El Ofer que conozco no era capaz de cometer un acto tan egoísta.

Ori asintió con la vehemencia de quien es de la misma opinión.

Por otro lado, Pua añadió: «Las personas cambian».

Dígame, preguntó Ori, alguna vez en sus conversaciones, ¿le hizo partícipe de cosas que... que lo molestaran?

Pua volvió la mirada hacia las olas y dijo como si hablara para ellas: «Estoy intentando recordar si dijo algo más en la última conversación telefónica».

No solo en la última, puntualizó Ori. En general.

Me parece que –volvió la vista hacia nosotras– había dos cuestiones recurrentes en nuestras conversaciones de los últimos años. Una de ellas era el cambio que experimentó cuando dejó la compañía de *marketing* y fundó Primeros Pasos. Tuvo muchas preocupaciones, al principio. Me reí de él, la verdad. Le dije: «Abandonaste a tu familia a los dieciocho años sin mirar atrás. Abandonaste a tu esposa americana a los veinticinco sin pestañear. ¿Desde cuándo te dan miedo los cambios?». Tú no lo entiendes, me respondió, entonces no tenía hijos. Cuando eres padre, estás dispuesto a las renuncias que... antes no creías que estarías dispuesto a hacer. Y eres realmente cauto en correr riesgos.

Pero ¿de qué... de qué tenía miedo exactamente?, preguntó Ori.

No estaba seguro de que fuera sostenible económicamente. Para él fue muy importante –se volvió hacia mí– que tú le dieras tu apoyo. Repetía continuamente que no era obvio que lo apoyaras.

Vaya.

Entendí que también lo ayudabas con los números, con toda la parte financiera.

Sí.

¿Y cuál era la otra cosa?, se inmiscuyó Ori. Dijo usted que eran dos, las cuestiones recurrentes.

Los hijos, dijo Pua. O sea, vosotros. Tú y tu hermano. Matán, ¿verdad? Creo que estaba preocupado en especial por él. Por cómo se las arreglaría en la vida. Ahora recuerdo también que, en la última conversación, cuando hablamos de que estabas a punto de enrolarte en el ejército, dijo que respecto a ti estaba muy tranquilo, pero que temía el día que Matán hiciera el servicio militar. Que últimamente se estaba encerrando en sí mismo. Esa fue la expresión que utilizó. Encerrarse en sí mismo. Y que era inaccesible.

Sí, dije.

¿Cómo se encuentra ahora?, preguntó Pua. ¿Cómo se enfrenta con todo lo que... ocurre?

Ori y yo intercambiamos una mirada rápida. Fugaz. No más de una milésima de segundo. Pero bastó para que ella comprendiera que yo no quería tocar ese tema. No quería otro par de ojos juzgándome. Ya me torturo lo suficiente yo sola.

En general está bien, teniendo en cuenta las circunstancias, claro, respondió Ori, y se apresuró en cambiar de tema. Dígame, ¿hay algo más que papá compartiera con usted que pueda ser relevante para el rompecabezas que estamos tratando de recomponer?

Pua reflexiona unos momentos mientras se enrolla un rizo alrededor de un dedo con enervante lentitud. Finalmente, dice:

Eso es todo, lo siento. Me parece que vosotras sabéis mucho mejor que yo lo que le ha pasado a Ofer estos últimos años.

Podemos tratar de adivinar, pero no podemos saberlo con certeza, preciso.

Pua asiente con empatía, pero algo malhumorada, como las terapeutas que consultan el reloj que se encuentra detrás de ti en la pared y constatan que el tiempo ha terminado.

Ori hace señas a la camarera para que traiga la cuenta.

Me levanto para ir al baño, más para desconectar de la conversación que por necesidad. Cerca de la caja registradora hay un acuario enorme con peces de colores. De repente, la idea del acuario me parece cruel. ¿Encarcelar a unos animales acostumbrados al mar abierto? Me entran ganas de romper el cristal y que toda el agua se derrame.

Cuando regreso, me encuentro a Pua inmersa en la relectura del cuento.

¿Os importa que me lo quede?

No, dice Ori. Puede leer también el resto de las historias de papá, solo hay que buscar en Google «Zalman International» y aparece el blog.

¿Zalman International? Pua Ojaion se aguanta la risa para salvar las apariencias. Al final, se echa a reír. Una hermosa risa que se nos contagia. Ninguna de nosotras verbaliza la frase «Ofer y sus tonterías», pero el pensamiento aletea en el aire.

Justo antes de despedirnos, me armo de valor para preguntarle lo que he querido preguntarle durante toda la conversación:

Dime, ¿tú también sueñas con él de vez en cuando?

Pua me mira directa a los ojos, como para averiguar si voy a creerme lo que me diga. Entonces, afirma:

La verdad es que no.

Antes de poner la marcha atrás para salir del aparcamiento, pido a Ori que se dé la vuelta para comprobar que no hay ningún peatón detrás de nosotras. Ahora ya lo sabe: su madre no es capaz de mirarse en los espejos desde que su padre entró en el vergel. Ni siquiera en el retrovisor. Cada vez que lo he hecho estos últimos meses, lo que he visto me ha consternado. ¿Quién es esa mujer de pelo desgreñado, pómulos salientes, como Zohar Argov, dos bolsas de preocupación bajo los párpados y una amarga arruga de divorciada sobre el labio superior? ¿Quién es esa mujer y qué tiene que ver conmigo?

No me puedo creer que la Policía ni siquiera se haya molestado en contactar con Pua, dice Ori en cuanto nos ponemos en camino. Guardo silencio. ¿No es lo mínimo?, insiste.

«Ya no sé qué es lo mínimo y qué no», pienso. Pero digo:

Sí, es lo mínimo.

O sea, que todo depende de nosotras. Solo nosotras podemos encontrar a papá.

«Yo ya no estoy segura de que vayamos a encontrarlo», pienso. Pero digo:

Así es.

Ori hojea el archivo con los cuentos.

Tengo que acordarme en casa de imprimir de nuevo el cuarenta y nueve. Quiero tenerlos todos a mano.

Luego, se queda inmersa en la lectura unos benditos minutos. Al cabo, dice:

Oye, mira este, mamá.

Después del alta en el hospital

Si cambia, que sea el mundo. Si peca, que sea sin culpa. Si viene la ola, que sea verde. Si viaja, que sea lejos. Si lleva zapatos, que sean cómodos. Si cruza, que sean las fronteras. Si hace, que sea la paz. Si es la paz, que sea ahora mismo. Si nos quedamos, amemos. Si hay tiempo, ya se está acabando. Si baila, que sea locamente. Si ha pasado, que se olvide. Si va a prisión, que huya. Si hay valla, que sea seto. Si monta algo, que sea un escándalo. Si es hombre, que sea mujer. Si es mujer, que sea por favor. Si piensa, que haga. Si hace, que falle. Si falla, que sea ahora. Si nos quedamos, amemos. Si nos quedamos, amemos. Si nos quedamos, amemos.

¿Crees que alguien que ha escrito algo así podría suicidarse, mamá?

Respondo de inmediato: «No». Y recordé la primera vez que me encontré con estas líneas. Después, Ofer las había alargado un poco para llegar a las ciento treinta y cinco palabras, pero originalmente estaba escrito para mí. Sucedió hace unos años, había tenido apendicitis y de algún modo hubo complicaciones, hasta el día de hoy no se sabe la causa. No habían tratado a tiempo la infección. O quizás sí, pero no del modo adecuado. En pocas palabras, pasé dos semanas en el hospital con una infección aguda. La mayor parte del tiempo estaba completamente vencida por los analgésicos, pero una noche me desperté y lo vi durmiendo junto a mi cama. Había juntado dos sillas y dormía encima de ellas, doblado sobre sí mismo. Con los tejanos y la camiseta blanca. Cubierto con la delgada manta del hospital. Y encima de la manta había una hoja con un poema de amor.

A propósito, mamá –Ori me arrancó del recuerdo, de la dulzura del recuerdo–, ¿te has dado cuenta de que papá escribe muchas veces como una mujer?

¿Como una mujer?, repetí mientras me tragaba una sonrisa, porque recordé su imagen saliendo de nuestro dormitorio antes del concierto de Etti Ankri solo para mujeres, con vestido largo y tacones altos. Llevaba la peluca que Ori había usado una vez en Purim. Me miró, intenté no reírme, pero me reí y le pregunté si podía sacarle una foto, me respondió que de ningún modo, se quitó los zapatos de tacón, hasta ahí podíamos llegar y se calzó unos zapatos bajos que se había comprado una vez en Berlín.Cuando nos acercamos al coche, le abrí la puerta derecha como un caballero a una dama y él dijo: ni pensarlo, y se montó en el asiento del conductor. Durante el trayecto hasta el centro cultural Enav nos íbamos pasando de uno a otro una botella de vino tinto para cobrar ánimos, y justo antes de entrar en el aparcamiento le dije: aún estás a tiempo de arrepentirte, muchacha, y él negó con la cabeza. Durante el concierto nos pareció que una compañera suya de trabajo estaba sentada dos filas más adelante y que de un momento a otro volvería la cabeza atrás y lo descubriría, lo señalaría y gritaría: ¡un hombre! Pero eso no ocurrió. Como bis, Etti Ankri cantó *De todas las gotas del mundo, te escojo a ti*, que había sido la canción de nuestra boda y le puse una mano en su vestido y él puso su mano sobre la mía y cuando llegamos a casa me llevó en brazos del coche a la cama, porque entonces todavía podía, y nos acostamos a todo volumen porque entonces aún había pasión entre nosotros.

Como si –Ori me arrancó otra vez de mis recuerdos– quisiera decir que, aunque papá es un hombre, le gusta escribir desde dentro... de la cabeza de una mujer.

Frida Kahlo de los suburbios

La primera vez que ella se disfrazó de Frida Kahlo fue en la fiesta de Purim de la escuela de arte. Había un chico por el que valía la pena invertir en un pañuelo de seda floreado, dos trenzas negras, una camisa de seda amarilla sobre un vestido largo a juego y botas de tacón decoradas con cuentas rojas.

El chico resultó ser un farsante. Pero durante años ella conservó su disfraz de Frida Kahlo. Y esa noche lo llevó a la fiesta de disfraces de Purim con los colegas de su marido.

Ahora regresan de la fiesta y él le pregunta cómo ha ido.

Muy bien, responde. Y piensa: Nadie de su trabajo me ha reconocido disfrazada.

Te dije que mis compañeros son geniales, dice él.

Geniales, dice ella.

¿Y si papá deambula por ahí disfrazado, mamá? ¿Con un rostro nuevo operado por un cirujano plástico?

¿Oriki?

¿Sí, mamá?

¿Y si estamos un rato en silencio?

¿Te has rendido?

No, qué dices, hija mía. Simplemente, me apetece escuchar música.

Puse la radio. David Broza cantaba:

> Regresé a casa después de veinte años,
> a primera vista nada había cambiado,
> dos caballos atados a la higuera,
> un cartel con una flecha de A LA BODA.

Sé que dentro de un momento llegará el estribillo y será peligroso que lo escuche. Ofer me leyó un día un fragmento del libro de un poeta cuyo nombre he olvidado: «La música es el anzuelo en el extremo de la caña de pescar que se lanza a las profundidades del alma y hace resurgir todo lo que allí está sumergido». Así que apago la radio antes de que empiece a sonar el estribillo y hago lo que Ami, la psicóloga, me ha aconsejado para cuando el dolor amenaza con volverse insoportable: imaginar que las dos volvemos a casa y que allí está Ofer, esperándonos, con su camiseta blanca. Cuando entramos, no dice ni una palabra, solo me rodea con sus grandes brazos y no me suelta en una semana.

A la mañana siguiente, acompaño a Ori a la estación central de Modi'in, de donde parte el autobús que la llevará a la base. Mientras vamos en el coche, Ori recibe una llamada. Sabe que no soporto que charle con sus amigas mientras conduzco. Está a punto de colgar cuando...

Hola, Pua, dice. Pongo el altavoz. Estoy con mamá.

Hola, Pua.

Hola a las dos. Llamo porque... ayer me preguntaste si sueño con Ofer y te respondí que no. Porque así era. Pero, de repente, esta noche he soñado con él. Ha sido muy... extraño. Tengo que contárselo a alguien. ¿Os parece bien que os haya llamado?

Claro que sí, afirmo. De todos modos, estamos en un atasco.

Pues en el sueño Ofer y yo mirábamos el agua que fluye por el Kelaj. Es algo que hicimos en la realidad una vez. Entonces, él se inclina en el puentecillo para ver mejor. Y se cae. Pero no está asustado. Y aunque la corriente es fuerte y él está vestido dentro del agua arremolinada, me llama alegremente. Dice: «¡Pua, ven, no te eches atrás!». Pero yo dudo. Porque las rocas que sobresalen del agua me parecen peligrosas. Entretanto, la corriente lo arrastra río abajo y yo pienso para mí: «No importa, todos los ríos van al mar». Y voy con el coche de entonces, un Fiat Uno rojo de mi madre, en dirección al mar. Me detengo en el aparcamiento que hay cerca del Camel, aunque en la fachada pone PARADISO. Luego hay un corte y sigue otra escena en la que estoy sentada a la orilla de un arroyo, que en realidad no existe, esperando a que llegue Ofer. Pero él no llega. Y a cada momento estoy más y más nerviosa. «Puede que la corriente lo haya arrastrado a otro lugar. O quizás no lo estoy esperando en el lugar correcto», me digo.

¿Y qué más sigue?

Eso es todo. Ya no recuerdo nada más. Lo siento.

No tienes por qué sentirlo.

No os he ayudado mucho.

¿Quién sabe? Cada cosa puede ser una pieza más del rompecabezas.

¿Me mantendréis al corriente?

Claro que sí. ¿Y tú nos llamarás si tienes más sueños?

Llegamos a nuestro destino. Nos abrazamos muy fuerte dentro del coche. Ori me rodea con los brazos. Como si yo fuera la hija.

«No te vayas –quiero decirle–. Abandona, te escribiré un justificante, como los que te escribía papá cuando no querías ir a la escuela. La soldado Ori Raz hoy no se presentará en la unidad por razones ajenas a su voluntad».

En lugar de eso, le dije lo que sabía que deseaba escuchar:

Me parece que papá nos llama a través de los sueños de otras personas. Y nos pide que no nos rindamos.

Nada de rendirse, afirma ella con determinación.

Pero también con algo de impaciencia. Con la impaciencia de quien quiere despedirse ya y juntarse con las muchachas de su edad.

No olvides comerte los bocadillos de la bolsa pequeña.

No me olvidaré.

Y habla con tu hermano.

Claro.

Sale del coche, abre el maletero, saca el petate, se lo cuelga al hombro y se encamina hacia la estación, hermosa y alta, como su padre, sin volver la cabeza atrás ni una sola vez.

Febrero de 2018

Me avergüenza admitirlo, pero al final nos rendimos. ¿Cuánto tiempo se pueden mirar unos álbumes y leer unos cuentos que ya te sabes de memoria? ¿Cuánto se puede viajar siguiendo unas pistas que no son pistas? Fuimos al Gymboree del centro comercial Grand Canyon, que está en Haifa, y a las bodegas de Kfar Vitkin. También a las costas de Ga'ash, al bosque de Beit Shemen, a Massada y a la playa de los delfines. Sí, también fuimos a Eilat.

Un viernes, Ori me dijo:

Mamá, he tenido una semana difícil en la base. Un chico frustrado de armamento robó un vehículo blindado de transporte de tropas e intentó desertar con él y llevárselo a casa. ¿Te parece bien si este sábado no buscamos a papá? Podemos hacer algo juntas.

¿Qué propones?, pregunté, tratando de ocultar el alivio.

No lo sé. Una amiga mía ha participado en un taller que se llama «Latir con el corazón»...

La espiritualidad era más bien cosa de tu padre. A mí no me va mucho.

No, venga, mamá, es una especie de círculo de tambores. Y la idea, si lo he entendido bien, es que la percusión te ayude a recuperar el ritmo interior, si es que lo has perdido.

Bien.

¿Bien qué?

Me parece una tontería, Oriki, pero adelante.

Al día siguiente fuimos al taller. Tocamos unos tambores enormes que nos prestó el monitor. En ningún momento noté que me ayudara a recuperar el ritmo interior. No había ninguna posibilidad de retomar mi ritmo interior hasta que no supiera qué le había ocurrido a Ofer y hasta que Matán no me hablara de nuevo. Al menos, el monitor me gustaba, era como un vikingo, con pelo largo recogido en un moño, camiseta con las mangas cortadas y los ojos algo tristes. Parecía necesitar el taller tanto como nosotros.

Lo pasé bien, era un placer sencillo. El contacto de la mano con la piel tensa del tambor, la cadencia y el ritmo común me hicieron sentir después de mucho tiempo que era parte de algo. En momentos contados conseguí entregarme a los tambores y dejar a un lado los pensamientos...

Sobre todo, disfruté viendo a Ori entusiasmada. Se levantó para bailar con el tambor. Agitaba la mano en el aire y la hacía caer como si fuese Shlomo Bar.

Después del taller, sentí que no podía regresar a casa con el cuerpo lleno de un deseo sin destino. Salimos a beber. Es decir, yo bebí. Ori conducía.

Así se consolidó esta costumbre. Cada sábado por la tarde íbamos con Omrí, el vikingo melancólico, a tocar el tambor en una azotea del barrio de Florentin, en Tel Aviv, y después bebíamos en el bar de al lado. Cada vez que algún chico se acercaba para ligar con Ori, ella se lo sacudía de encima. Le decía que no estaba buscando. Una vez un hombre maduro con una cicatriz de criminal en la mejilla se me acercó para cortejarme y yo usé la misma frase:

No estoy buscando.

Durante todo el trayecto a casa, Ori y yo nos reímos del misterio de esa frase. Porque ¿qué significa «buscar»? Era evidente que sabíamos qué significaba.

Y así, sin haberlo decidido, nos rendimos con Ofer.

Un sábado por la mañana, mientras Ori dormía, me llamaron del internado. El profesor me dijo con una voz tranquila pero que sonaba nerviosa:

Es su hijo. Va camino del hospital. Ha saltado por la ventana. Del segundo piso.

Desperté a Ori y fuimos a toda prisa hacia allí. Al principio conducía yo, pero cuando casi crucé en rojo y frené en el último momento Ori me propuso cambiar. Accedí. Si no, podía provocar un accidente. Me pasé todo el trayecto insultando para mis adentros y también para fuera, en hebreo y en español, a ese hijo de puta, el director del internado, que me había convencido de que dejara espacio a Matán y de que estuviera orgullosa de que mi pollito emprendiera el vuelo.

Que emprenda el vuelo tu puta madre, solté en español. El pollito ha abierto las alas y ha saltado por la ventana.

En Urgencias nos dijeron que habían trasladado a Matán al departamento de medicina interna. Tercer piso. Nos apresuramos a coger el ascensor, pero entonces Ori se dio cuenta de que no nos habían dicho en qué parte del departamento estaba. Volvimos a Urgencias para preguntar.

Habitación ocho. Nos tocó el doctor Caro. Me alegré de que no fuera un médico joven. ¿Cómo se puede confiar en un médico que tiene menos experiencia en la vida que tú?

La buena noticia, señora Raz, es que la vida de su hijo no corre peligro. De momento, estamos hablando solo de lesiones graves. Estamos verificando que no haya daños en los órganos internos, si bien la posibilidad de que eso ocurra es mínima.

Gracias a Dios, dije. Qué alivio.

El doctor Caro, que cada vez me recordaba más a mi padre, se puso serio.

Por desgracia, en el análisis de sangre hemos encontrado cantidades excepcionales de ácido glutámico y de ácido aspártico, típico de los consumidores de ketamina.

¿Ketamina?

Es la droga de la fiesta, mamá.

¿Está seguro, doctor Caro? Porque Matán...

Tendrán mucho de que hablar cuando despierte.

¿Qué significa «cuando despierte»?

No está en coma, está bajo la influencia de una droga muy potente.

Pero ¿cuánto tardará en pasársele el efecto?

Unas horas.

Nos sentamos junto a la cama y esperamos.

Tenía el pelo largo. Y se había dejado la barba al estilo francés. Y se le había redondeado un poco el rostro.

Toda la nostalgia guardada en mi cuerpo durante los meses que no quiso verme estalló como un géiser.

Al diablo el dejarle espacio. Nada de espacio.

Me incliné para besarle la frente. El cuero cabelludo seguía oliéndole como a su padre. Era el mejor olor del mundo.

Hijo mío, dije sin voz. Hijo mío.

Ori debió de notar que estaba abrumada, porque puso la mano sobre la mía y con la otra buscó información sobre la ketamina en el móvil. Lo puso entre ambas para que yo también pudiera leer. En origen, era un anestésico para caballos. Quien lo toma entra en un estado disociativo. Se desrealiza. Se le altera el estado de la conciencia. Se siente omnipotente. O sea, quien la toma cree que puede hacer cualquier cosa. Una parte de los consumidores no recuerda nada después. Es similar a los sueños. El despertar es lento y gradual. El daño a las capacidades cognitivas puede ser irreversible.

Cuanto más leía, más me hundía en la silla. En una página ponía que a veces el consumidor no recuerda ni quién es. Eso me provocó un escalofrío en la nuca que me bajó por toda la espina dorsal.

Salí a fumar.

Ori vino detrás y me pidió un cigarrillo.

¿Desde cuándo fumas?, pregunté, asombrada.

Desde ahora mismo, respondió.

Después de la primera calada, tosió. Lo que de súbito me recordó que era una niña. Solo una niña.

No te tragues el humo, le advertí. Aspira y enseguida lo expulsas.

Vale. Aspiró. Y lo echó fuera. Y tosió. Entonces, me miró. No sabía que Matán se drogaba, mamá. Si lo hubiese sabido, te lo habría dicho.

Claro. No tengo ninguna duda.

No podría soportarlo. Tosió de nuevo y se le anegaron los ojos de lágrimas. Si lo perdiéramos también a él...

No lo vamos a perder, afirmé.

Y aplasté la colilla. No quería dejar solo más tiempo a Matán. Ori también la aplastó. Fuimos a sentarnos las dos junto a su cama. Ori apoyó la cabeza encima de mí. Estaba agotada de tantos sobresaltos.

Le acaricié el pelo y me sentí culpable. Por dejar que Matán fuera al internado. Por no insistir en que viniera a casa los fines de semana. Por haber dejado que Ori hiciera de mensajera entre nosotros. Por haber dialogado con él en mi cabeza, pero no en la realidad. Por haberme contentado con dejarle fiambreras con empanadas en la portería y no traspasar la barrera de la entrada para ir a su habitación. Por decirme que cada cual enfrentaba la desaparición de Ofer a su modo y que el modo de Matán era desaparecer él también. Por convencerme de que estaba en buenas manos. Como el director era un buen amigo de Ofer, pensaba que me mantendría informada de todo aquello que fuese preocupante.

Me preparé para la posibilidad de que Matán se despertara sin memoria y yo tuviera que recordarle quién era.

Le hablaría de cuando con dos años y chupete hacía toda clase de acrobacias en el parque infantil y las otras mamás primero se angustiaban y después aplaudían. Le hablaría de cuando con seis años y flequillo íbamos a capoeira en coche y en la radio sonó *Hasta mañana*, de Eviatar Banai, y me detuve en un semáforo y lo vi llorar por el retrovisor. Le pregunté qué le pasaba y él respondió: «Mamá, esta canción hace que me duela el corazón». Le hablaría de cuando con once años y un grano me hizo el vacío durante una semana porque me sorprendió curioseando su diario. Le hablaría de cuando con trece años y acné se escapó de la escuela y dijo que no volvería jamás a esa cárcel. Le hablaría de cuando con catorce años y espaldas anchas empezó como voluntario en la asociación de Ofer y se encargó de acompañar personalmente, o mediante llamadas telefónicas, a los chicos de su edad que querían alejarse de la ortodoxia. Le hablaría de cuando con quince años y la voz en pleno cambio anunció un jueves que la cena del viernes corría por su cuenta. Puso en la mesa una comida mexicana completa, con tacos, frijoles, chili con carne y cócteles sin alcohol. Le hablaría de cuando con dieciséis años y el corazón roto, después de que la fresca de Hili Galil lo engañase con su mejor amigo, decidió, inspirado por Forrest Gump (vimos la película tantas veces en familia que habíamos empezado a comportarnos como en *The Rocky Horror Picture Show*), echarse a correr sin detenerse. Es cierto que al cabo de unos kilómetros pasó a caminar, pero, para nuestra sorpresa, no se paró. Incluso se dejó crecer la barba. Como Forrest. Dormía en casa de cualquier exreligioso que conociera de la asociación. Al cabo de dos semanas, llegó a pie hasta Ein Yahav, en el desierto de Aravá. Nos telefoneó y dijo que ya era suficiente, objetivo alcanzado, que le dolían más las piernas que el corazón. ¿Podíamos ir a recogerlo?

«Cuando Matán se despierte, no permitiré que olvide quién es», me juré, como una niña que hace tratos con Dios. Pero en cuanto Matán abrió los ojos me apretó la mano y dijo con voz muy clara:

Quiero ir a casa, mamá.

Transcurrieron cuatro días desde su llegada a casa hasta que nos sentamos a hablar de verdad. Al principio se encerró en el cuarto. Qué lista había sido Ori, que me decía que no tocara sus cosas para que, si algún día volvía, se sintiera esperado. Más tarde empezó a salir un poco a la cocina para cortarse verduras y hacerse ensaladas. Mordisqueaba la *halva* que había comprado para él junto con los helados, las alcachofas y la piña. Era una especie de ofrenda de reconciliación. Al cuarto día salí a fumar a la terraza y al cabo de unos minutos vino él y se sentó al otro lado de la mesa. La había construido Ofer.

¿Puedo?, dijo, señalando el paquete.

Se lo alcancé. Me abstuve de preguntar cuánto hacía que fumaba. Cogió un cigarrillo y lo encendió. Contemplamos juntos el paisaje: todos los edificios eran similares al nuestro. Entonces, afirmó:

Te sienta bien el pelo corto.

No me quedó más remedio. Lo tenía muy estropeado.

Escucha...

Y guardó silencio un rato. Se quedó tanto tiempo callado que temí que le hubiera llegado con retardo el daño cognitivo irreversible...

Hasta que por fin dijo:

Hubo un momento, mamá, durante el viaje...

Me mordí la lengua. «¿Te refieres al momento en que creíste ser un delfín y saltaste del segundo piso a la acera?», quise recriminarle.

Solté el humo y di media vuelta hacia él. Escuché atenta.

De repente, pude hablar con Dios.

«Oh, no», pensé.

No el Dios de los religiosos, se apresuró a decir para tranquilizarme. No uno que da mandamientos y al que tienes que rezarle.

¿Hay un Dios distinto?

Desde luego. El Dios interior. Ese lugar dentro de nosotros que lo sabe todo.

¿Y qué te dijo el Dios interior?, pregunté, con cuidado de no sonar cínica.

No seas cínica, mamá.

No lo soy.

Matán posó el cigarrillo en el cenicero y solo entonces se volvió hacia mí por completo.

No me porté bien contigo, mamá.

¿Te refieres a lo del cúter? Todos pasábamos por una tormenta emocional... De hecho, todavía estamos conmocionados.

No es eso. Es algo distinto, dijo, y se le quebró la voz.

En ese momento advertí que estaba a punto de revelarme un secreto. Supe que todo ese tiempo nos había separado un secreto.

Me equivoqué, afirmó.

Mi corazón empezaba a presentir.

Cada viernes papá y yo hacíamos la compra.

Sí.

El viernes antes de que él entrara en el vergel..., le pedí que se quedara un rato más en el coche. Y se lo conté. Lo de Dan.

Lo entiendo.

¿No me preguntas cómo lo sabía?

No.

Lo extraño fue que papá no se alteró nada.

Vaya.

Me dijo que gracias por la información. Y yo le respondí: «Pero, papá, no me digas que no te importa». Y me preguntó en el mismo tono tranquilo: «¿Cuánto tiempo hace que lo sabes?». Le dije que dos semanas. Y él me contestó: «Es mucho tiempo para llevar algo así solo, hijo. Está bien que lo hayas compartido. Has hecho bien en descargar ese peso de tu corazón». Yo quise saber qué haría a continuación, si hablaría contigo, pero él siguió a lo suyo: «Ven, vamos a sacar todas las bolsas del maletero». Y salió del coche. Como siempre, cogió la mayor parte de las bolsas. Después, durante la cena, lo miré, buscando señales. Pero él se comportaba como siempre. ¿Te acuerdas?

Sí, me acuerdo.

Incluso habló de sus herejías.

Sí, lo hizo.

Entonces, me dije que quizás me había equivocado. Que quizás se lo habías contado ya. No lo sé. He oído que hoy en día hay acuerdos en las parejas...

Sí.

De todos modos, me fui a dormir bastante tranquilo. Pero, entonces, cuando desapareció...

Relacionaste las cosas.

Matán asintió y dio una calada al cigarrillo. Y soltó anillos de humo que parecían más signos de interrogación que círculos.

Deseaba tocarle la cabeza con una mano y acariciarlo, pero no estaba segura de cómo se lo tomaría, así que me contuve.

Y él prosiguió:

Espero que se haya marchado y ya, como Forrest Gump, mamá.

Ojalá, respondí, y suspiré.

Le habrá crecido la barba y seguro que nadie lo reconoce. Un día telefoneará desde un rincón perdido de Australia y dirá que ya es suficiente...

Objetivo alcanzado, me duelen más las piernas que el corazón.

Exacto.

Puede que no pase eso, Matán.

Lo sé, pero se puede soñar, ¿no, mamá?

Hay que soñar.

Me pidió otro cigarrillo. Se lo di. «Algún día tendré que pedirle que no se exceda –me dije–. Algún día será preciso que le hable también de la ketamina. Algún día le contaré que podría haber muerto. Pero no ahora. Ahora hay que morderse la lengua. Porque todo es muy delicado. Porque me envía tentáculos temibles. Una palabra mía equivocada, una burla fuera de lugar, y volverá a encerrarse en su caparazón».

En resumen, tiró la colilla, cuando hablé con Dios...

El Dios interior.

El interior, sí. Cuando hablé con él, comprendí que estaba furioso contigo porque estaba furioso conmigo.

Pasaron las imágenes por mi mente como relámpagos: Ofer rehusó coger el gajo de naranja que le ofrecía. Me puso la palma en el hombro cuando le dije que tenía náuseas por el mal olor de las aguas residuales y sus dedos apretaban un poco, pesaban más de lo habitual. Entonces, de pronto, me dio la mano. ¿Por qué me dio la mano después de que Matán le contara lo de Dan? ¿Acaso sabía ya que sería la última vez que iríamos cogidos de la mano por el vergel y quiso terminar bien? Era propio de Ofer terminar bien. Cuando tenía que despedir a algún trabajador, se preocupaba de antemano de buscarle otro trabajo.

No te culpes, dije.

Es fácil decirlo.

De todos modos, no sabemos lo que sucedió, no busquemos culpables. ¿Y si fue un atentado? ¿Y si alguien quiso de verdad un ajuste de cuentas?

¿Crees que es eso lo que pasó?

Yo no lo sé. Pero puedo decirte que lo que dice la Policía no me cuadra. Puede ser que no pasara por una buena época. Tal vez estuviera disgustado por lo que... le contaste. Pero yo no creo que él... se hiciera ningún daño. Y si fuera así, ¿por qué no encontraron el cuerpo?

Hola. Ori apareció detrás de nosotros. Buenos días a los dos.

¿Cómo te va, jirafa?, dijo Matán.

¿Qué pasa, delfín?, respondió ella.

Ese pijama te hace gorda.

Tu cigarrillo huele mal.

Mientras los escuchaba, pensé: «¿Cómo algo que siempre he detestado, esos piques entre ellos, ahora de repente me encanta?».

El sábado me desperté tarde y por la casa flotaba ya un aroma culinario.

Un hombre en pantalón de deporte negro y camiseta blanca, inmaculada, estaba junto a los fogones dándome la espalda.

Su nuca era como la de Ofer. Los bellos músculos del brazo emergían de las mangas de la camiseta justo como los de Ofer. Los omóplatos prominentes eran similares a los de Ofer de joven.

¿Te ayudo?, pregunté a Matán.

No hace falta.

Y me dedicó una media sonrisa. La primera en lo que va de año.

Me senté a leer los suplementos de los periódicos del fin de semana. A Ofer le gustaba que le enviaran el periódico de verdad, la versión impresa, por la mañana y lo leía en casa tomando su café de semillas de dátil. No fui capaz de cancelar la suscripción, no estaba dispuesta a admitir que nuestras vidas habían cambiado, pero, por otra parte, no leía el periódico desde hacía un año y mis ojos solo sobrevolaban las letras maquinalmente. Pensaba en el hecho de que, antes o después, debía hablar con Matán sobre el futuro. Necesitaba saber si regresaría o no al internado.

Entretanto, Ori se despertó. Fue a la cocina.

¿Te ayudo?, preguntó a Matán.

No hace falta, le respondió.

La *shakshuka* tenía el mismísimo sabor que la de Ofer. No casi. No más o menos. No parecido. Exacto.

Hay que saber cuánta *pilpelchuma* añadir, explicó Matán a la pregunta que Ori no se atrevía a formular para no molestarme.

Después de la comida, Ori trajo los álbumes de fotografías, abrió el portátil y dijo:

Mamá, el delfín y yo hemos pensado en repasar otra vez las fotos y las historias. Quizás él vea algo nuevo que ni tú ni yo hemos percibido. ¿Quieres participar?

Empezad sin mí, enseguida voy, dije.

Desde que Ofer desapareció, había salido a caminar solo por nuestro barrio. Alrededor del edificio. No me atrevía a más. Esta vez tampoco había previsto alejarme, pero en la primera rotonda, en vez de seguir recto, giré a la derecha, y en la segunda rotonda, en vez de retroceder, seguí recto y luego giré hacia el camino entre los jardines que conecta parques infantiles a lo largo de un kilómetro y que desemboca en la carretera principal, más allá de la cual está el cementerio donde descansa mi padre. Siempre que paso por allí digo con el corazón: «Hola, papá, no te dije lo suficiente cuánto te quería».

Creo que me di cuenta de que me dirigía al vergel cuando crucé el cementerio. Una voz dentro de mí quería saber qué pasaría con Ori y Matán si yo también..., pero la acallé y seguí caminando, pasé frente a los establos y escuché los ladridos de los perros que guardan los establos. Ori montó aquí varios años y era muy buena, tan erguida sobre el caballo, tan hermosa con el casco, del que le sobresalían los rizos, hasta que, en algún momento, se transformó en algo competitivo, participó en campeonatos, y nos dijo que no le gustaban los concursos y yo pensé que en eso se parecía a Ofer, porque a mí sí me gustan los concursos y sobre todo me gusta ganar.

No hay problema, Oriki, si quieres, puedes dejar de montar, aceptó Ofer.

Y aquí está la barrera frente a la cual Ofer y yo dejábamos el coche y, en efecto, hay bastantes vehículos aparcados, aunque me contaron que después de la desaparición de Ofer a la gente le daba miedo venir aquí. Parece que, finalmente, volvieron los senderistas y los ciclistas y ahora yo también, quién lo hubiese creído. De nuevo, ese perfume a cítricos que emana de los árboles. Esta vez nadie me regañará si cojo uno, pero, de todos modos, no lo cojo, solo sigo caminando. Nadie me da la mano. Pienso que Ofer de un momento a otro surgirá frente a mí con el pantalón de deporte y la camiseta blanca y me dirá: «¿Qué, ya te has calmado?». Me soltará que él no ha desaparecido, que he sido yo la que ha desaparecido durante un año porque nos habíamos peleado y estaba furiosa. Y que ahora he vuelto más pacífica y que ahí está la colina de basura, que en esta época del año casi puede ser la colina del amor, tan verde y florida.

Pasa gente con perros. Ofer quería que volviésemos a tener un perro, pero yo no quería, igual que tampoco quería más hijos.

¿Qué hay de malo en tener dos? Dos son uno más que el uno que he sido yo siempre. ¿Qué culpa tengo de que hayas crecido en una familia de ocho hermanos y para ti eso sea lo normal?

Entonces, por lo menos un perro, dijo.

Y yo respondí:

Desde que nacieron los niños no quiero perros, no me despiertan ninguna emoción. Lo siento, hiciste una mala boda, Ofer.

Se lo repetí muchas veces eso de «hiciste una mala boda, Ofer». En tono burlón. Era el modo de cortar una discusión, con una broma, pero quizás fue lo que ocurrió al fin, que se convenció de que había hecho una mala boda.

Y ahora el olor de las aguas residuales. Hay que superar estos cien metros, respirar hondo, largo y profundo, para que se atenúe hasta un nivel soportable. Una vez traté de hacer yoga con

Ofer, fue una especie de retiro en un pueblo, Porya. Había una vista maravillosa del mar de Galilea, pero no conseguí meditar en serio, no logré detener los pensamientos perturbadores, todo lo contrario, aumentaron, y el yoga me causó dolores lumbares. Lo peor fue la comida: esos brotes y hojas que curaban a Ofer me hicieron morir de hambre y, al final, el sábado por la tarde, mientras él participaba en otra sesión, cogí el coche, me dirigí a una gasolinera y pedí cuatro brochetas de pollo.

Ahora que ya he superado lo más intenso del olor asqueroso, enseguida llegaré al punto donde contemplamos las casas del *moshav* y yo pensé, pero no dije, que si hubiésemos invertido en una vivienda hace diez años ya podríamos comprar una casa en ese *moshav.* Y él pensó, pero no dijo, o, de hecho, no lo sé, no tengo la menor idea, no sabía qué pensaba, su mundo interior se volvió más cerrado para mí con los años, que regresáramos. Le oigo decir ahora, y casi puedo sentir sus dedos en mi hombro, que a la derecha hay pomelos. Justo aquí me cogió de la mano.

Buenos días, me dice alguien que me adelanta a pie.

Buenos días.

Le devuelvo el saludo como lo hacía Ofer, como si yo fuera la mujer americana que le lanzó un cuchillo de cocina y después intentó atropellarlo con un 4×4, pero en el último instante él saltó a un lado.

¿Dejó de acostarse también con ella? ¿Y si vino a Israel y lo esperó entre los árboles del vergel, dispuesta esta vez a no fallar? ¿Qué puede empujar a una mujer a lanzar un cuchillo a su marido? Él siempre sostuvo que ella estaba como un cencerro y la verdad es que en la única foto en que la vi tenía un brillo artero en los ojos, pero quién sabe si es cierto, nunca tuve ocasión de escuchar la otra versión. Cuando Ofer desapareció en el vergel, le escribí por Facebook y ella me respondió en un inglés americano que sentía mucho lo ocurrido, pero que era típico de él desaparecer en medio de la noche, que se entregaba a la causa hasta que algo se rompía en su interior y entonces huía sin dejar ni siquiera una nota de despedida. Le respondí que la Policía dudaba de que ese fuera el *modus operandi* y que, además, Israel no es un país en el que puedas desaparecer fácilmente. Ella repitió que lo sentía y que, si había alguna novedad, que, por favor, le escribiéramos, pero después no se molestó en averiguar qué pasaba.

¿Cómo las personas cercanas pueden volverse tan extrañas...? ¿Cómo las personas que parecen cercanas son en realidad tan extrañas...?

Qué cosa la música. Sin que me dé cuenta, suena de fondo en mi paseo, y ahora que empiezo a encaminarme hacia la ciudad la oigo más fuerte. Es trance, una *rave*. Cuánto tiempo hacía que no íbamos a una *rave* en la naturaleza, le había dicho a Ofer. Él me había respondido que desde el mar Muerto.

Y después me había dado su teléfono y las llaves del coche, y había entrado en el vergel.

Me interno en la misma hilera de árboles por la que él entró entonces, la música ha aumentado un poco, el bajo me cosquillea el cuerpo, como si me estuviese acercando a la fiesta, y decido ir en esa dirección. «Decidir» no es la palabra justa, son las piernas las que me llevan en esa dirección. Recuerdo que, hace un año, la música cesó poco antes de la llegada de la Policía y en las semanas sucesivas insistí una y otra vez en que investigaran de dónde procedía, pero me dijeron que habían rastreado la zona y la habían verificado con sus informadores y no habían encontrado indicios de ninguna *rave* en el área.

Las ondas sonoras llevan a engaño, dijo Tirtza, puede que os pareciera oír una fiesta en las cercanías y que fuera en Hadera.

Piso fruta podrida y las ramas me arañan. Hace unos días llovió y la tierra aún está algo embarrada, así que mis zapatillas blancas de deporte se van volviendo marrones, pero no me importa, sigo caminando hacia los bajos, que cada vez son más fuertes y palpitan en mi cuerpo como otro corazón. En la tierra no hay huellas de Ofer, sin embargo, tengo la fuerte sensación de que voy tras sus pasos. Él entró en el vergel para hacer pis y entonces se dijo: «Adelante, continúa un poco más, a ver qué fiesta es esa». Y entonces se sintió atraído por la música, porque la música es el anzuelo en el extremo de la caña.

Y olvidó que yo lo estaba esperando en la carretera, o quizás no lo olvidó, quizás lo recordaba, pero, como yo ahora, escogió continuar.

Nos conocimos en una fiesta el Día de la Independencia en Even Yehuda, en el jardín de una compañera mía de la oficina. Cerca del alba, el DJ puso la banda sonora de *Trainspotting* y Ofer se lanzó a bailar, pisoteando la hierba como si el mundo se acabara. Tenía la camiseta empapada de sudor, era evidente que la música lo embrujaba. Yo lo miraba con los ojos cerrados mientras pensaba cómo sería acostarme con él. Después, me acerqué y le felicité las fiestas. Y dije:

Nunca había visto a un hombre bailar así.

Él se azoró y balbuceó de un modo que aflojó todas mis defensas.

En uno de los senderos entre los árboles giro a la derecha, porque me parece que, en el último instante, en vez de acercarme a la fiesta, me he alejado. La inspectora tenía razón, las ondas sonoras son engañosas. Voy hacia allá, el sendero rodea la colina de basura por la derecha y pasa frente a la barraca de los obreros tailandeses. He oído que después de que Ofer desapareciera la Policía irrumpió en la barraca, descubrió que eran inmigrantes ilegales y los mandó de vuelta a Tailandia, pero los senderistas y los ciclistas han vuelto y aquellos tailandeses u otros nuevos también han vuelto a su trabajo. Las camisetas tendidas fuera para que se sequen atestiguan que aquí hay vida. «¿Por qué su patrón no les proporciona una secadora?», habría comentado Ofer.

Cuanto más avanzo, más claro veo que él ha recorrido este camino antes que yo. Los bajos parecen venir a mí de nuevo y ahora también oigo tambores, o, por lo menos, címbalos. Paso frente a una colmena. ¿Y si un enjambre de abejas atacó a Ofer camino de la fiesta? Eso le ocurrió a mi padre: recién llegados a Israel, no tenía trabajo y sustituyó a un amigo suyo apicultor, hizo un movimiento brusco y las abejas lo atacaron, lo picaron por todo el cuerpo a pesar del traje protector y estuvo en cuidados intensivos durante varios días. Mamá no dejaba de decir en voz alta a cualquiera que fuera a visitarlo que su marido era un inepto.

Aunque las abejas hubiesen picado a Ofer hasta la muerte, todavía queda una pregunta: ¿dónde está el cuerpo? A lo mejor los tailandeses lo cortaron en pedazos. Puro racismo, puro racismo, puro racismo. Mis pensamientos van al ritmo de la música, que se va acercando. Me parece que llego, pero no, aún no, y de pronto hay un claro en el vergel. ¿Hay un claro en el vergel? Y en un tronco veo un cartón con una flecha que señala un sendero entre los árboles. No lleva escrito A LA FIESTA ni A LA BODA, solo es una flecha para los prosélitos. Quizás es una de esas fiestas a las que solo puedes acceder con una contraseña que te mandan por teléfono.

Camino entre árboles que dan un fruto que no he visto nunca. Cojo uno, lo agujereo con el dedo meñique y chupo, chupo hasta que el líquido empieza a fluir por mi cuerpo en lugar de la sangre y me enturbia la conciencia y un narrador invisible con la voz de la maestra de Talmud, Hana Puterman, me dicta las cuatro palabras cuyas iniciales componen el vocablo «PaRDéS», paraíso o vergel: *pshat, remez, drash* y *sod.**

La fiesta ahora ya está muy cerca, al alcance de la mano, los bajos hacen bailar la fruta podrida del suelo y yo me apresuro,

* La palabra hebrea «*pardés*» se escribe solo con las cuatro consonantes, *PRDS,* que son, a su vez, las iniciales de las palabras de los cuatro niveles de interpretación: *pshat* es el significado literal; *remez,* el significado alegórico; *drash,* el significado exegético y *sod,* el significado secreto o esotérico.

pero avanzo más despacio, el pantalón se me pega como si corriera. Todo pasa a cámara lenta...

Luego hay un cambio de escena. Al final del sendero, una pantera, o alguien disfrazado de pantera, me pide la contraseña, pero no tengo ni idea de cuál es. Me la pide de nuevo y pruebo con «Frida Kahlo», pero niega con la cabeza y pruebo «Pua Ojaion», pero niega con la cabeza y dice que solo me queda un intento. Entonces, me decanto por «pista», pero niega con la cabeza una última vez y yo no tengo más opciones, así que le digo que me colaré por alguna parte. Y me responde:

En todos los accesos al recinto hay alguien como yo.

Y yo pregunto:

¿Todos vais disfrazados de pantera o cada uno es un animal distinto?

No sonríe, me dice que lo siente, pero que es una fiesta privada.

Considero buscar una piedra para romperle la cabeza, pero habría consecuencias. Considero seducirlo, pero no estoy nada segura de que esté interesado en los favores de una señora de cuarenta y dos años y tampoco estoy segura de poseer aún mis poderes de seducción. Así que decido ir directamente con la verdad por delante y le digo:

Escúchame, busco a mi marido, ha pasado algo horrible y lo necesito conmigo. Sé que está en la fiesta, me lo ha dicho, y no lo molestaría si no fuese porque las primeras horas son cruciales. Es urgente.

¿Cómo puedo confiar en que no es usted una impostora?, me pregunta.

«Soy una impostora, quiero decirle. Veo y soy invisible. Hace un año que me disfrazo de mujer eficiente, pero por dentro me desmorono».

Entonces, me doy cuenta de que me va a preguntar si soy una policía encubierta. Y me adelanto:

No hay ninguna relación entre la Policía y yo, esos estúpidos sostienen que es muy probable que se haya suicidado, pero mi Ofer nunca, en la vida, haría algo así.

Y veo en sus ojos que está asustado y que todavía es un niño, y si todavía es un niño, sé que puedo.

Imagina que tu madre estuviese buscando urgentemente a tu padre. Es un asunto de vida o muerte, le digo, y le toco el enorme bíceps, no en plan flirteo, sino materno.

Y él se aparta a un lado.

De acuerdo. Me pone en la muñeca un brazalete donde han escrito PARAÍSO. Mucho cuidado, señora, ¡encuéntrelo y salga enseguida!

Durante los primeros segundos no veo nada, solo árboles. Entre dos troncos hay un telón rojo de teatro, de esos que se cierran por ambos lados cuando el espectáculo ha terminado y los actores ya se han inclinado para saludar al público. Me acerco a la cortina y me late el corazón al ritmo del trance. Mis pasos son tan rápidos como la música. Agarro el borde de la tela, la aparto y me lleva unos segundos digerir lo que veo detrás.

Todos están desnudos. Hombres y mujeres. No medio desnudos, no sin tres cuartos de ropa. Desnudos del todo, sin vergüenza alguna. Todos retuercen el cuerpo al ritmo de la música, parece el fin del mundo, parece el campo de batalla de una guerra mundial.

Un chico con manchas solares en forma de corazón en las mejillas se me acerca y me da la bienvenida. Me manda que cierre los ojos y saque la lengua, hago lo que me dice para que no descubra que no soy uno de los suyos, porque perdería la última oportunidad de saber qué le ha ocurrido a Ofer. Me pone una pastilla en la lengua y me ofrece un vaso de agua. Me la trago sin saber qué es y él me dice:

Tarda unos minutos en hacer efecto; mientras tanto puedes darme la ropa y la pondré a buen recaudo.

Entiendo que no hay otra opción que desnudarme, me molesta no haberme depilado, pero no dejo que eso me detenga. Me quito la camiseta y el sujetador deportivo y los pantalones y las bragas sencillas. Desde que Ofer desapareció no gasto Victoria's Secret. El chico me alarga una bolsa de papel reciclado y yo meto dentro la ropa. Me pregunta cuál es mi nombre para la fiesta y le digo que Zalman International. No cae en la trampa.

Diviértete, Zalman.

Está claro, igual que la muerte, que no puedo quedarme aparte como hacía en las fiestas de joven, porque era una chica nueva recién llegada de Argentina que solo sabía bailes que no servían, tipo el gato o el carnavalito, así que me acerco y trato de encajar. Al principio soy demasiado consciente de mi desnudez y de la desnudez de los otros, como en ese *spa* de Berlín al que fui con Ofer hace unos años y del que me escapé a la media hora porque sentí que mi piel morena destacaba terriblemente y que los nazis me miraban y estaban a punto de decir «*Juden Raus!*». Pero, poco a poco, la música se apodera de mí y la energía del resto me arrastra a retorcerme con ellos, sin pensar en cómo bailo, sin que me moleste que de vez en cuando un cuerpo roce otro cuerpo, que un calor roce otro calor. Quizás seamos un solo cuerpo que se contorsiona y no meros cuerpos aislados, un cuerpo único con muchas piernas, muchas pelvis y muchos brazos. Aunque, si somos un cuerpo único, late en mí la pregunta: ¿qué clase de cuerpo único somos, un cuerpo de hombre o uno de mujer?

Entonces, la pastilla empieza a hacer efecto. Al principio no me doy cuenta de que es la pastilla, pero siento que algo empieza a cambiarme en la cabeza, como cuando modificas la configuración de un ordenador. No comprendo en qué consiste el cambio y sigo bailando al compás de la música trance, que se ha hecho más lenta y hechiza el cuerpo único para que se contorsione de un modo más sensual, más seductor. Busco con los ojos el puesto del DJ y no lo encuentro. Al parecer, *god is a DJ*. Al parecer, he llegado al paraíso y la pastilla que me han puesto en la lengua es la manzana y estamos a unos segundos de la expulsión y yo soy Adán y también soy Eva. Soy Adeva.

Me doy cuenta de que junto a los hombres, que bailan más y más cerca de mí, soy una mujer, y que junto a las mujeres, que bailan más y más cerca de mí, soy un hombre. No hay género ni límites, hay paso libre, el cuerpo no cambia de forma, pero la sensación es dúctil. «Si es hombre, que sea mujer. Si es mujer, que sea por favor». Hay un interruptor que puedo pulsar para pasar de un lado a otro. Puedo sentirme hombre y luego mujer y noto que cuando soy hombre estoy menos alerta de los peligros inminentes, de la posibilidad de que me golpeen. Y siento también que puedo estallar.

Y justo cuando se me despierta la curiosidad de cómo sería el sexo así, noto que una mano toma la mía y uno o una, no me queda claro y tampoco me importa, no miro hacia abajo para saberlo, me arrastra consigo. Nos separamos del cuerpo único, nos alejamos de la música hasta que se atenúa y llegamos hasta dos árboles cercanos entre los que se extiende una cortina púrpura. Y ella o él aparta la cortina y aparece un espacio cuadrado rodeado de arbustos por todas partes. En el suelo hay una estera de esas que se compran en las gasolineras y que yo extendía en el parque para Ori y Matán cuando eran pequeños. Él o ella se acuesta encima de la estera y me hace un gesto para que me acueste también. Dudo un momento, porque de todos modos llevo una alianza en el dedo y todavía estoy casada con Ofer y aún no sé adónde ha ido, pero me digo: «Deja que fluya, es el único camino que tienes para descubrir qué le ha ocurrido». Cuando me acuesto, él o ella me pregunta si esta vez quiero ser hombre o mujer y titubeo un instante. Entonces, respondo:

Hombre.

Ya que tengo la oportunidad, ¿por qué no? Y hacemos el amor, eso es, no es solo sexo, hacemos el amor con movimientos lentos, después con movimientos rápidos, después más rápidos, y siento que soy un hombre, es decir, mi cuerpo sigue siendo el de una mujer, pero noto que en este polvo soy un hombre. Estoy fogosa como un hombre, soy la que va a tiro hecho como un hombre, la que penetra como un hombre y termina como un hombre. Es decir, no eyaculo, pero el orgasmo no se parece en nada al que yo conozco, es más rápido y explosivo y después me quedo completamente vacía, no tengo fuerzas para otra vez, y solo por él o ella muevo la pelvis un poco más, hasta que...

Al terminar, siento una necesidad urgente, realmente sexual, de entender qué diablos ocurre aquí. Ella o él se encoge de hombros y dice que ni idea, pero ese gesto es demasiado poco, así que insisto, pregunto:

¿Quién tiene idea, quién la tiene aquí?

Quizás Dios.

Le pido que me lleve hasta él ahora, porque la urgencia de que me den una explicación es tan intensa que me duelen los testículos.

Y ella o él accede y me da la mano para que me ponga de pie, yo aún no estoy recuperada del orgasmo masculino, que me ha dejado vacía, pero el alma me arde en deseos de saber, por eso me arrastro detrás y de nuevo nos acercamos a los cuerpos que bailan trance y estamos otra vez dentro del cuerpo único y los olores a sudor, tantos y tan distintos, invaden mis fosas nasales. En el corazón del cuerpo único se encuentra, de entre todas las personas del mundo, Omrí, el vikingo melancólico. Lleva el pelo suelto, largo y hermoso, como el de una mujer, y un gran tambor colgado al cuello. Lo golpea con fuerza, improvisando con el ritmo del trance, y pienso: «Hola, ¿cómo estás?». Y él piensa: «No es fácil esperar». Y yo: «Tampoco es fácil no esperar». Ninguno dice una palabra, hablamos solo con el pensamiento, y empiezo a bailar frente a él como en la *rave* del mar Muerto, sin importarme nada, con los ojos cerrados, y cuando los abro, al cabo de un momento, frente a mí está el doctor Caro, que, con una ligera inclinación, me pregunta:

¿Puedo?

Yo acepto y me toma delicadamente de la mano y bailamos un vals, lento, festivo, como el que bailaría un padre con su hija el día de su boda, como el que mi padre bailó conmigo el día de mi boda. Y yo, asombrada, le susurro al oído:

¿Cómo es que usted también está aquí?

Y él responde:

Pero ¿qué dices, Heli? Todo el mundo está aquí, es la fiesta final.

Me estrecha contra él, un poco demasiado, y giramos en medio del cuerpo único, en medio de todos los brazos y piernas, y salimos por el otro lado y enfilamos un sendero de fragmentos de mármol, hay capas y capas de fragmentos de mármol puro que se comprimen bajo nuestros pies, hasta que al final se yergue una cabaña similar a la de un socorrista, aunque más alta. Hay una escalera para subir.

El doctor Caro me libera de su abrazo demasiado estrecho y me dice:

Desde aquí siga sola, señora Raz.

Y yo apoyo el pie en el primer peldaño para comprobar si es estable y empiezo a trepar, pero cada vez que subo un escalón aparece otro, así que trepo más rápido para ganar, pero no sirve de nada, porque también los peldaños nuevos aparecen más deprisa. Lo dejo, me detengo, no lo intento más. Justo entonces se transforma en una escalera mecánica que me conduce hacia arriba.

Hay una DJ que es Dios, Dios es una DJ y eso en realidad es lógico, porque quien controla la banda sonora controla el mundo. La DJ lleva pantalón bombacho blanco y camiseta negra, y la mesa tiene dos platos y un portátil y todo el instrumental necesario. Se ha puesto unos cascos muy grandes en las orejas y tiene una visión perfecta del cuerpo único, así ve bien el efecto que la música produce en él. No se da cuenta de que he entrado, está poniendo una pista nueva, está haciendo aquello que hacen los DJ: reproduce dos canciones a la vez para anunciar el cambio que está por llegar. Espero a que termine.

Solo entonces le toco la espalda y ella se da la vuelta y no parece sorprendida, todo lo contrario, me estaba esperando, pero no como quien espera una buena noticia, sino el día del juicio final. Se quita los cascos y me dice:

Hola, Heli.

Y yo respondo:

Hola, me gustaría saber qué le ha pasado a mi Ofer.

Ella sonríe, corrupta.

Si te lo cuento, tendré que matarte.

«Me arriesgo», pienso. Y ella oye mi pensamiento, a pesar de que no lo he verbalizado, y dice:

Lo digo en serio.

Y yo contesto:

Yo también lo digo en serio.

Cambio de escena y ella rompe en llanto. Dios llora y el agua llueve sobre el mundo y sobre la fiesta. El cuerpo único que hay debajo de nosotras se revuelca en el barro, como en Woodstock, pero no para de bailar ni un solo instante. Se mueve al ritmo del tambor de Omrí.

Ella me dice:

Lo siento mucho, no tienes ni idea de cuánto lo siento.

Y yo digo:

Deja de sentirlo y explícamelo.

Y ella dice:

Entró en la fiesta que celebramos aquí hace exactamente un año, no tenía invitación, pero uno de los vigilantes era un exreligioso que lo conocía y le permitió pasar. Al principio estaba un poco sorprendido, como todos, pero muy pronto se dejó llevar y bailó durante horas con toda su alma, bailó desenfrenadamente, se entregó a la música como si hubiera esperado durante años la oportunidad de liberarse. Entonces, vi que se alejaba con un hombre a las colchonetas y después con otro hombre y entonces se desplomó en medio de la pista. Por lo visto la pastilla no le había sentado bien. Luego leí que sufría una enfermedad rara, así que tal vez tenga que ver con eso, no sabemos todos los efectos secundarios de la sustancia y por eso somos tan selectivos con las invitaciones.

No lo suficiente, por lo visto.

Siempre tenemos un paramédico de guardia. Intentó hacerle una reanimación cardiopulmonar, pero pronto quedó claro que no había nada que hacer y no podíamos informar a nadie, ¿sabes?

No, realmente no.

No podíamos informar a nadie porque esta fiesta no existe y la pastilla no existe y nosotros no nos podemos permitir que la Policía empiece a hacer preguntas.

¿Por qué?

Porque la pastilla es ilegal y el laboratorio donde se produce es ilegal y eso de que quien la tome pueda sentirse tanto hombre como mujer sin renunciar a ninguna posibilidad no le gusta a ningún Gobierno del mundo, mucho menos a las autoridades religiosas.

¿Por qué? ¿De qué tienen miedo?

¿No ves lo revolucionario que es, Heli, cómo desafía el orden del Génesis esta libertad de moverse entre los géneros?

¿Dónde está Ofer? Pierdo la paciencia. Con todo el respeto al orden del Génesis, ¿qué habéis hecho con el cuerpo de mi marido?

Está en un buen lugar.

¿Qué significa eso?

No puedo darte más información.

Pero ¿por qué no encontrasteis el modo de avisarme? ¿Os dais cuenta de lo que he pasado este año?

Dios baja la cabeza, avergonzado, y dice:

Lo siento, lo siento mucho, pero ahora tengo que matarte.

Y se saca un cúter de la manga.

Pero antes de que tenga tiempo de extraer la cuchilla y cortarme la yugular salto desde lo alto, altísimo, y aterrizo suavemente en el suelo, como una gata, y un gran relámpago abre el cielo. Me levanto y corro por mi vida bajo la lluvia torrencial. No vuelvo la cabeza hacia atrás, pero sé que me persigue una manada de panteras. Siento que van ganando distancia y corro y corro y corro entre los árboles y me araño, tropiezo, me levanto y me araño otra vez. El zumo de los cítricos gotea por mis muslos hasta los tobillos y no puedo más, las fuerzas me abandonan, me fallan las piernas, basta...

Marzo de 2018

Cuando abrí los ojos, Ori y Matán estaban inclinados sobre mí.

Me toqueteé el cuerpo con los dedos como cuando perdemos el monedero.

Estaba vestida.

Oía a lo lejos el gorjeo de los pájaros.

Ni rastro de la música de la fiesta.

¿Qué ha ocurrido?, preguntó Ori.

No lo sé, respondí.

¿Puedes levantarte?, dijo Matán.

Puedo intentarlo.

Cada uno me cogió de una mano y me alzaron con delicadeza.

Queridos míos..., afirmé.

¿Va todo bien, mamá?, quiso saber Matán.

Papá está muerto, dije.

Pero, mamá, intentó protestar Ori, hasta que no encontremos el cuerpo no sabemos si...

Papá está muerto, repetí. Lo sé.

No discutieron conmigo, no verbalizaron que estaba loca ni cómo lo sabía. Solo se quedaron en silencio un largo rato. A continuación, nos abrazamos los tres en medio del vergel. Un abrazo torpe, porque tres personas no se pueden abrazar. Y pensé: «Una vez hubo una familia, ahora ya no, ahora es algo distinto».

De regreso en casa, Ori encendió la radio y, de entre todas las opciones, sonó de nuevo esa canción.

> Regresé a casa después de veinte años,
> a primera vista nada había cambiado.

Sabía que al final de la primera estrofa vendría el estribillo y que era peligroso que lo escuchara, pero no apagué la radio. Dejé que el dolor me invadiera. Dejé que el dolor insoportable me atravesara.

Entramos en casa y Ori hizo una videollamada con su novio y Matán se enfrascó en una llamada por teléfono con un joven ultraortodoxo que necesitaba apoyo. El tono compasivo que usaba era idéntico al de su padre.

Encendí el ordenador. Entré en el blog de Zalman International. Y escribí la historia que faltaba. La última historia del proyecto ciento treinta y cinco por cien.

Tenía las palabras a punto en mi cabeza desde hacía tiempo. Solo había que hacer un corta y pega de mi mente a la página.

Agujero

En la camiseta blanca que antes fue de su esposa, la que le ha devuelto la policía después de archivar el caso de desaparición por falta de pruebas, había un agujero. Esta justo en la zona del corazón. Probablemente una de las ramas de un árbol del vergel rasgó la tela porque su mujer nunca se habría puesto una camiseta rota. Ni siquiera para dar un paseo por el vergel un sábado por la mañana. Desde que ha visto el agujero, no ha podido quitarle el ojo de encima. Cada vez que saca la camiseta de la bolsa de plástico para echarla de menos, mira fijamente la nada, lo que se supone que había donde ahora está el hueco. Le ha llevado años comprender que a través de los agujeros también se puede mirar.

Cuando terminé de escribir, pulsé «contar palabras» para comprobar que fuesen ciento treinta y cinco. Con el título incluido. Porque sé que para Ofer era importante esta estética.

Dejé la historia subida. Y aunque tenía claro que nunca más volvería a escribir, comprendí por un instante el consuelo que había encontrado Ofer en la escritura. Le había permitido, todo este tiempo, soportar la renuncia.

Agradecimientos

Este libro se escribió casi entero durante el doloroso distanciamiento social y las grandes restricciones. A la imaginación, sin embargo, no se le puede poner límites. Así, a medida que el mundo real se encogía, el mundo de mis personajes se ensanchaba. Pronto me encontré recurriendo a distintos expertos para que me ayudaran a navegar por los nuevos campos de conocimiento en los que daba mis primeros pasos vacilantes.

Doy gracias a los doctores Alex Eshel, Yossi Hasson, Yael Yagel, Lian Rabinovich y Uri Rozen por haberme ofrecido una visión del mundo interior de los médicos y por haberme permitido conocer el día a día de los diversos departamentos de un hospital.

Gracias también al doctor Uri Inbar por el asesoramiento genético, al abogado Tal Brenner por el asesoramiento legal, a Abi Leibowitz por la música y a Ya'ara Nevo por los colores.

Gracias a mis seis primeros lectores: Noga Ashkenazi, Moshe Ben Yochana, Orit Ghidli, Tali Wolf, Yotam Tulub y Moran Levi-Moses. Cada uno de vosotros ha iluminado un punto ciego distinto.

Gracias a Hila Blum, mi editora. Solo nosotros dos sabemos cómo de preliminar fue la primera versión de este libro. Cuán importantes fueron sus comentarios para convertir las letras muertas en imágenes vivas.

Las últimas gracias son para Anat, mi amada esposa, el *pshat*, el *remez*, el *drash* y el *sod* de mi vida.

Índice

El Camino de la Muerte 7
Historia familiar 101
Un hombre se adentra en el vergel 179

Agradecimientos 251

Esta primera edición de *Los senderos del edén*,
de Eshkol Nevo, se terminó de imprimir en Grafica
Veneta S.p.A. di Trebaseleghe en Italia en mayo de 2024.
Para la composición del texto se ha utilizado la tipografía
FF Celeste diseñada por Chris Burke en 1994
para la fundición FontFont.

Duomo ediciones es una empresa comprometida con el medio
ambiente. El papel utilizado para la impresión de este libro
procede de bosques gestionados sosteniblemente.

Este libro está impreso con el sol. La energía que ha hecho
posible su impresión procede exclusivamente de paneles
solares. Grafica Veneta es la primera imprenta
en el mundo que no utiliza carbón.